古典文獻研究輯刊

四　編

曾　永　義　主編

第1冊

〈四編〉總目

編 輯 部 編

從言意之辨探究六朝文學語言理論

王 振 岱 著

國家圖書館出版品預行編目資料

從言意之辨探究六朝文學語言理論／王振岱 著 — 初版 — 新
北市：花木蘭文化出版社，2012〔民 101〕
目 2+144 面：19×26 公分
（古典文學研究輯刊　四編：第 1 冊）
ISBN：978-986-254-750-2（精裝）
1. 六朝文學 2. 文學理論 3. 文學評論
820.8   101001726

ISBN-978-986-254-750-2

9 789862 547502

古典文學研究輯刊
四 編 第 一 冊   ISBN：978-986-254-750-2

從言意之辨探究六朝文學語言理論

作　　者　王振岱
主　　編　曾永義
總 編 輯　杜潔祥
出　　版　花木蘭文化出版社
發 行 所　花木蘭文化出版社
發 行 人　高小娟
聯絡地址　新北市永和區中正路五九五號七樓
　　　　　電話：02-2923-1455／傳眞：02-2923-1452
網　　址　http://www.huamulan.tw 信箱 sut81518@ms59.hinet.net
印　　刷　普羅文化出版廣告事業
初　　版　2012 年 3 月
定　　價　四編 32 冊（精裝）新台幣 52,000 元

〈四編〉總目

編輯部 編

《古典文學研究輯刊》四編　書目

《古典文學研究輯刊》四編
各書作者簡介・提要・目次

第一冊　從言意之辨探究六朝文學語言理論

作者簡介

　　王振岱，1970 年生於臺灣雲林，靜宜大學中國文學研究所畢業，曾任艾斯教育機構研發部副總，現任蘭陽技術學院通識教育中心國文講師。學術專長為中、西文學理論、美學及先秦諸子，目前則致力於研究中國文學與哲學於實用層面之應用，如寫作教學之改良、職場商用文書寫作、應用文寫作、中國經典應用於企業職場，並於民間企業開設相關課程，為「NLP 策略式作文」之創始人，並著有《30 天搞定基測作文》一書。

提　要

　　中國自古以來即有兩種表意模式：「言－意」與「言－象－意」，當語言的表意功能缺陷被人察覺後，「象」的重要性便在理論層面被突顯了出來。在創作層面，上古神話、史書、兩漢傳記之學，都是屬於這一方式的實踐。降及魏晉，「言意之辨」對語言功能再次提出反省，「言不盡意」雖然解消了「言－意」之間的直接關係，但不能指涉文學語言。文學屬於「言－象－意」體系，同時六朝文學界也普遍認同文學語言可以盡意，因此「言意之辨」與文學理論之間並無直接繼承的關係。但由此發現文學語言有其獨特的思維方式，即「象」。而「言意之辨」暗示了一種超脫語法規則來理解語言的方式，卻與文學語言殊途同歸。

　　由對文學語言的探究出發，六朝文學理論體現出了一整套關於「言－象－意」表意模式的理論。就「象」的思維模式而言，乃是以「氣」、「感」為傳達的基礎，使得文學的接受訴諸讀者深度的感受，因而得以「盡意」。作者對「象」的營構，目的在於引發讀者的情感波動，形成情感語脈，進而引起審美效果，因此文學語言的功能不在於「意」的傳達，而在於接受的過程。就作者的表現方式言，如何藉由語言技巧來營構「象」，使得此「象」脫離語言的局限，充分傳達作者情志，此一要求成六朝文學技巧發展的動因。而讀者之所以可以還原作者的意圖，就在於運用相同的思維，循著作者技巧的引導，反應得以受到規範。

　　六朝文學及理論發展的脈絡，其實就是對文學語言的深刻理解及要求。

目　次

第二冊　包慎伯文學理論研究——以《藝舟雙楫·論文》為主要線索

作者簡介

田啓文

學歷：國立臺灣師範大學國文研究所博士

經歷：臺南女子技術學院通識中心助理教授

　　　國立成功大學臺灣文學系兼任副教授

　　　興國管理學院文化創意與觀光學系副教授兼系主任

現職：臺南應用科技大學通識中心兼任副教授

著作：《晚唐諷刺小品文之風貌》（文津）

　　　《臺灣環保散文研究》（文津）

　　　《臺灣古典散文選讀》（五南）

　　　《臺灣文學讀本》（五南）

　　　《臺灣古典散文研究》（五南）

提　要

　　包世臣（字慎伯），是清代鴉片戰爭前後，一位具有進步觀點，且能卓然成家的文人。他的文學理論，大抵表現在氏著《藝舟雙楫》一書中。書中所持觀點，著重於經世致用，同時對於傳統的窠臼也充滿著反動與突破的勇氣，所以高喊反桐城派、反八股文、反文以載道，甚至批判「文起八代之衰」的韓愈。這些言論充分顯示包慎伯不軌合世俗，不泥守傳統的獨立個性，也為中國的文學理論掀起另一股波瀾；因此，閱讀本書將能看到中國傳統文論的另一種視野。清代鴉片戰爭時期的文學思想，後人常以魏源、龔自珍做為進步文人的代表，事實上，透過本書的分析當能清楚察覺，包慎伯的文論或許更有石破天驚之處，在中國文學理論的發展史上，延伸出另外一條可資探尋的軌道。

目　次

第三冊　齊梁竟陵八友之交遊與文學

作者簡介

　　劉慧珠，修平科技大學應用中文系副教授。東海大學文學博士，政治大學文學碩士，中興大學中文學士。研究領域由古典跨入現當代文學。碩論：《齊梁竟陵八友之研究》（1992 年）、博論：《在介入與隱遁之間——七等生文學中的沙河象徵》（2008 年）。出版：《畫顏巧語——台灣傑出藝術家林憲茂的異想世界》（2011 年）。曾發表：〈大地農殤曲——試論莫言《天堂蒜台之歌》〉、〈沙河的眞實與夢幻——七等生的在地書寫〉、〈「中年之愛」的敘事演繹——朱天心《初夏荷花的愛情》初探〉等論文。目前教授：文藝創作及習作、文案企劃及習作、專題編採及習作、傳記文學等課程。受《今時代神聖啓示的先見——倪柝聲》、《基督與召會——李常受先生行誼訪談錄》等書之啓發，看見主的恢復，好得無比，現階段有心致力於傳記文學的整理與建構。

提　要

　　竟陵八友活躍於文壇期間，正值聲律理論盛行，文學形式被極端重視之齊梁二代，故文學史論及永明文學（齊武帝年號），總不免提及竟陵八友，蓋其與「永明體」關係極為密切所致。然歷來論者僅對其中部分成就較高者，如沈約、謝朓、蕭衍諸人作過研究，鮮從群體角度去探索八友之文學。故本書之研究重點，以八友之群體關係為主，範圍鎖定與文學有關之論題，探討八友之形成、交遊、文學觀念與成就。

　　本書主要並探宏觀之歷史研究法與微觀之文學研究法，分八章進行：第一章緒論，敘述本書之研究動機及方法。第二章論述八友之時代背景，說明其具有地理、經濟、文化上之所以利於貴遊文學集團之組成及發展，並察考此期間政治之詭譎多變，影響其遭遇。第三章分述八友之生平及著作。第四章論析八友之遇合、交遊、文學活動，知其聚合，實因於竟陵王之恩寵、彼此交情深厚，以及思想相近等，而政治意圖，卻為其契合不可輕忽之要素。第五章探討八友之文學觀念與主張，以沈約為首之聲律論為「永明體」之重要主張；其於聲律講求之嚴密，實有助於唐詩律體之成立。第六章探究八友詩文之內涵與形式，其題材包括遊仙、玄言、山水、行旅、詠物、宮體、贈答、傷別等八類；其形式則有體製模擬、五言律化、詩賦合流等特色，此足以反映當時貴遊文學之風氣，以及永明文學之特色。第七章探析八友詩文之技巧運用，分儷辭巧對、藻彩穠麗、四聲制韻、雙聲疊韻、練字度句、用典繁富等特點，以見其藝術風貌。第八章結論，乃總結並評述研究所得。

　　本書在於經由八友此一貴遊文學集團彼此互動關係之考察，分析其與當時文學現象之關連與影響，得以釐清後人對「竟陵八友」四字之模糊印象，並賦予其文學史上之價值與意義。

目　次

第四冊　閨閣傳心——《午夢堂集》女性作品研究

作者簡介

　　李栩鈺，國立中央大學中文研究所博士、國立清華大學文學研究所碩士，現職嶺東科技大學通識教育中心副教授，研究領域：女性文學、明清文學。授課科目：《紅樓夢》與藝術人生、古典小說的藝想視界、明清文學與小品人生。

專著:《河東君與柳如是別傳》、《文學女性與女性文學——不離不棄鴛鴦夢》。
與林宗毅合編:《中國文學名篇選讀》、《2009 秋・百家藝談》、《2010 春・百家講藝》、《紅樓・文化記藝》。

提　要

　　明清文學與女性文學是近年來學界所津津從事、關切的研究論題,本書藉由《午夢堂集》女性作品的研究,綰合了這兩者。全書前三章重述與探究葉氏家族母女作家生平經歷及其作品,敘錄《午夢堂詩文集》版本流傳,四、五兩章從主題、意象塑造與女性經驗描寫等方面,實踐了女性觀點為中心的批評,指出《鴛鴦夢》一劇為「家族療癒」的代表作,既是女性書寫,也是在書寫女性,迴別於傳統男性觀點的探討。

　　本論文 1997 年里仁書局初版後,1998 年中華書局出版冀勤點校《午夢堂全集》,大陸地區政府單位開始蒐集午夢堂文化遺產、2000 年保護午夢堂遺存、成立午夢堂紀念館。本研究可謂具體個案彰顯明清才女文學成就,於學術新視域有開闢之功。

目　次

第五冊　《柳毅傳書》與《張生煮海》研究

作者簡介

　　廖玉蕙，東吳大學中國文學博士，現任國立台北教育大學語文與創作學系
教授。曾獲中山文藝獎、吳魯芹散文獎、五四文藝獎章及中興文藝獎。多篇作
品被選入高中、國中課本及各種選集。創作有《後來》、《純眞遺落》、《廖玉蕙
精選集》、《像我這樣的老師》、《五十歲的公主》、《純眞遺落》、《不關風與月》、
《文學盛筵——談閱讀教寫作》……等三十餘冊及學術專著《細說桃花扇》、《人

生有情淚沾臆——唐人小說的美麗與哀愁》……等。曾編選《繁花盛景——台灣當代新文學選本》、《中華現代文學大系——散文卷》等多種。

提　要

　　傳奇文深受碑傳文體之影響，產生許多以人物爲主題之小說，〈柳毅〉即爲此中典型。〈柳毅〉敘落第書生爲龍女傳書，後乃結爲婚姻事。元代雜劇復有《張生煮海》，溯其淵源，似亦自〈柳毅〉文脫出，一寫洞庭龍女，一敘東海龍女，皆關涉龍女與人類之戀情，清人李笠翁爲之作合，演爲《蜃中樓》。其中，〈柳毅〉歷經宋、元、明、清作者之敷衍潤色，重要作品尙有元‧尙仲賢作雜劇《洞庭湖柳毅傳書》、明‧許自昌作傳奇《橘浦記》、清‧何鏞作雜劇《乘龍佳話》及清‧皮黃《龍女牧羊》……數種，其結構、情節、人物等已和原作單純、浪漫之面目大相逕庭。此中之層累進程、傳承關係、與《張生煮海》綰合狀況即爲本文之重心所在。

　　全書共分五章，首章緒論，略探戲劇題材蹈襲之因；次章探本溯源，詳述其傳承；三章言其演進及合流，兼考作者與本事；四章評騭作品，析其內容、論其結構，並評論缺失；五章結論。

　　文後另有附錄兩篇，〈唐人志怪小說中異類婚姻的幾點觀察〉由〈柳毅〉中之異類聯姻，擴而及於唐傳奇中相關異類婚戀故事，詳究其締結、破滅及各式異類婚姻趨勢，並取唐人現實婚姻加以驗證，以見小說與現實之關連。〈夷堅支志中異類婚戀故事的幾點觀察〉則更進而取宋筆記小說《夷堅支志》同類小說，先歸納異類婚姻的對象，再敘宋代異類婚戀故事中各自潛藏的集體潛意識，並取與唐代小說相較，並提出個人的幾點另類觀察。

目　次

第六冊　唐傳奇的寫作技巧

作者簡介

　　丁肇琴（1952-），祖籍山東省日照縣，出生於臺北市。臺灣大學中文系學士、碩士，輔仁大學中文系博士。師事葉慶炳教授、曾永義教授及車錫倫教授，研究領域爲古典小說、俗文學。曾任明道中學、育達高商國文教師，《明道文藝》、《天下雜誌》編輯，現任世新大學中文系副教授。

　　著作有《唐傳奇的寫作技巧》、《俗文學中的包公》，編著有《古典小說選讀》、《筆記小說選讀》，及合著散文集《愉快人間》等。

提　要

　　我國古典小說向分文言與白話二支，唐傳奇即爲前者最早成熟之成品。過去學者多從校勘原文、考證作者、追溯本事及探尋背景等方向加以研究，而忽略其作品本身之藝術價值。劉開榮《唐代小說研究》爲第一本唐代小說研究專書，亦屬外緣研究，甚少涉及寫作技巧之分析；1970 及 1971 年一群年輕學者

曾在《現代文學》雜誌上展開對唐傳奇的熱烈討論，但僅限於少數篇章，仍缺乏整體性之研究。

作者有鑒於此，即以汪國垣《唐人傳奇小說集》（原名《唐人小說》）、王夢鷗《唐人小說校釋》及張友鶴《唐宋傳奇選》等選本為基礎，另自《太平廣記》、《唐代叢書》、《雲谿友議》、《三水小牘》等書中挑選佳作，合計一百四十餘篇，作為研究對象，在葉慶炳教授的指導下，根據近代小說技巧理論加以研究。

本論文共分五章，前四章分別從結構、人物刻畫、主題呈現及景物等描寫方面，分析唐傳奇的寫作技巧，末章則為結論。經實際分析比較後，可以證實唐傳奇的確具有相當的藝術價值，且身居我國小說史上承先啟後之地位，值得吾人珍視。

目　次

第七冊　西遊故事與內丹功法的轉換——以《西遊原旨》為例

作者簡介

王婉甄，淡江大學中國文學博士，現任清雲科技大學通識教育中心專任助理教授。碩士論文以「道教文化」為主要研究範疇，撰有《李道純道教思想研究》。博士論文則在道教文化的基礎上，關注《西遊記》評點。本書為作者96年博士畢業論文，此次刊行僅作文句上的修訂，未作資料增補。

提　要

本論文不在強調道教詮釋的重要性，也無意將《西遊記》就此定位成道教解讀。只是道教既是文化的一環，過去又較少將《西遊記》與道教文化結合，因此本文嘗試結合小說與道教，從《西遊原旨》出發，提供《西遊記》文化研究一個新的可能。

本論題的提出，主要是透過劉一明的閱讀，重新省思《西遊記》的多樣詮釋。首先，《西遊原旨》是攀附在《西遊記》文本下而產生，因此有較多的篇幅討論《西遊記》故事的演變，希望從中了解《西遊記》在百回本寫定之前，究竟加入了哪些足堪內丹詮釋的文字或寓意。其次，從劉一明的《西遊原旨》切入，一方面從《原旨》本與世德堂本故事版本的兩相對照，發現《西遊原旨》的實用取向，高過於文學欣賞。甚至在整個形式與篇章的刪減，都相當程度的呈現「實用」特色。另一方面，再從劉一明對《西遊記》的內丹解讀，透過文字與符號的轉譯，結合《西遊》故事與內丹思想，成為一種新的小說詮釋。最後則討論劉一明將小說與內丹轉換過程中，所呈現出的文化特色或詮釋意義，希望能夠從不同的研究路向，看待劉一明的《西遊記》解讀。

目　次

第八冊 和邦額《夜譚隨錄》研究

作者簡介

洪佳愉，臺灣省彰化縣人，有著堅硬外殼和柔軟內心的巨蟹座女子。銘傳大學應用中國文學系所畢業，現職國文教師。希望可以一直在跟國文有關的環境實現夢想與麵包的平衡。生長在草莓世代，但卻是一顆堅韌的塑膠草莓。雖然已經是一個孩子的媽，但是永遠擁有一個童稚之心，也永遠深愛中國文學。

提 要

清代文言小說依舊維持著志怪小說繁榮的局面，和邦額的《夜譚隨錄》就是其中一個重要作品。《夜譚隨錄》雖為談狐說鬼之作，但卻可以從一個八旗子弟的筆法，更加了解當時社會文學作品的寫作現象以及志怪小說在當時社會所展現的風貌。

第一章為「緒論」，此章敘述研究動機與目的、研究方法，再敘述文體界說，期望能說明本研究之梗概。 第二章為「和邦額與《夜譚隨錄》」，此章敘述和邦額生平，從其家世考、交遊考和作品考探究。另論及《夜譚隨錄》之撰作，從寫作緣起、版本流傳和各家評註討論。 第三章為「《夜譚隨錄》的故事內容」，分為動物奇譚、鬼魂軼事、風俗景物和奇人與其他。本章將故事加以分類，並探究《夜譚隨錄》故事內容的相似性與相異性。 第四章為「《夜譚隨錄》的思想內涵」，從五倫觀、婚姻觀、果報觀與異類觀來進行探討。此章根據前一章的分析結果再深入探討《夜譚隨錄》的思想內涵。 第五章為《夜譚隨錄》之寫作特色」，分別從人物刻劃、情節安排和語言修辭討論。 第六章為「結論」，敘述對《夜譚隨錄》的研究心得、《夜譚隨錄》在小說史上的價值與地位以及研究展望與限制。總結本文的研究成果，並期許未來的研究方向。

目 次

第九冊　《鏡花緣》針砭現實之意義及其思想性研究

作者簡介

　　詹靜怡，1975 年生於彰化縣北斗鎮，東吳中文系、彰師大國語文教學研究所畢業，目前任教於國立西螺農工國文科，現居於彰化縣員林鎮。

提　要

　　《鏡花緣》爲一部充滿炫才耀學色彩之文學著作，然生於中國封建社會末世、資本主義萌發之際的李汝珍，面對的是理學受到嚴酷批判、小農經濟轉向商品經濟的時代變革，尤其身處在鹽業發達的海州，加上師承凌廷堪，並與許多當代學者交游，故李氏以經濟轉型後所帶來的豪風侈俗造成的種種人心失衡現象爲背景，將乾嘉以來的「禮學」思潮灌注其中，充滿現實性及建設性，編織完成一代奇書。本文即從三方面來探討《鏡花緣》針砭現實之意義及其思想性：（一）意識結構——以禮學導正時風之中心意識，承續凌廷堪「以禮代理」之思想，展現尊情尚智、義利合趨等思想動向，且「以文爲戲」流露出對社會之批判、寫實性，並建構其理想性；（二）藝術手法——寓勸善於「定數」之中，強調「終善」之實踐觀；（三）對當代思想新動向之突出——包括對「治生論」、「新四民觀」思想的呼應、綰合，強調男女平權之意識等。筆者謹以披沙揀金之功，將其對當代義理思想——理欲觀與價值觀做一牽綰，足見作者針砭現實並建構理想社會之經世思想價值，而非「掉書袋」或專爲個人炫才耀學之作。

目 次

第十冊　明清世說體著作之兒童書寫析論

作者簡介

　　毛香懿，1973 年生，畢業於國立中正大學中文研究所，現任教於小學；喜歡孩子，所以寫了有關兒童研究的論文。平時喜歡閱讀、旅行、做白日夢；個性迷迷糊糊，卻常常遇見貴人。最幸福的是：有一對好父母、四個好姐妹，嫁了一個好脾氣的老公，生了一個可愛的兒子。

提　要

　　明人模仿《世說新語》體例而著述之現象，始於嘉靖中期，盛行於萬曆、天啓年間，此熱潮持續迄於明末清初；《世說新語》仿作之興盛現象，兼具普遍性與特殊性。

本論文結合內部與外緣因素，探歸納與分析方法，對文本進行綜合性研究；架構如下：第一章〈緒論〉說明研究動機、目的；介紹「世說體」與「兒童」之研究概況；定義「世說體」一詞，並試著就古人心中之「兒童」尺寸，試圖對研究對象——「兒童」進行定義。第二章〈明清世說體著作兒童書寫之文本〉，概覽明清世說體著作，推溯文本來源、編纂特性，最後歸納兒童材料之篇章結構。第三章〈明清世說體著作兒童書寫之面向〉，針對以兒童言行事蹟為基軸之主要面向，以及材料較稀薄的次要面向——出生異象與兒童社會問題，進行論述。第四章〈明清世說體著作兒童書寫之意涵〉，討論明清時代異於《世說》的兒童類型；並以成人作為兒童之「觀看者」、透過觀看場景、角度，窺知明清文人心中理想兒童。第五章〈結論〉，取今昔資優兒童之特質相比、以中西兒童之相同處互為參照；透過比較，使讀者對兒童議題有更進一步的瞭解。

本論文以「明清世說體著作之兒童書寫析論」為題進行研究，藉著舊材料，提供另一種關心孩子歷史的新視野，盼能為兒童議題之研究，略盡一己棉薄之力。

目　次

第十一冊　《秦併六國平話》研究

作者簡介

蔡宗翰，1981 年生，臺灣臺中清水人，先後畢業於彰化師大特教系、東海大學中文研究所。現任教於臺中市立清泉國中。

提 要

《秦併六國平話》又名《秦始皇傳》，內容講述嬴政建立秦王朝故事。其特色在謹按《史記》書寫，是一部純粹的歷史小說。然而，以演義元刊《全相平話五種》作為歷史小說發展平臺的明、清時期，卻未見本書有任何發展。是以本研究聚焦於《秦併六國平話》「寫作特色」與「秦始皇形象描寫」之上，目的係針對寫作優劣予以分析，期能提出具體可行之創作策略，以供後人在進行秦始皇文學創作時之參考。全文凡六章：「緒論」係採用歷史分析及歷史比較研究等方法，藉此探析《秦併六國平話》對秦始皇故事對於正史與民間傳說的依據及價值。第二章試圖通過講史平話的淵源、變遷，確立《秦併六國平話》是否具備民間文學的共通性：「語言通俗性及文學虛構性」。第三章著重於統一前秦始皇的描寫去分析，從身世謎團、反秦戰爭及刺秦故事等三方面，探討秦兼併六國一系列的策略運用，過程中可見許多大臣及同時代人對秦始皇的側寫。第四章則偏重在秦始皇嚮往神仙之術的描寫，例如迷信方士與讖緯之說。透過秦始皇統一前後的形象比較，進而分析作者所持的觀點與態度。第五章將散佚的秦始皇民間傳說、歌謠及諺語集中探討，釐清這些未受青睞的民間作品是否導致平話的發展受到限制？結論除歸納《秦併六國平話》描寫秦始皇形象的差異及平話本身的特點之外，更就秦始皇文學創作的熱潮提出建議，俾能為往後創作與研究者用以參考。

目 次

第十二冊　晚清小說中所反映的中國商業界

作者簡介

　　林慧君，淡江大學中國文學學系博士，現任長庚科技大學通識教育中心副教授。著作有：博士論文《日據時期在台日人小說重要主題研究》(2009)、碩士論文《晚清小說中所反映的中國商業界》(1989)，曾獲國立臺灣文學館「台灣文學研究論文獎助」。另有單篇論文〈論《文明小史》的語言特色〉、〈殖民帝國女性之眼——論口子小說中的台灣女性形象〉、〈新垣宏——小說中的台灣人形象〉、〈「南方文化」的理念與實踐——《文藝臺灣》作品研究〉等。

提　要

　　晚清小說可說是密切結合社會狀況的文學作品，並且傳達了歷史所不能傳述的細節。西方經濟入侵後，中國的商業界首當其衝，商業的種種問題成了關

係中國本身命脈的商務問題，並衍爲富國強民的商務思想。本論文以「商界」
的主題，針對時代背景中帝國主義侵略下的晚清經濟趨勢加以梳理，從「商界
風氣」、「西力衝擊下的商界」、「商人類型、組織及活動」等層面，考察晚清的
中國商業界如何持續、如何應變，是成功、抑是失敗；觀看晚清小說作者如何
憑藉經驗及想像，塑造、詮釋他們所面對的歷史現象，又「商務」的觀念與實
踐曾如何在晚清小說作品中，留下另一層力量運作的痕跡。晚清小說中這類商
業及商人的題材，在小說史上可以說是「空前」的，反映了自五口通商以來中
國商界所面臨的狀態，直截表現出時代脈搏的律動，其所呈現的時代意義，爲
剖析我國近代轉變所必須面對的基本問題之一。

目 次

第十三冊　王希廉的紅學初探

作者簡介

　　吳盈靜，嘉義人。國立中央大學中文博士，現任國立嘉義大學中文系副教授。以評點紅學爲學術研究入門之始，復進一步關注台灣紅學發展，遂引發對台灣文學的研究興趣。著有碩士論文〈王希廉紅學研究〉、博士論文《清代臺灣紅學初探》，另有單篇論文〈清代閨閣紅學初探——以西林春、周綺爲對象〉、〈飄泊有恨？——論許南英的遺民紅學〉、〈在名教與情教之間——論《好逑傳》中的〝非常〞男女〉、〈賦詠名都尙風流——王必昌〈臺灣賦〉一文探析〉、〈一位滿裔漢人的台灣詩情——論巡台御史六十七及其詩作〉、〈楊爾材《近樗吟草》中的疾病與災難書寫〉等著作。

提　要

　　王希廉以評點的方式表現他的紅學，屬舊紅學時期的產物。五四以後，胡適考證派新紅學異軍突起，舊紅學遂在胡適竭力詆毀之下遭致全盤否定。然任一學術發展，新、舊之間必存層遞相因的關係，不可截然斷分，若無舊紅學以爲基礎，則新紅學的考證便言之無根。因此重新正視舊紅學時期的研究成果，是現階段紅學研究的重要課題！

　　面對舊紅學時期的紛紜面貌，本文乃自評點入手。蓋評點派是上承脂批，下開王國維評論的重要媒介，具備純文學批評的雛形，同時評點的流行又與時代環境息息相關，故選取當時最富盛名的王希廉評點爲研究對象，希冀援例以窺全貌！

　　由於評點的不受重視，致王希廉的身世成謎，故本文撰述之時，除對王評內容本身進行汰蕪存精的工作外，又自王希廉所處的歷史背景與地理環境來彰顯王評的意義與價值。根據此一方法，而有如下的章節安排：

首章破題，概述「紅學」一詞的建立，並以極有限的資料說明王希廉其人其事，由此點出搜尋其生平之不易。

第二章敘舊紅學之研究概況，試圖在紅學領域中為希廉找到一價值定位，並對小說評點學作一評估。

第三章敘希廉評點的刊刻及其流傳，以見其與時代結合的軌跡。

第四章對其評點進行內容分析，共分創作手法、藝術鑒賞及主題寓意三部分。

第五章則從希廉所處的江南區域試探其地緣意義。

第六章總結全文。

王希廉的紅學成就建立在群眾基礎上，一則其評點不乏精到平實之見而普獲認同，再者，有客觀環境的配合，晚清思潮與評點內容的若合符節，及江南文化圈的推波助瀾，使王評享譽海內，王評的意義與價值即表現在此！日後苟能發掘希廉生平資料，對此議題將更有裨益！

目　次

第十四、十五冊　中國古典短篇文言愛情小說女性主角形象結構研究

作者簡介

陳葆文，台灣師範大學國研所碩士，東吳大學中研所博士。曾任淡江大學中文系助理教授、副教授，現任國立台北教育大學語文與創作學系副教授。研究領域為中國古典小說，並教授相關課程。

提　要

本書乃借重西方敘事學、結構主義之分析理念，由女性主義之角度切入，分析中國古典短篇文言愛情小說女性主角的形象結構現象及其意涵。全書共四章：第一章「緒論」，說明本文之研究動機、方法、目的，並針對關鍵詞進行定義。第二章為「形象的表層結構——小說文本的分析」，乃由文學流變史的宏觀角度切入，分析女性主角呈現的小說文本的形象，其分析內容包括中國古典短篇文言愛情小說的主要人物結構、女性主角的塑形來源、條件特質、行為

取向。第三章爲「形象的深層結構——父權社會文化機制的操控」，乃由性觀念、死亡觀念、社會權力規則、文學傳統等深層結構切入，剖析父權社會與男性述敘視角度如何操控前述文本形形象結構之呈現。第四章爲「結論」，總結前述女性主角形象的文本現象分析及深層因素的探討，檢討具有這樣一個結構性質的女性主角其形象意義，並對本書主題「中國古典短篇文言愛情小說女性主角形象結構」提出人物結構重塑的可能性及其反思。

目　次

第十六冊　元雜劇情節單元與故事類型研究

作者簡介

　　劉淑爾，國立政治大學中文系畢業，中國文化大學中國文學研究所碩士、

博士。現爲國立勤益科技大學基礎通識教育中心副教授。研究領域以「民間文學」爲主軸，如〈從中彰民間文學的神明傳說故事觀其民間信仰思維〉、〈整合性課程在通識教育中的建構與效能——以「民間文學」課程爲例〉、〈灰姑娘型故事的共同性與差異性析論〉……等都是有關這個領域的研究。而本書《元雜劇情節單元與故事類型研究》，則是作者嘗試以民間文學研究中相當普遍被使用的分析單元——「情節單元」與「故事類型」，應用在元雜劇中所做的分析探討。

提　要

本論文採用民間故事的研究領域中已世界通用的 AT 分類法爲基礎，再以分類歸納的方法，將所研究之原始資料——《全元雜劇初編、二編、三編、外編》之劇目的「情節單元」分門別類，並將成故事類型與不成故事類型的劇目作一區別，再以比較分析的方式，論述各故事類型的特色，並探索其相互結合的內蘊意義。以期建立元雜劇的「情節單元」與「故事類型」之研究的初步系統，使元雜劇的故事情節與它類或它國的故事情節，得以有相互比較的憑藉，並爲比較文學的研究有更深廣的認知而獻力。

本論文研究結構主要分爲五大章，第一章緒論，主要在介紹元雜劇及元雜劇觀眾群之來源的主要特性及本論文的研究方向、目的與撰寫方法。第二章有「情節單元」之元雜劇則分爲四節，第一節主要在說明「情節單元」的定義，以及各類別之「情節單元」的分佈情形；第二節則陳述具有「情節單元」之元雜劇的實際分類情形；第三節則分爲主題顯現的焦點、人物形象的強化、內容發展的高潮、劇本結構的骨架等四個單元來敘述「情節單元」在劇本中的運用意義；第四節則分成觀眾身分的基層性、行爲思慮的講智慧、鬼魂迷思的深滲透、宗教信仰的奇幻性、人倫道德的世俗化、情節單元的社會價值及其它等六個單元來敘述「情節單元」與元雜劇觀眾之反饋訊息。第三章成「故事類型」之元雜劇亦分爲四小節，第一節敘述戲曲之分類型態，先敘前人對戲曲分類與批評的幾種主要方式及優缺點，再述「故事類型」的定義及運用；第二節陳述可以成「故事類型」之元雜劇的實際分類；第三節述各類「故事類型」與「情節單元」的結合情形；第四節述元雜劇各「故事類型」的發展與特色。第四章無「情節單元」及不成「故事類型」之元雜劇也分爲四節，第一節敘述此類劇目之生成及存在的因素，第二節述無「情節單元」及不成「故事類型」之元雜劇的實際分類。第三節述此類劇目的內容路線，第四節述此類劇目的文化意

義。第五章爲結論——一個新途徑的嘗試與開展，則在說明本論文的研究成果。

目　次

第十七冊　《西廂記》二論

作者簡介

　　林宗毅（西元 1966 年～），男，出生臺中，畢業於臺灣大學中文系、碩士班、博士班，師事曾永義教授，從事古典戲曲研究，其中較突出成果為《西廂

記》專題研究，相關重要專著有《西廂記二論》、《「西廂學」四題論衡》（兩書皆花木蘭文化出版社），以及《西廂記》改編（三久出版社），正進行《西廂記》鑑賞筆記整理。現職靜宜大學中文系副教授，開授《西廂記》專書課程，以期研究與教學相結合，並表一生樂此不疲。

提　要

本論文分緒論、二論、結論及附錄四部分。

緒論檢討臺港及大陸地區《西廂記》研究概況，分作者、版本、主題思想、藝術成就、金批《西廂記》五方面評述。

二論為本論文主體。第一論「《西廂記》之淵源、改編和主題異動」，將數百年來三十四家《西廂記》的改編本或續作，就其故事情節內容和流變歷程進行考證和分析，從而分類探討其主題異動情形，為當今探討《西廂記》改編家數最多的專著，之後在博士論文「西廂學」四題論衡》中復增入《拯西廂》，並存疑一種，影響學界深遠。

第二論「《西廂記》版本所具之深層意義」，探討晚明《西廂記》評點的發展，進而針對王世貞、徐渭、李贄、湯顯祖、陳繼儒等人的鑑賞性評點闡述，看出戲曲觀念的演進及其與時代思潮的關係。另針對金聖歎批改的《西廂記》探討，掌握其底本與批評的內在模式，並從其律詩「分解說」聯繫到戲曲「分解」的意義，印證金氏是從「文章」的角度評《西廂記》的藝術內涵，此為本論文最具創發之處。

結論對「《西廂記》學」提出頗多願景，某些已成真，而「《西廂記》版本集成的編纂」，大陸已在進行此一浩大工程，實令人興奮、期待。

附錄有三：關於《西廂記》研究論著索引彙整、晚明版本一覽表、俗曲微卷索引。

目　次

第十八冊　「西廂學」四題論衡

作者簡介

　　林宗毅（西元 1966 年～），男，出生臺中，畢業於臺灣大學中文系、碩士班、博士班，師事曾永義教授，從事古典戲曲研究，其中較突出成果為《西廂記》專題研究，相關重要專著有《西廂記二論》、《「西廂學」四題論衡》（兩書皆花木蘭文化出版社），以及《西廂記》改編（三久出版社），正進行《西廂記》鑑賞筆記整理。現職靜宜大學中文系副教授，開授《西廂記》專書課程，以期研究與教學相結合，並表一生樂此不疲。

提　要

　　本論文分四題研究，首二論是關於古代《西廂記》的研究，選擇弘治本、徐士範本、陳眉公本、王驥德本、凌濛初本、閔遇五本、毛西河本等七本代表作，貫串成史，看出：（1）古代《西廂記》研究史的啓蒙與發展，包括對戲曲文獻的校訂、戲曲研究領域的拓展與問題的論爭；（2）校注者中不乏本身即是戲曲作家、曲論家，校注必然成爲其創作之觀摩及理論之實踐，以及彼此間的理論交流與攻防。這方面的探討龐大而複雜，但明顯可以王驥德爲分界，分爲兩題闡述，此爲本論文之重心。

　　繼之而論的是今人校注《西廂記》的成績，包括：王季思、吳曉鈴、張燕瑾、祝肇年、蔡運長、張雪靜、李小強、王小忠、賀新輝等學者之現代校注本，這部分是古代《西廂記》研究史的延續，古今對照，亦可看出古代校注本由通俗化→文士化→學術化的發展歷程；現代校注本則「因時制宜」，除王季思校注本外，幾乎以「通俗化」爲主，反映了不同時代的閱讀需求。

　　第四題所談問題有三：（1）《拯西廂》之情節改編及其批語；（2）張深之本與金批本之關係重探；（3）金批本分節之來源及金聖歎曲家地位重評。其中以金聖歎在戲曲評點上受到王驥德之啓發的研究發現最引人矚目。

　　餘論力辯《西廂記》第五本之完整性，以新角度推論，試圖解決懸案。

目　次

第十九冊　明代傳奇之劇場及其藝術

作者簡介

　　王安祈，台灣大學文學博士，現任台灣大學戲劇學系特聘教授，曾任清華大學中文系教授二十餘年。出版《性別、政治與京劇表演文化》《為京劇表演體系發聲》《當代戲曲》《台灣京劇五十年》《傳統戲曲的現代表現》《明代戲曲五論》等多本學術專書，曾獲國科會傑出獎，胡適學術講座。

　　1985 年起為郭小莊、吳興國編劇，出版劇本集兩本，多次獲得編劇獎。2002 年起擔任國光劇團藝術總監，新編《孟小冬》《畫魂》《歐蘭朵》，《金鎖記》等四部女性京劇輯為《絳唇珠袖兩寂寞》，獲國家文藝獎與金曲獎。

提　要

　　本書為作者 1985 年台大中文研究所博士論文，由張敬、曾永義兩位老師指導，是台灣較早的劇場研究學術專著。全書分上下兩編，上編論明代傳奇之劇團類別、演出場合與劇場形製，分為「宮廷、職業戲班、私人家樂」三類劇團，以及「宮廷、祠廟、勾欄、廣場、酒館、家宅、船舫」等不同的演劇型態；演出場合與劇場形製對於戲劇演出內容與風格之影響，可視為上編結論。下編論明代傳奇的劇場藝術，「角色分類、人物造型、音樂、賓白、科介、砌末」

等各組成元素分別立論，從演出角度對明代傳奇進行立體研究。資料引用方面，大量運用當時新出版的《全明傳奇》與《善本戲曲叢刊》，使傳奇研究不再局限於《六十種曲》，更詳細比對戲曲選本與原著全本之異同，建立「演出本」概念，由案頭走向場上；對於弋陽腔劇本的詳細析論，也使傳奇在崑劇的固定概念之外另闢視野。全書不僅具有劇場史、演出史、聲腔史的向度，更匯聚一切劇場藝術與劇本文學之關係，在 1980 年代實具開創性意義。

目　次

第二十、二一冊　湯顯祖愛情戲曲取材再創作之研究

作者簡介

陳貞吟，民國四十四年生，高雄市人。政治大學中文學士、輔仁大學中文碩士、高雄師範大學國文博士，曾任教於婦嬰護理專科學校、空軍軍官學校文史系，目前任教於高雄師範大學國文系，教授詞曲、古典戲曲、現代散文等課程；主要研究領域為中國古典戲曲。研究論文有明傳奇夢的運用及明雜劇作家賈仲明、朱有燉、康海、葉憲祖等劇作家之研究。

提　要

湯顯祖是明代最負盛名的戲曲大家，自明清迄今，有關湯顯祖及其作品之研究、論述，可謂汗牛充棟，難以勝數；然而，湯氏一生共有五本戲曲創作，學者之研究偏向其後三本劇作，至於其最早創作的《紫簫記》與《紫釵記》，則未獲積極之研究，此不能不說是湯顯祖研究之一缺憾。

古典戲曲自小說中汲取故事題材，此為一普遍現象，湯顯祖取材唐人傳奇、宋人話本來創作其愛情戲曲，於再創作之際其實寫入作者之人生思想與時代現實。本論文之撰寫，乃以戲曲與原傳小說之異同比較為緯，以湯顯祖其人其時為經，深入分析湯氏愛情戲曲之主題、情節與人物。湯顯祖為標舉「曲意」之作家，故若不從作者本身去瞭解，則無法探討其作品之內蘊精神；瞭解作者，

此亦本論文立論之主要基礎。

　　本論文共分六章，近四十二萬字。第一章「緒論」，從湯氏詩文集中去瞭解其人之品格志節與文學創作思想。第二章「湯顯祖戲曲的創作年代」，歷來學者對愛情三戲曲的創作年代，說法並不一致，故探論之。第三章「《紫簫記》對〈霍小玉傳〉的再創作」，第四章「《紫釵記》對〈霍小玉傳〉的再創作」，第五章「《牡丹亭》對〈杜麗娘慕色還魂〉的再創作」，以上三章分別先綜論明清以來學者對湯氏該劇作的評論，其次依主題思想、關目情節、人物刻劃三方面作深入分析與探討。第六章「結論」，總結全文，提出（一）愛情與婚姻，追求尊重當事人與家庭和諧。（二）主題思想反映作者人生之經歷。（三）取材再創作，由實到虛。（四）三劇六夢與作者之夢經驗相關。（五）腳色分配與上場之安排更臻完善。（六）愛情三劇各有所長。（七）兩點看法，提出對湯顯祖與張居正關係之看法，及對湯顯祖之「情」與「理」的看法。

目　次

第二二冊　李漁及其戲劇理論

作者簡介

　　張百蓉，出生於中華民國高雄市。中國文化大學中國文學系學士，中國文學研究所碩士、博士。曾任道明中學專任國文教師、國立高雄應用科技大學兼任講師，現爲輔英科技大學語言教育中心中文組專任副教授。碩士論文《李漁及其戲劇理論》寫於 1980 年，博士論文《高雄都會區台灣原住民口傳故事研究》在 2002 年完成。研究範圍有：戲劇理論、民間文學以及中文閱讀與寫作教學的相關議題。教授的課程則有：國文、中國語文能力、文學與人生、民間文學之採錄與整理。

提　要

　　笠翁係清初戲劇大家，其劇本以詼諧俚俗見長當日，時人有以之與李卓吾、陳仲醇鼎立而三者。又有戲劇理論，以條列井然，系統完備，爲今人所稱道，卻不流行於當世。本文爲知人論事，遂以其人並其世爲根本，試探其戲劇理論之所由，並窺探中國傳統戲劇理論之面貌。全文計分五章：

　　第一章　李漁其人其作品——分以鄉里、生卒年歲、家庭、交遊、營生之道。歷敘笠翁其人一生，以見其際遇、行止、性情，並列一簡譜，條其梗概。作品之介紹，以收量、種類繁複，依創作、編選、評閱三者，分述其刊印流行及內容大要。

　　第二章　李漁戲劇理論與傳統戲劇理論——略述中國傳統戲劇理論，及李漁劇論與中國傳統戲劇理論之關係，以見笠翁劇論之特出。

　　第三章　李漁戲劇理論產生之背景——依政治、社會、文風、當日戲劇之發展及笠翁個人之才性，探討笠翁劇論之由米。

　　第四章　李漁之戲劇理論——以閒情偶寄詞曲部、演習部爲主，輔以笠翁之劇作、小說及其他有關言論，分析條列笠翁之戲劇理論。

　　第五章　結論——綜合前列各項，笠翁生平、劇論承傳、笠翁劇論之背景，

評述笠翁劇論之特色、地位及不流行於於當世之緣由。

目　次

第二三、二四冊　清初蘇州崑腔曲律研究──以《寒》《廣》二譜與傳奇作品爲論述範疇

作者簡介

李佳蓮，女，一九七五年生，台灣台北縣人，已婚，育有可愛一女。台灣大學中文所博士，現職明道大學中文系助理教授，擔任國科會研究計畫主持

人，考試院高等考試命題委員。曾三度榮獲教育部「優質通識教育課程」獎助，以及國科會人文學中心「暑期進修訪問學人」、「年輕學者學術輔導與諮詢」獎助，2010 年榮獲第五屆中國海寧王國維戲曲論文一等獎，以及明道大學教學優良教師、優良導師。曾任教於國立台灣戲曲學院戲曲音樂學系兼任講師，研究領域為古典戲曲、現當代戲曲、民間文學，著有博士論文《清初蘇州崑腔曲律研究——以《寒》《廣》二譜與傳奇作品為論述範疇》及學術論文多篇，發表於國內外各大學術期刊。

提　要

　　本論文的議題是「清初蘇州崑腔曲律研究」，其定義與內容乃是：清初順、康二朝蘇州府所轄一州七縣，目前所能考察之此時地崑腔曲律發展與變化情形，所謂「崑腔曲律」一般包含兩個部分：一為文學方面的曲詞部分，一為音樂方面的曲調部分，本論文乃以崑曲曲詞文字、包含曲牌之句讀正襯等格式以及曲牌聯套規律等文學部分為研究範疇，而非「崑曲曲調旋律之高低快慢等音樂」方面的探討。至於研究動機，是從既有的研究成果來看，一者關於清初蘇州地區既有的研究成果尚不及「曲律」此區塊，二者則日漸重視的地方戲曲腔調研究仍不及此時地，因此，針對「清初蘇州崑腔曲律」作出專題探討者仍闕之弗如，本論文即嘗試為這極為重要卻仍空白的偌大區塊補缺拾遺。

　　而曲譜則是研究崑腔曲律的第一手資料，然囿於現存清初曲譜都是文字譜，且大多不收常用聯套，因此，本論文以崑曲曲詞之文學部分作為探討重點，對於曲牌聯套規律，則必須憑藉崑曲以為載體的劇本—傳奇。是以筆者以產生於清初蘇州地區的張大復《寒山堂曲譜》、李玉《北詞廣正譜》此南北二譜，以及十多位清初蘇州劇作家現存五十五部傳奇劇本，作為本論文的論述範疇。

　　至於本論文的研究步驟，首先，在第壹章探勘清初蘇州地區所能考知的各式戲曲腔調劇種，以期掌握崑山腔面對明末清初諸腔並起時的處境；繼而嘗試釐清張大復《寒山堂曲譜》繁雜的板本問題，藉此瞭解清初曲家對於曲譜的編纂態度與曲律演變的審美心態。接著，第貳、參章即據張大復《寒山堂曲譜》、李玉《北詞廣正譜》二譜觀察清初崑腔曲律，以分析曲牌格律變化、研究曲牌形式異同，作為研究崑腔曲律發展與變化之途徑。繼而，第肆章針對清初蘇州劇作家傳奇作品，檢驗當時地崑曲聯套規律之發展；終至，第伍章探討劇作中聯套規律與排場處理之關係。

　　本論文還嘗試運用多種研究方法，以應不同議題的探索：第壹章首先全面

概觀，從筆記叢談等原典文獻，以及近人相關論著中爬梳整理各地方腔調的蛛絲馬跡，繼而以考證論辨的方式，釐清張大復《寒山堂曲譜》的板本問題。第貳、參章則以張譜、李譜作爲觀察曲牌格式的基準，與其前、後具代表性之諸家曲譜進行校讎比對、歸納異同。第肆、伍章則進一步開展，先就清初蘇州劇作家作品所運用的聯套進行統計與分類，嘗試用「量化」的方式，客觀比較明清前後之異同，繼而進一步分析聯套運用與排場處理，在方法上便大量援引劇例以茲檢驗證明。

經過全文的討論，筆者以爲，崑腔曲律自明中葉魏良輔創發爲水磨調之後，在晚明蓬勃茁壯，待入清之後已經過近百年，彼時在前人的豐厚基礎上，既有所繼承延續、也有所拓展啓發，然更多的是進一步的蛻變與衍化：

首先看到繼承延續方面，就曲牌的整理而言，從張大復《寒山堂曲譜》約有近四成是全同於以往諸譜，可見這部分是構成崑腔曲律性格穩定、鞏固自身特質的基石；就曲牌的性質而言，大部分常用的曲牌在性格及其使用的次序、方法上，是不容許有太大的歧異與突變；就聯套的形成與襲用來說，明傳奇發展的初期，事實上已奠定了日後創作所需的大部分基礎，這些班底一路沿用至清初，甚至佔了清初劇作五、六成之多的份量；就北套的運用來說，無論是從《北詞廣正譜》所存「套數分題」或者傳奇劇本所使用的北套來看，清初廣爲使用者，體製都相當固定、幾乎是顛撲不破；就關目情節的運用而言，明傳奇常見的關目到了清初，仍見基本型態的續用；就排場的運用來說，前輩學者所歸納出特殊排場的慣用熟套舉例，也大多可見於清初蘇州劇作家劇作中，少有完全的悖離與歧異。

凡此種種，皆可見出崑腔曲律自魏良輔製定以來，即已揮別南曲戲文隨心可唱的即興散漫，而有一套顛撲不破的規律與法則，此套規矩撐起崑曲的基本骨幹，成爲異於其他聲腔的獨門特色。然而行至清初，在繼承之餘畢竟有所開拓與啓發、進而發展變化，筆者以爲，有以下幾個方向可尋：

（一）部分曲牌之格式日趨鬆散：

比對張大復《寒山堂曲譜》所收曲牌格式與以往諸譜的異同之後，可以發現：清初決定曲牌格式變化的幾項因素往往一齊發生變化，大幅度地動搖曲牌既有的格式，以致曲體與本格面目迥異。相應於劇作家的創作亦復如是，清初傳奇作品的聯套常有異於明代熟套者，如以一般聯套來說，就可見出單曲型、變異型、雜綴型等多種複雜面貌。整體看來，從張大復《寒山堂曲譜》約有六

成內容異於舊譜，而劇作家作品又有將近三成聯套不見於明代熟套的現象可知，清初部分崑曲曲牌的內在規律已日趨鬆散。

（二）宮調統轄力漸失：

此從張大復、李玉編譜時對宮調的處理頗多異於舊譜之處即可看出。張譜對於部分曲牌的歸屬以及宮調的統納與前譜大異其趣，透露出對於南北曲界線的模糊、對於犯調與否的劃分不一、對於板式下定與格式的淆亂等曲律演變的訊息。至於李譜是首部以十七宮調架構全譜的北曲譜，然而這十七宮調實際上從未被應用於曲譜系統以及實際創作之中，李玉等編譜者煞有介事地架構全書，反而突顯出編譜者的「不識時務」，之所以如此，實出於宮調實際的統轄能力已漸消失，以致清初編譜者對於宮調觀念的日趨模糊。

（三）舞台搬演日趨重視：

上述曲牌格式日趨鬆散、宮調統轄力的漸失，均指向同一意涵，即：舞台搬演日趨重視。此點就四個層面來說：首先，就曲譜的編纂立場而言，張大復屢次明言是基於作劇者實際的需要，一切以音律為導向，可知該譜以實際的舞台搬演為依歸。其次，就曲譜的內容而言，可以發現張譜頗多處提到和演唱、搬演相關的問題。其三，就曲譜的形式而言，張、李二譜不約而同地刪去以前眾譜極為重視的旁注平仄，張譜悉心增列拍數，李譜還是第一部標點板眼的北曲譜，均透顯著由格律譜朝往工尺譜的方向過渡，可知清初蘇州曲學家們對於崑腔曲律的關注，已是進入了審音度律的曲學層面。其四，就清初傳奇劇本所見排場處理而言，往往靈活調度，都可見出清初蘇州劇作家們所努力發展，是朝著加強戲劇性、豐富表演性的方向駛去。

（四）北曲崑山水磨調化

上述南曲曲牌格式的日趨鬆散、宮調統轄力的漸失，也可見於北曲，而北曲這種內在規律的消解，一言以蔽之，即「崑山水磨調化」。自明中葉以來傳入蘇州地區的北曲，早已在耳濡目染之下深受南曲影響，在明末尚且能保有自身體質而與南曲齊頭並進、並推隆盛；但到了清初，此「南曲化」甚且「崑山水磨調化」日益浸染，終至崩散消解了北曲內在的規律，使得清初蘇州地區的北曲呈現和元代北曲大異其趣之貌。

綜合全論文的探討，可知蘇州地區由於特殊的地理環境、文化氛圍，在鼎革之後、百廢待舉的清初時期，對於崑腔曲律自明代以來既有的豐富成就，不僅有所繼承傳續、涵養容受，同時開創新局、拓展視野，甚且消解既有的規範

與秩序，進而產生更多的發展與變化，揭示著當時地處於新舊交替、關鍵樞紐的重要時期。由此看來，對於清初蘇州崑腔曲律之研究，實有其不容忽視的意義與價值。

本論寫作期間，榮獲國立傳統藝術中心第七屆博士論文研究獎助，謹申謝忱。

謹以此論文，紀念敬愛的先父李公文章，並獻給親愛的母親吳淑妮女士。

目　次

第二五冊　中唐贈序文研究

作者簡介

　　姜明翰，東吳大學中國文學碩士、世新大學中文研究所博士候選人。曾為廣告創意人、電腦公司商品企畫、育達教育文化事業創辦人祕書，現任育達商業科技大學華文傳播與創意系助理教授。書法曾獲一九九七「迎香港回歸」書畫展一等獎；入選第三十六、三十七屆全省美展、第十屆臺北市美展、八十六年國語文競賽第一名。圍棋棋力達業餘四段，目前從事圍棋文化之相關研究。著有《中唐贈序文研究》及學術論文二十餘篇。

提　要

　　贈序是唐代新興的文體之一，至中唐達於鼎盛，作家和作品數量激增。後之論者，自姚鼐以降至今，幾乎只鍾韓愈一家，連柳宗元也被摒除在外。韓愈寫贈序的技巧，固然一時獨步；而諸家之作，亦不宜偏廢。雖然這些應酬作品的浮濫現象爲後世詬病，然揆其內容，著實反映了當時的政治制度、社會現象及文苑風尚，取材廣泛，面貌多樣，無論就文學或史學的角度而言，均頗具研究價值。有鑑於此，本書以中唐做爲研究基點，期能從當時作家在同一體裁的創作上，尋繹出彼此間的關聯性和差異性；並擴而大之，由作家及乎時代，以明瞭贈序一體在整個唐代嬗變的軌跡。

　　本書共分八章：第一章「緒論」說明研究的動機與範疇，並詳考贈序一體的意義與源流；第二章「唐代贈序文的流變」將贈序文在唐代演變的過程分爲四期，從體裁、風格、作品數量等方面，做簡要的探述；第三章「中唐贈序文的時代背景」介紹其時代背景，以爲進一步的研究參考；第四章「中唐贈序文的題材」，就其寫作題材，按官宦、文士、僧道三種身分的贈送對象區別；第五章「中唐贈序文的思想內涵」就其思想內涵，由時代總體趨勢至各家異同所在，加以判別探討；第六章「中唐贈序文的藝術技巧」將其藝術技巧分爲謀篇布局、修辭方法兩端，由外而內析論之；第七章「中唐贈序文反映的社會現象」從文人的行誼切入，分析其反映當時的社會現象；第八章「結論」綜合上述各章研究心得，爲全文收束。

目　次

第二六冊　白居易碑誌文研究

作者簡介

　　林巧玲，國立中興大學中國文學研究所碩士，曾任教於玉山高中、慈明高中、青年高中。

提　要

　　白居易歷來以詩聞名於世，其實他的散文同樣也有極高的水平，但卻沒有引起人們的足夠重視，一些文學史著作都略而不論。本文乃從白氏散文中的碑誌文作探究，期能拋磚引玉，引起學者之注意，開展探究之領域。

　　本論文整理白居易碑誌文於《全唐文》、《白居易集》、《文苑英華》以及《唐文粹》的分類情形，探討白居易碑誌文的寫作動機與篇章分類，比較白居易碑

誌文的內容與新舊唐史傳，經過碑、史比較，更能具體地了解前人的事跡。

白居易可稱是撰寫碑誌的名家，其體例，是文隨人異。從內容到形式能不落俗套，並非是千篇一律、固定不變的格局。從白居易碑誌文中「題」、「序」、「銘」三部分作探究，可見白居易對文體、文風進行改革。

藉由白居易碑誌文可以研究人物家世背景、認知喪輓文學發展、瞭解當代社會狀況、明瞭唐代官制制度、探究佛道流行情況、補史籍記載之闕漏等。可說潛藏豐富的價值，只要學者能善於讀取與考證，必能一一如躍眼前。

目 次

第二七冊　政論與史論演變研究——以北宋中至南渡初期爲例

作者簡介

鄭芳祥，一九七八年生，國立成功大學中國文學研究所博士。曾爲中華民國僑務委員會僑教替代役教師，於菲律賓從事華語教學，現爲實踐大學高雄校區應用中文系短期專任助理教授。關注宋代文化各領域，撰有博士論文「北宋中至南渡初期政論與史論演變研究」，專著《出處與死生——蘇軾貶謫嶺南文學作品主題研究》，以及論文〈歐陽脩「以文爲四六」探析〉等。

提　要

北宋中至南渡初期政論與史論的演變現象何在？南渡初期之總體特色爲何？文學史地位又爲何？以上是本文所欲解答的問題。

筆者由影響政論與史論創作之因素、作者、作品等方面，考察演變現象。政論與史論的發展，於北宋中期爲極盛，於北宋晚期爲低谷，於南渡初期時再造高峰，於高宗後期則再度走下坡。簡言之，呈現著：「極盛→低谷→高峰→低谷」的演變格局。

政論與史論創作總體來說是相當繁榮的。但由北宋中至南渡初期，卻也因不同因素而有高低起伏的變化。因爲靖康之難的刺激與下詔言事的推動等緣故，使得南渡初期成爲北宋中期後新的創作高峰。

就作者主要身分而言。北宋中期以「應舉者」爲主，北宋晚期以「遷謫退居者」爲主。至南渡初期，除以上兩者外，則尚可見「上言者」的身分，因而有別於前期。

就作品內容與手法而言。南渡初期作品所論，可歸結為「中興」議題。其對於漢高祖與光武帝，有著異口同聲的極高推崇。而直截了當的論述策略，激憤濃烈的情緒渲洩，以及比興寄託的抒情方式，則為其常運用的寫作手法。以上種種，皆與前期不同。

綜合以上演變現象，本文認為：南渡初期的政論與史論，在各方面有別於前代而獨具特色，是繼北宋中期之後又一創作高峰。要之，是以直截、激憤、興寄的筆調，力主宋室中興的時代之音。

目　次

第二八冊　王安石文風轉變特色之研究──以中晚年文章為討論中心

作者簡介

沈秀蓉，國立臺灣師範大學國文研究所碩士班畢業。

提　要

　　本論文由王安石文學觀及實際作品呈現的風格，來觀察其中、晚年文風轉變的特色。在閱讀王安石作品的過程中，發現其一生的文學觀，並非完全延續早年在文章中所提到的「文貴實用」觀念。王安石中年的文學觀主要是落實政治理念，大抵不離致用之意，但晚年的文學觀由積極偏向消極，追求適意，而不求實用。

　　王安石一生文風不變之處在於「文如其人」，因為如此，所以文章能反映出他心境的轉變，包括執政時的強勢、變法失敗的挫折到退隱之後的調適。此外，他的文風也有變化之處。他中年的文章以議論文為主，特色在於大量且自然地援引儒學經典入文，不論建議制度或是商討國政，都能引用三代聖人施政的立意或言論為佐證。也因為學識根柢厚實，文才又高，所以能夠在理學家與文人的文章風格之外另闢途徑，自成一家之言。王安石晚年的文章，內容由議論轉向抒情，和婉中帶有衰疲之氣，少數篇章不失剛直。整體而言，中年為文

的氣勢消退，議論收束，書寫回歸文章體類本身的特色。文中援引佛學義理的比例增加，佛學對晚年的王安石亦有看淡世事的助益。

王安石的詩風於二度罷相回金陵之際有所轉變，大抵由議論轉為閑淡自得，文風也在相近的時間點產生變化，不過因為詩風轉折的幅度較文風來得明顯，所以多為學者注意。其實由文章更能看出王安石罷相之後與皇帝的互動關係，此時自傷自責、抒發感慨的哀愁情緒，與中年輔政、得君行道的自信形成強烈的對比。

宋人多立足於「平易」的時代共相，來讚美王安石中晚年的文學。明人比較注意其個人風格，包括文本六經、簡古。明人已注意到王安石中年以前峭健奇崛的文風，而清人更以此風格來檢視他中晚年的文章，不知不覺強調王安石作品中奇崛文風所佔的比重。進入民國，沿襲此觀念，王安石文風奇崛峭健便持續流傳，為人所知。後人學習王安石文風，也多以奇崛峭健為主，少學晚年淡樸的風格。

宋人批評王安石中晚年的文學，不免受到政治立場的影響而有所偏頗，多攻擊其人、文學主張。明人就文學持平而論，比較王安石與其他古文家的優缺點。清人之後，則提出王安石與韓愈在文風的承繼關聯，指出他學韓不足之處。

透過研究王安石中晚年文風的轉變，發現各個時期的特色，不再只偏重他早年的文風、文學觀，能夠讓今人更全面了解王安石一生的創作歷程與文學成就。

目　次

第二九冊　論張岱遊記中人文精神之體現

作者簡介

　　張志帆　中國文化大學中國文學系學士、碩士，目前為中國文化大學中國文學研究所博士候選人。曾擔任國科會專題研究案「《天祿琳琅書目》訂補」、「宋代春秋學典籍的分類與考證」研究助理、《瑞華文化升學雜誌》國文科課外輔助專欄特約作家。研究領域以遊記文學、晚明小品及臺灣文學為主，目前擔任環球科技大學、萬能科技大學通識中心兼任講師。

提　要

　　遊記文學的發展到晚明時期進入了興盛期，是晚明小品的重要題材。晚明是個十分特殊的時代，政治上內憂外患不斷，但社會經濟文化卻是繁榮發達。故許多明人惡政治遠黨爭，進而愛好攜伴遊山玩水，並在悠遊中寫下了許多遊記作品。張岱正是這樣的一個佼佼者，雖是生長於官宦世家，卻無心於政治，愛好山水，而本身的文學修養及一生的際遇，因而成為晚明小品的集大成者。其遊記內容題材廣泛，從遊山玩水到品茶禮佛皆有述及，當中更蘊含豐富的人文精神，除了高成就的文學價值，文中更表現出社會文化的強烈關注。筆者欲從四大方向來探討其遊記內涵：

　　一、探討人文精神的內涵與中國遊記文學

　　二、全面瞭解張岱的時代背景與其家世、生平、性格特質

　　三、針對張岱遊記作品中的「人文精神」深入剖析

　　四、討論張岱遊記中的「人文精神」內涵特色

　　張岱開拓了遊記的題材，不只侷限於山川之間；凡都市裡的風俗民情、慶典上的各式活動、人潮中的百態人生，日常中的所見所聞：唱戲、說書、美食、品茗……無所不寫，遊記至此真可謂「境界始大」。願藉《論張岱遊記中人文精神之體現》一書中，對張岱遊記小品作探討及析論，並瞭解其人及在遊記中之特色，明瞭張岱為晚明小品集大成之因，也藉此研究，更瞭解遊記中「人文」之意涵及其重要性。

目　次

第三十冊　林琴南古文研究

作者簡介

　　王瓊馨，臺灣台中人，國立中興大學中國文學博士，現任建國科技大學通識教育中心副教授。博士論文以《溥心畬先生書詩畫研究》為題，由文學向度切入、融匯，解構一代舊王孫文人畫家溥心畬先生的藝術文學天地，發表相關學術論文有：〈舊王孫的人格象徵—溥心畬詠松題畫詩試探〉、〈溥心畬鍾馗題畫詩研究〉、〈傳統繪畫藝術對心靈治療的兩種模式〉、〈顛覆客觀美學的心靈治療－陳洪綬誇張變形的女性形象〉、〈堅貞秀逸的人格表現－溥心畬理想中「眞、善、美」的典範〉、〈從觀音圖像談文人畫對儒釋道的融合與再現〉等。

提　要

　　清末民初的林琴南，在古文方面的造詣深厚，寫作古文不僅組織嚴密，章法井然，且有「抑遏掩蔽」的含蓄美，頗能反應時代精神，因此他的古文名著於時。本論文以林琴南的古文創作，《畏廬文集》、《畏廬續集》、《畏廬三集》中，二百八十四篇作品，為主要研究範圍，採分析歸納的方法，就生平及時代背景、古文理論、古文內容及古文藝術等方面加以探討。

　　全文共分為六章：

　　第一章，闡述本文之研究動機、範圍、方法及研究步驟。

　　第二章，概述林琴南的生平，所處的時代背景，同時探討其個性、思想、政治和文學立場，以達知人論世的效果。

　　第三章，以基本思想、作家修養論、古文創作論等三方面，來探究林琴南的古文理論，發現其認為多讀書、明道理、廣閱歷，三者合一，才能有真正的好文章出現，進而發揮明道、立教、輔世成俗的積極道德功能。第四章，本章就《文集》、《續集》、《三集》中的文章，依文體分為論辨、序跋、書牘、贈序、傳狀、碑誌、雜記、哀祭等八節，討論其主要內容。

　　第五章，歸納其古文的藝術特色，可發現在風格方面，具有含蓄、冷峻、平易等特點，同時於寫景構圖時，能援引畫理；在結構方面，能有明確的主題、前後呼應、同時虛實有變化；語言方面，更有簡鍊、清麗、蘊藉等特點。

　　第六章，結論為本文研究之成果。發現林琴南在為人方面，具有高古的特質，且其文論忠經徵聖。在古文的內容上，強半是愛國思親之作。至於描寫下層社會、敘說家常瑣事、啓迪浪漫情懷等寫作題材，正是開啓了新文學寫作觀的先河，在文學轉型期中，扮演著重要的角色。

目　次

第三一冊　巴蜀神話研究

作者簡介

　　許秀美，1970 年生，澎湖人。國立臺灣師範大學中國文學學士、碩士，國立政治大學中國文學博士。曾著《歷代文學家小檔案》（與張錦婷合著），發表過〈燭之武退秦師篇旨探析〉、〈敘論法的理論及其在高中國文教材裡的運用〉、〈桃的民俗信仰及其文化意義〉、〈晏子傳一文的篇旨及章法探析〉等單篇論文。現任教國立三重商工。

提　要

　　本論文從古籍與傳世文獻、民俗記載中蒐羅巴蜀神話，就其神話主題所反映的信仰、史實、精神、社會、經濟與宗教加以分類。在對巴蜀歷史、文化、考古各方面有一基本的認識之後，分析每一神話背後所傳達的特殊訊息，分章

探討巴蜀神話與自然崇拜的關係，從石神崇拜、水神崇拜、樹神崇拜、蛇、虎神崇拜順序探究。再深入民族的源頭，從神話中解譯部落圖騰的秘密，並反映出巴蜀民族的精神特色；最後則回溯巴蜀早期經濟型態，證明神話正是人類「經驗的反射」、「生活的投影」。

接著筆者企圖超越神話作品本身，從其內部思維進行探析。故在涉獵心理學派及結構主義理論之後，以榮格的「集體潛意識」說及鄧啓耀《中國神話的思維結構》作為本文神話思維理論的架構，深入神話內部結構，探索巴蜀神話中思維主體和思維對象的關係，分「心物合一」、「虛實相生」加以闡述。最後，從類比概念出發，試圖解譯巴蜀神話的邏輯結構。

最後，回歸到袁珂的神話要素之一流傳較廣、影響較大，筆者嘗試論述巴蜀神話對後世影響，首先以其與道教的淵源為著眼點，敘及巴蜀神話與道教相生相長的關係；次以神話為文學的源頭之觀點，探究巴蜀神話在文學作品中所展現的魅力色彩。

目　次

第三二冊　情欲與社會——《白雪遺音》的時代背景及情欲文化研究

作者簡介

　　林麗菁，1981 年生，彰化人。東海大學中文系學士，彰化師範大學國文所碩士。現職爲高中教師。

提　要

　　十七世紀以來情欲論述、禮教反省爲文化的兩大走向，而作爲情欲論述之一的小曲，其內容亦反映出禮教反省，呈現出與時代緊密相關的情欲文化。流行於明清市井的小曲，爲市民的集體創作，其內容反映了市民的社會文化；又因爲小曲的主要傳唱者爲妓女、優童，故文詞多涉色情。本文從時代背景與情欲文化兩方面，對《白雪遺音》進行考察。

　　本文分六章：首章爲緒論，分爲五節說明研究動機、研究概況、研究方法、小曲源流、《白雪遺音》版本與作者等，作爲本文研究導論。第二章概述時代背景，從政治、法律、社會、經濟等方面分別論述。第三章則從思想轉型方面入手，從晚明尚情思潮開始，中國自形上走入形下思維，並兼論清代思想與小曲相合之處。第四章論其所反映的社會，擬從情、欲、名利以及對社會權力的批判四方面論述。第五章則論小曲所反映的情欲，擬自情欲與道德的衝突與消融、情欲性的諧謔趣味兩方面論述，藉此發現小曲的趣味，以及情欲與道德的關係。第六章爲結論，總結小曲所呈現的的情欲文化爲商品化、人情化、趣味化。

目　次

從言意之辨探究六朝文學語言理論

王振岱　著

作者簡介

王振岱，1970 年生於臺灣雲林，靜宜大學中國文學研究所畢業，曾任艾斯教育機構研發部副總，現任蘭陽技術學院通識教育中心國文講師。學術專長為中、西文學理論、美學及先秦諸子，目前則致力於研究中國文學與哲學於實用層面之應用，如寫作教學之改良、職場商用文書寫作、應用文寫作、中國經典應用於企業職場，並於民間企業開設相關課程，為「NLP 策略式作文」之創始人，並著有《30 天搞定基測作文》一書。

提　　要

　　中國自古以來即有兩種表意模式：「言－意」與「言－象－意」，當語言的表意功能缺陷被人察覺後，「象」的重要性便在理論層面被突顯了出來。在創作層面，上古神話、史書、兩漢傳記之學 都是屬於這一方式的實踐。降及魏晉「言意之辨」對語言功能再次提出反省「言不盡意」雖然解消了「言－意」之間的直接關係，但不能指涉文學語言。文學屬於「言－象－意」體系，同時六朝文學界也普遍認同文學語言可以盡意，因此「言意之辨」與文學理論之間並無直接繼承的關係。但由此發現文學語言有其獨特的思維方式，即「象」。而「言意之辨」暗示了一種超脫語法規則來理解語言的方式，卻與文學語言殊途同歸。

　　由對文學語言的探究出發，六朝文學理論體現出了一整套關於「言－象－意」表意模式的理論。就「象」的思維模式而言，乃是以「氣」、「感」為傳達的基礎，使得文學的接受訴諸讀者深度的感受，因而得以「盡意」。作者對「象」的營構，目的在於引發讀者的情感波動，形成情感語脈，進而引起審美效果，因此文學語言的功能不在於「意」的傳達，而在於接受的過程。就作者的表現方式言，如何藉由語言技巧來營構「象」，使得此「象」脫離語言的局限，充分傳達作者情志，此一要求成六朝文學技巧發展的動因。而讀者之所以可以還原作者的意圖，就在於運用相同的思維，循著作者技巧的引導，反應得以受到規範。

　　六朝文學及理論發展的脈絡，其實就是對文學語言的深刻理解及要求。

目

次

第一章　導論──問題的理論基礎及提出

　　關於六朝文學理論，近年來獲得學界相當的重視，也有相當豐碩的研究成果。畢竟做爲中國文學理論的發端年代，在整個中國文學理論史上有著奠基的地位。但隨著對六朝文學理論的研究愈來愈精微，也使得整個研究成果中的盲點，漸漸突顯了出來。此一盲點即是：六朝文學整體上走向一種對形式美的要求，而且這種要求是自覺性的。以《文心雕龍》爲例，《麗辭》、《聲律》、《事類》等篇，無以不對當時新興的文學形式做出理論性的解釋，而對偶、聲律、用典等形式技巧，在中國文學史上始終占有一席之地。那麼我們不禁要問，這些技巧所以在六朝發展到高峰，其原因何在？早期的學者曾將之視爲華靡的文風而大加批評，近代學者注意到六朝文學理論對於後代的影響而加以重視，但是對此一問題的解釋也僅於外緣因素上。但是文學發展自有其規律，此一規律涉及到文學之所以爲藝術的根本原因。於是問題就可以轉變成爲：六朝文學理論的發展，是否有其內在的脈絡可尋？

　　針對發展脈絡的問題，我們的眼光自然不會放過魏晉時代的「言意之辨」。文學是語言文字的藝術，「言意之辨」探討的是語言問題，兩者之間的關聯似乎理所當然。同時「言意之辨」興起的時間，也正是六朝文學理論萌芽的時代，而六朝文論中，也多有「言意之辨」的影子。因此學界多半認爲，文學理論受到「言不盡意」的影響，而發展出一系列諸如「言外之意」的理論，〔註1〕並且與「比興」等貫穿中國文學理論的重要命題密切相關。但值得

〔註1〕　如袁行霈先生即持此論。見袁行霈著，〈魏晉玄學中的言意之辨與中國古代文藝理論〉，賀昌群等著，《魏晉思想》甲編三種，台北，里仁，1995 年 8 月初版。

質疑的是，綜觀中國文學理論史，鮮有認為文學不能「盡意」的意見，這與「言意之辨」的結論「言不盡意」完全相左；同時就目前的學界的研究成果來看，文學語言與一般語言的不同，也形成了共識。那麼「言意之辨」是否適於解釋文學問題，似乎有重新思考的空間。

要探討此一問題，顯然我們不能再將論述範圍局限在魏晉。因為早自先秦語言功能的缺限即為人所認知，而當時如何提出疑問，又延伸出什麼樣的問題，顯然是「言意之辨」所以產生的要重要根據。因此我們擬先對中國傳統的語言觀做一審視，[註2] 藉著根源性的考察，做為我們提出問題、以及問題之所以可能的基礎。

第一節 「言」系統及其局限

一、「名實之爭」在人文層面的意義

「言意之辨」固然許多層面的意義，如果就語言問題一脈來看，魏晉時代對語言問題的檢討，早在先秦時就已發端，此即「名實之爭」。關於「名實之爭」的論述已多，此處僅提出一問題，為何「名」——即語言，[註3] 在先秦會受到重視？率先提出名實問題的是孔子，其最具有代表性的言論是：

> 名不正則言不順，言不順則事不成，事不成則禮樂不興，禮樂不興
>
> 則刑罰不中，刑罰不中則民無所措手足。[註4]

孔子之所以重視「名」，當然不是著眼於其語言的邏輯關係，而是由於重視「名」背後所承載的文化意涵，此一意涵即指涉了整個周禮的文化架構。正「名」的目的是為了正「實」，但從「名」下手，就是以文化形式來規範文化內容。如「觚不觚，觚哉？觚哉？」，[註5] 正是由於「觚」的「名」相同，而其文化意義已經不同（由祭器變為酒器），故從「觚」之「名」，可以看到其內涵

[註2] 關於中國傳統的語言觀，已有許多學者論述過，如申小龍先生在《語文的闡釋》第一章就做了很好的整理。此處為做為探討「言意之辨」之基礎，仍必須略述之，故有藉助其論述理路之所在，特此註明。見申小龍著，《語文的闡釋》，台北，洪葉，1994 年初版，頁 1～24。

[註3] 申小龍先生認為：「『名』就是語言。『名實之爭』，就是關於語言和世界關係的討論。」此處從其說。同註2，頁8。

[註4] 見《論語・子路》，《十三經注疏》8，台北，藝文，1993 年 9 月初版，頁 147。

[註5] 見《論語・雍也》，頁 99。

轉變，進而從「正名」可以「正實」。因此孔子的語言觀，幾乎等於整個人文結構的外在形式，從語言現象著手，可以規範文化行爲。

對語言的重視顯然在當時有一定的普遍性，否則諸子不會在各種層面上提出反駁。如墨子從實效的立場出發，認爲：

> 今瞽曰，巨者白也，黔者黑也，雖明目者無以易之，兼白黑使瞽取焉，不能知也。故我曰瞽不能知白黑者，非以其名也，以其取也。今天下之君子之名仁也，雖禹湯無以易之，兼仁與不仁，而使天下之君子取焉，不能知也。故我曰，天下之君子不知仁者，非以其名也，亦以其取也。〔註6〕

墨子著眼在「實」的內涵上，認爲「名」有其盲點，不能完全掌控「實」，因此他說「所以謂，名也；所謂，實也。名實耦合也。志行，爲也。」〔註7〕然而並沒有完全否定「名」的功能，只不過是更強調「實」的重要性。到了戰國後期，各家對此一問題有更深入的討論。法家重視「正名」自不待言，語言之於人文教化的重要意義，法家有很深的體認，如「名正則治」、「名倚則亂」〔註8〕。就連名家也重視語言的作用，如《尹文子》：

> 名也者，正形者也。形正由名，則名不可差。故仲尼曰：必也正名乎。名不順則言不順也。〔註9〕

尹文雖然也贊同孔子的「正名」，但理論層次不同，已經涉及了認識論的層面：

> 大道不稱，形眾必有名。道生於不稱，則群形自得其方圓；名生於方圓，則眾名得其所稱也。〔註10〕

「名」之作用，在於它乃人類對於客觀世界的指稱，雖然「形而不名，未必失其方圓黑白之實」，然而最終仍是「不可相亂，亦不可相無」的。《呂氏春秋》引《慎子》之言，提出了「名」之所以重要的原因，是在於「分」，他舉例說：

> 今一兔走，百人逐之，非一兔足爲百人分也，由分未定也。分未定，堯且屈力，而況眾人乎？積兔在市，行者不顧，非不欲兔也，分已

〔註6〕 見《墨子・貴義》，《墨子集解》，台北，文史哲，1993 年 1 月初版，頁 572。

〔註7〕 同上引。

〔註8〕 見《管子・樞言》，見顏昌嶢著，《管子校釋》，長沙，岳麓書社，1996 年 2 月，頁 119。

〔註9〕 見《尹文子・大道上》，見高流水・林恒森譯注，《慎子・尹文子・公孫龍子全譯》，貴州，貴州人民出版社，1996 年 1 月初版，頁 101。

〔註10〕 同上引。

定矣。分已定，人雖鄙不爭。〔註11〕

「分」在此是歸屬問題，但廣義地來說是「名」所相對應的權力義務。正因為「名」的背後有「分」做為其「實」，故「正名」其實就是將各單位的權力義務劃分清楚，如此則天下可治。因此《尸子》說：

> 天地生萬物，聖人裁之。裁物以制分，便事以立官。……君人者苟能正名，愚智盡情，執一以靜，令名自正，令事自定。賞罰隨名，民莫不敵。〔註12〕

在人倫教化的範疇內，「名分」問題，也就是語言符號問題，可以說架構了整個文化體系。先秦諸子對「正名」的重視，正是由此而來。

為何語言符號能與其「實」、「分」產生連繫？公孫龍認為是「指」的作用所產生。他說：

> 天下無指，而物不可謂指也；不可謂指者，非指也；非指者，物莫指也。〔註13〕

這裏「指」的作用是一種人為的抽象稱謂，當客觀外物進入主體意識中，他就已不是純然客觀的外物，而是主體所感知的外物；那麼人加諸於外物的稱謂，也就表現了人對此一外物的認知。因此「名」與「實」之間的關係，實則是一種人的認知問題。「指也者，天下之所無也；物也者，天下之所有也。以天下之所有，為天下之所無，未可。」〔註14〕因為「指」不是外物本身，只是人所理解的外物，但除去了人的理解，外物即無意義。因此「名」與「實」之間的關係所以如此密切，就是因為「名」乃是外物為人所理解、認知後，就其所認定者而加諸於其上之稱謂，而此一理解、認知就成為其內涵意義，因此「名」與「實」是在「指」這一點上被連繫的。放在人倫層面來看，「君臣」這種關係所以被命名為「君」、「臣」，乃是由於人對於這種關係之權力義務有一先見的理解，由這種理解出發而給予「君」、「臣」之名，故而「正其所實者，正其名也」，由「正名」可以「正實」。

荀子對此問題的看法略有不同，他認為語言的作用在於「上以明貴賤，

〔註11〕見《呂氏春秋·審分覽》，張雙棣等注譯，《呂氏春秋譯注》，長春，吉林文史出版社，1996年9月初版，頁581。

〔註12〕《尸子·分篇》，楊家駱主編，《尸子》，台北，世界書局，1958年10月初版，頁9。

〔註13〕見《公孫龍子·指物論》，同註9，頁186。

〔註14〕同上引。

下以別同異」，在「明貴賤」的倫理價值規範上此處無需多論，就「名」、「實」
的連繫而言，他提出了著名的「約定俗成」的觀點：

> 名無固宜，約之以命。約定俗成謂之宜，異於約則謂之不宜。名無
> 固實，約之以命實，約定俗成，謂之實名。〔註15〕

「約定俗成」之論表面上將「名」、「實」視爲不必然，但荀子在《正名》篇
中實則也沒有脫離公孫龍「指」的概念：

> 心有徵知。徵知，則緣耳而知聲可也，緣目而知形可也，然而徵知
> 必將待天官之當簿其類然後可也。五官簿之而不知，心徵知而無說，
> 則人莫不然謂之不知，此所緣而以同異也。〔註16〕

這裏提出的「徵知」，就是指外物爲主體接受時主體之認知。緣此而發，主體
感知異則異，同則同，故「名」的「別同異」能力，實仍與主體的認知分不
開，只是荀子之著眼點仍在人倫規範，故其特出之處在於「王者制名」上：

> 故王者之制名，名定而實辨，道行而志通，則愼率民而一焉。〔註17〕

孔子的目標在恢復周禮，故其名實觀念較重「法先王」，而荀子此處則認爲「後
王」亦可制名，因此「若有王者起，必將有循於舊名，有作於新名。」〔註18〕

由此可以看到，「名實之爭」的起源其實是爲了「正實」，是政治意義的。
然而對「名」、「實」之間的關係探討愈深入，就愈會發現「名」的內涵隱含
整個文化制度的結構。因此對「名」的認知，實則就代表了文化價值觀；對
「名」的易改，就意謂著整個人文制度的更動。那麼「名實之爭」所象徵的
意義，就是整個先秦人文，可說是由語言所架構的。語言問題，其實就是文
化問題。

二、語言思維及其缺陷

事實上用語言所架構的，不僅於人文層面。申小龍先生就認爲，早自戰
國時代起，語義的解釋就成爲人認識世界、體驗世界的一種重要方式，從《爾
雅》以語言爲首爲例：

> 古人將自己對世界萬象聚散離合、有機統一的理解，透過語義的匯

〔註15〕見《荀子·正名》，李滌生校注，《荀子集解》，台北，學生書局，1994 年 10
月初版，頁 516。
〔註16〕見《荀子·正名》，頁 513。
〔註17〕見《荀子·正名》，頁 509。
〔註18〕見《荀子·正名》，頁 510。

通與條理固定下來。詞義系統成為人的世界藍圖，語言觀成為人的
世界觀的基礎。〔註19〕

這點我們沿用前論公孫龍「指」的概念可知，語言由「名」與「實」構成，「實」
之「名」乃是源於人類對「實」的理解而賦予，故有「名」之「實」已然不
是客觀獨立的「實」，而是「指」。因此進入更複雜的情況，如物與物之間的
關係，甚至關係與關係之間的關係，在人類的思考中，都只是語言進一步的
引申、推演，甚至抽象化到形而上學時，也就更在語言中打轉。因此楊儒賓
先生在闡述《莊子》時認為：

> 語言之遮蔽真實不僅止於抽象的語言層面而已，從語言到說明、到
> 論辯、到知識體系、到人類心靈的理智功能，這一連串人類意識的
> 展現，事實上都不是把遮掩住的事物帶到光亮中來，反而是把整全
> 的事物妄加區分，造成一種人為的扭曲。〔註20〕

而人對於世界的解釋，離不開人對世界的認知，由認知而產生語言，那麼對
語言內涵做分析，就成為人類理解世界的唯一途逕。

　　如果說人的思想離不開語言，那麼語言的局限也就是思想的局限。正是
因為整個先秦文化都建立在一個語言的基礎上，而語言的局限也就恰好對應
了文化的漏洞，因此要否定文化，首先要否定語言。《老子》即是由此出發，
他提出「正言若反」〔註21〕的看法，從對立的角度點出了語言的不足之處，
進而解消了以語言為中心的周文體系，從而建立其不可言說的「道」的系統。
事實上不僅是《老子》，孔子也曾有「予欲無言」之嘆：

> 子曰：予欲無言。子貢曰：子如不言，則小子何述焉？子曰：天何
> 言哉？四時行焉，百物生焉，天何言哉？〔註22〕

「天何言哉」之問，雖然較重在實踐層面，但此語多少有相對應於語言的人
文系統有其局限之嘆。墨子對於「實」的偏重，也是看出了這樣的弊病而發，
想要離開語言的限制在建設人文。戰國時期，即使是以「正名」為出發點的
名家，也察覺到了語言有其限制所在。如：

〔註19〕同註2，頁4。
〔註20〕見楊儒賓著，〈卮言論：莊子如何使用語言表達思想〉，《漢學研究》10 卷 2
　　　　期，1992 年 12 月，頁 127。
〔註21〕見《老子·七十八章》，見樓宇烈校釋，《王弼集校釋》，台北，華正，1992
　　　　年初版，頁 188。
〔註22〕《論語·陽貨》，頁 183。

鄭人謂玉未理者爲璞，周人謂鼠未臘者爲璞。周人懷璞，謂鄭賈曰：

欲買璞乎？鄭賈曰：欲之。出其璞，乃鼠也，因謝不取。〔註23〕

語言的同音異義，會造成人的誤解。又如公孫龍爲「疾名實之散亂，欲推是辯，以正名實而化天下焉」，進而玩弄語言的邏輯問題。其出發點仍是爲了正「實」，但由此「校練而成爲邏輯知識論上之名實。超脫政治禮法上之拘繫，而無特屬之限制」，〔註24〕雖然還沒有探討到語言哲學的層次，但對於不正之名的檢討，使得對語言本身的結構更爲關心，進而發現語言自身有其局限所在。因此《管子》提出「因」之說：

因也者，無益無損也；以其形，因爲之名。〔註25〕

「因」也只是一種折中的辦法，並沒有在理論上解決語言自身所面臨的難題。故司馬〈談論六家要旨〉云：

名家苛察繳繞，使人不得反其意。專決於名而失人情。〔註26〕

將名家對語言困難的辨析視爲「苛察繳繞」，只是在立場上否定名家，對於語言表意的缺失，反而是承認我們對語言任意攔截的結果了。

正由於語言及其相應的文化問題確實存在，而先秦諸子並沒有提出一個很好的解決之道，因此道家緊抓住這一點，從解消語言來解消以儒家爲代表的文化系統。《老子》認爲語言是相對的，因此相應於語言的人文社會，也恰好有此相對的價值存在：

大道廢，有仁義；慧智出，有大僞；六親不和，有孝慈；國家昏亂，

有忠臣。〔註27〕

因爲語言所對應的，正是人類的思想，而人類的思想產生了價值。因此他從否定語言來否定思想，主張「絕聖棄智」，〔註28〕進而否定形下的相對世界，以達到一個絕對的「道」的境界。而否定語言最徹底的，莫過於《莊子》，以「輪扁論斤」的故事爲例，就指出聖人的內涵大於其經籍著作，聖人所以爲聖人者，其實非語言所能傳遞。因此語言首先就有其表意能力的限制：

世之所貴道者書也，書不過語，語有貴也。語之所貴者意也，意有

〔註23〕見《尹文子‧大道下》，頁152。

〔註24〕見牟宗三著，《才性與玄理》，台北，學生，1993年2月8版，頁257。

〔註25〕見《管子‧心術上》，頁330。

〔註26〕見楊家駱主編，《史記》4，台北，鼎文，1992年7月12版，頁3291。

〔註27〕見《老子‧十八章》，頁43。

〔註28〕見《老子‧十九章》，頁45。

> 所隨。意之所隨者，不可以言傳也，而世因貴言傳書。世雖貴之，
> 我猶不足貴也，爲其貴非其貴也。故視而可見者，形與色也；聽而
> 可聞者，名與聲也。悲夫，世人以形色名聲爲足以得彼之情！夫形
> 色名聲果不足以得彼之情，則知者不言，言者不知，而世豈識之哉！
> 〔註29〕

語言在表「意」的功能上，顯然有所缺失，這種缺失有兩個層面，一是語言
自身的規則問題：「昔者子呼我牛也而謂之牛，呼我馬也而謂之馬，苟有其實，
人與之名而弗受，再受其殃」，〔註30〕即名實之間是否相對應的問題。其次，
在道的絕對境界中，語言是無用處的：

> 今且有言於此，不知其與是類乎？其與是不類乎？類與不類，相與
> 爲類，則與彼無以異矣。……今我則已有謂矣，而未知吾所謂之其
> 果有謂乎，其果無謂乎？天下莫大於秋豪之末，而大山爲小；莫壽
> 於殤子，而彭祖爲夭。天地與我並生，而萬物與我爲一。既已爲一
> 矣，且得有言乎？既已謂之一矣，且得無言乎？一與言爲二，二與
> 一爲三。自此以往，巧曆不能得，而況其凡乎！故自無適有，以至
> 於三，而況自有適有乎！無適焉，因是已。〔註31〕

像「大小」、「夭壽」等語言，代表的是形下世界的一種相對差別，但道的絕
對之境，是「天地與我並生，萬物與我爲一」的，那麼語言顯然不能表現道
這種絕對實在。關於道家的語言觀，學界論述極多，此處僅要說明，道家之
所以重視語言功能的局限，並非純粹玩弄邏輯問題，而是因爲「相對世界中
乃以『語言』爲表現形式，破除語言正所以破除相對」，〔註32〕而這點正體現
出語言與思想之間絕對的連繫。

老、莊從否定語言來否定了周代的文化系統，當然就是從儒家的文化缺
陷——語言缺陷切入，而得到極大的效果。先秦諸子並沒能理論性地解決語
言缺陷的問題，但在融合了儒、道思想的《易傳》中，卻被「象」巧妙地調
合了：

〔註29〕見《莊子·天道》，見郭慶藩編：《莊子集釋》，台北，萬卷樓，1993年3月初
版，頁488。
〔註30〕見《莊子·天道》，頁482～483。
〔註31〕見《莊子·齊物論》，頁79。
〔註32〕見張亨著，〈先秦思想中兩種對語言的省察〉，《思文之際論集》，台北，允晨，
1997年11月初版，頁14。

子曰：書不盡言，言不盡意，然則聖人之意，其不可見乎？子曰：

聖人立象以盡意，設卦以盡情僞，繫辭焉以盡其言。〔註33〕

「書不盡言，言不盡意」的觀念自是來自於《莊子》，但「立象以盡意」卻是一個全新的命題。大體上，先秦儒家雖然重視《易》，但較少提及「象」，反倒是《老子》中「象」成爲表述「道」的一種方式。那麼「象」是什麼樣的表述方式，竟然能夠化解語言的局限，就很值得玩味了。

第二節　「象」系統與「言象互動」

一、「象」系統的傳承

隨著人類智慧的增加，語言文字這種抽象的表意系統出現後，基於其抽象特質所形成的強大的表意能力，很快地主宰了人類的思維方式，進而由此建立了整個文化體系。但是在語言文字出現之前，人類並非沒有傳承文化的能力，而是使用著另一種思維模式。從早期的圖騰、壁畫開始，人類都嘗試著用人爲符號來建立人與世界的關係。即便是語言文字出現以後，這種方式也沒有消失：

古者伏犧氏之王天下也，始畫八卦，造書契，以代結繩之政，由是文籍生焉。〔註34〕

八卦並不是嚴格意義的語言，但這裏顯然將「畫八卦」與「造書契」，都視爲同樣具有革命性意義的，由此隱約可見一種語言與非語言的思維模式的並行情況。事實上，古代非語言系統的使用，其力量是很大的：

昔夏之方有德也，遠方圖物，貢金九牧，鑄鼎象物，百物而爲之備，使民知神姦。故民入川澤山林，不逢不若，螭魅罔兩，莫能逢之，用能協于上下，以承天休。〔註35〕

「鑄鼎象物」能使「百物爲之備」、「使民知神姦」，雖然帶有神秘性質，但此處的「象」〔註36〕確實是一種傳遞文化的方式，而且其表意能力較之語言恐

〔註33〕見《周易・繫辭上》，頁157。

〔註34〕見《尚書・序》，頁5。

〔註35〕見《左傳・宣公三年》，見楊伯峻撰，《春秋左傳注》，台北，漢京文化，1987年1月初版，頁669。

〔註36〕此處的「象」非一般「物象」之義，關於其字義及表達方式釐清，將於第三

怕有過之而無不及。

而據汪裕雄先生的研究，〔註37〕中國早期的非語言表意方式，至少在周代以後確實以「象」名之。早期的龜卜是人類與神意溝通的方式，《左傳・僖公十五年》曾提到「龜，象也」，將龜卜傳達神意的方式稱爲「象」，後世「龜象」二字連用也就習以爲常。其次，周公爲武王伐紂而作的古樂《大武》，以及平定殷人叛亂而作的慶功舞樂《三象》，在當時因爲「殷人服象」並視大象爲神聖的動物的關係，取得了「象」名。而後儒則據此名引申爲「象徵」之義，如鄭玄。而《樂記》對其內容的描述是：

> 夫樂者，象成者也。總干而山立，武王之事也。發揚蹈厲，太公之
> 志也。武亂皆坐，周召之治也。且夫《武》，始而北出，再成而滅商，
> 三成而南，四成而南國是疆，五成而分周公左召公右，六成復綴以
> 崇。天子夾振之而駟伐，盛威於中國也。分夾而進，事蚤濟也。久
> 立於綴，以待諸候之至也。〔註38〕

很明顯的可以看出，此爲周人懷念其建國歷史的慶功舞。而這種舞蹈存在的目的，自然不可能是爲了娛樂，而是有著文化傳遞的功能的。而神話也是如此，其存在也負載了某種文化傳遞的意義。但從其傳遞方式來看，雖然憑藉的工具是語言，但其實其表達方式是一種「象」，因爲：

> 神話主題，還憑借原始的繪畫、雕塑、器物裝飾圖案等等形象手段
> 得以表達，也憑借原始的樂舞之類動態形象得以傳播。在神話中，
> 「言」與「象」也是互動的，即「象」通過「言」得到描述，「言」
> 的主要傳達對象也是「象」。〔註39〕

正因爲神話本身藉用了語言來表達「象」，所以汪先生稱其爲「言象互動」，然而其傳遞的主要方式，仍是「象」而非「言」。

要之，上古存在著一種非語言的表意方式，周代以後有「象」之名。而這種表意方式在語言文字發達後，並沒有消失。前論整個周代的文化架構，幾乎是由語言文字建立起來的，這是因爲語言可以做抽象的推演，人類可藉

章詳述。此處只是要說明，中國古代確實有一種以「象」爲名的表意方式。

〔註37〕汪裕雄先生對於上古「象」的表意方式的演進，有極詳細的論證，此處僅摘其要點。本段所論，大體參考汪裕雄著，《意象探源》，合肥，安徽教育，1996年4月初版，頁27至86。

〔註38〕見《禮記・樂記》，頁695。

〔註39〕同註37，頁57。

來擴展其理性。但事實上仍有非語言的系統存在，如樂、舞等等。《樂記》認為「故觀其舞，知其德；聞其諡，知其行也」，〔註40〕將樂舞的表意能力視同名言，又說「樂者，所以象德也」〔註41〕、「律小大之稱，比終始之序，以象事行」〔註42〕等等，說明樂之表意能力是「象」，甚至樂之本體即是「象」：

是故清明象天，廣大象地，終始象四時，周還象風雨。〔註43〕

而孔子對於樂的重視，自不待言；荀子也認為：「樂者，聖王之所樂也，而可以善民心，其感人深，其移風易俗，故先王導之以禮樂而民和睦」。〔註44〕可見這種非語言系統的表意方式——「象」，在周代並沒有因為人類對語言文字的依賴而消失。只是這種禮樂之「象」，仍然是以人倫教化層面被重視的。在哲學層面的「象」，主要由《周易》傳承了下來，但在先秦諸子的著述中，除了《易傳》以外，罕見關於「象」的討論，足見先秦語言系統被重視及依賴的程度，使得「象」系統未受重視。

　　但是在語言文字這種抽象符號的缺陷為人所發掘後，具體的「象」就顯出了其重要性。《老子》認為「道」乃為不可言說者，但是「其中有象」，〔註45〕不能用語言（及被語言所局限的思想）所捕捉的，卻有可以把握的地方，此即是「象」。因此「執大象，天下往」，〔註46〕聖人就是憑藉著「象」來會通於「道」的。《莊子》也否定了語言，雖然沒有很明確地提出「象」〔註47〕的說法，但其哲學中的根本命題——「氣」論，〔註48〕卻直接點出了「象」的內涵所在，〔註49〕此點留待第三章再詳細討論。至於《易傳》，則直接將「象」的功能和語言的缺陷結合，使得「象」的功能特出於語言之上。

〔註40〕見《禮記‧樂記》，頁 677。
〔註41〕見《禮記‧樂記》，頁 678。
〔註42〕見《禮記‧樂記》，頁 680。
〔註43〕見《禮記‧樂記》，頁 681。
〔註44〕見《荀子‧樂論》，頁 460。
〔註45〕見《老子‧二十一章》，頁 52。
〔註46〕見《老子‧三十五章》，頁 87。
〔註47〕汪裕雄先生認為《莊子》提到的「罔象」亦屬之，但因爭議極大，故不取。見《意象探源》，同註37，頁 207～209。
〔註48〕楊儒賓先生認為，「氣」是《莊子》思想中的根本命題，而掌握道體的境界，就是達到「一氣之流行」的境界。見〈卮言論：莊子如何使用語言表達思想〉，同註20，頁 126。
〔註49〕第三章將會說明，「象」之所以能夠有表意的可能性，乃是因為有「氣」之流行做為溝通之質具。

因此《易傳》綜合了儒道思想的結果，導出了如下的語言觀：

> 書不盡言，言不盡意，然則聖人之意，其不可見乎？子曰：聖人立
> 象以盡意，設卦以盡情僞，繫辭焉以盡其言，變而通之以盡利，鼓
> 之舞之以盡神。〔註50〕

「書不盡言，言不盡意」明顯地是道家否定語言的看法，《易傳》作者顯然也
贊同語言有其局限。但就其所論，整個《易》的結構，似乎完全不同於語言，
而形成一種完美的表意方式。除了可以「盡意」、「盡言」之外，還可以「盡
情僞」、「盡利」、「盡神」，似乎超越了語言文字的能力。而其中最引人注目的，
就是「盡意」的「象」和「盡言」的「繫辭」兩者。

如前所述，「象」是一種自上古即有的表意方式，自語言文字發明後，兩
者即是共存及互動的。早期「龜象」即是一種「言象互動」的符號，在龜、
骨上仍必須刻上文字，使龜卜成爲可解。因此龜甲上的文字適足以表現當時
人的思維，汪裕雄先生即就此論證「殷人已習慣於一種兩分思維」，〔註51〕即
使神意再複雜，進入這種二分思維之後，答案也只能二分化。而《易》象更
是如此，甚至在《周易》中，沒有語言，「象」即不可解。因爲「象」的排演，
必須透過語言的轉化，才能進入人類的思考模式中。因此《繫辭》云：

> 易有四象，所以示也；繫辭焉，所以告也；定之以吉凶，所以斷也。
> 〔註52〕

但是《周易》的本體仍是「象」，「易者，象也」，〔註53〕「象」的作用在於「示」，
雖然若無「繫辭」，則無以「告」，即無法進入人類語言思考之中，但是在本
體意義上，「象」還是先於「繫辭」的。因此「繫辭」的作用在「盡言」，也
就是解釋「象」成爲可理解者，那麼「繫辭」顯然又與「言」不同。這裏又
引發了另一種的語言問題，〔註54〕此處姑且不論。因此我們可以這麼說，《周
易》是一種更完美的「言象互動」體系。

「象」擁有「言」所不能達到的「盡意」能力，同時「繫辭」的理論層

〔註50〕見《周易·繫辭上》，頁157。
〔註51〕同註37，頁45。
〔註52〕見《周易·繫辭上》，頁157。
〔註53〕見《周易·繫辭下》，頁168。
〔註54〕此處是兩種語言不同的問題。一般討論《周易》與文學的關係者，不會遺漏
　　　　充滿形象和詩意的卦爻辭，即是因爲卦爻辭的作用在解釋「象」成爲可理解
　　　　者，在理論上有「象」－「繫辭」－「言」三個層次，因此卦爻辭絕不會是
　　　　一般的語言，而與文學語言同性質。

次又是高於「言」的，因此《易傳》的作者在對語言功能的局限有所認知的情況下，認爲《易》象這種「言象互動」的表意功能是比語言大的。然而值得注意的是，不僅「象」系統藉助語言而形成強大的表意功能，其實「言」系統也藉助「象」，形成一種特殊的表意方式。

二、語言中的「言象互動」

以上雖然粗略地分析了「言」、「象」兩個系統，然而事實上在語言文字出現之後，純粹的「象」或「言」的表意方式就極少出現了。多數的表意模式，都是「言象互動」的。就「象」系統來看，上古的祭祀本是詩、樂、舞合一，其中已兼有語言及非語言成分，使得舞蹈、音樂一開始就離不開語言。龜卜做爲一種「象」，無文字亦不可解。畢竟「象」在傳達指意方面，依賴概念的具體呈現，在抽象推演方面是很弱的，要表意，還是得依靠語言的適度解析。

而在「言」系統中，是否也有「言象互動」的情形出現？就這點而言，我們注意到單就語言的表意過程而言，「言」與「意」或「名」與「實」之間的關係似乎不能解釋所有的語言表述。徐復觀先生就認爲，由先秦以及西漢，思想家表達自己的思想有兩種方式，一種以《論語》、《老子》爲代表，是將作者的思想，主要用自己的語言表達出來，賦予以概念性的說明。另一種以《春秋》爲代表，把自己的思想，主要用古人的言行表達出來；通過古人的言行，作自己思想得以成立的根據。〔註55〕以《春秋》爲例，司馬遷即云：

> 余聞董生曰，周道衰廢……孔子知言之不用，道之不行也，是非二
> 百四十二年之中，以爲天下儀表。貶天子，退諸侯，討大夫，以達
> 王事而已矣。子曰：我欲載之空言，不如見之於行事之深切著明也。
>
> 〔註56〕

「空言」即是「把自己的思想，訴諸於概念性抽象性的語言」，而「見之於行事」，則是「把自己的思想，通過具體的前言往行的重現，使讀者由此種重現以反省其意義與是非得失。」〔註57〕對於這種「見之於行事」的接受模式，徐先生認爲：

〔註55〕見徐復觀著，《兩漢思想史》卷三，台北，學生，1984 年 2 月再版，頁 1。
〔註56〕見《史記·太史公自序》，楊家駱主編，《史記》4，台北，鼎文，1992 年 11
月 7 版，頁 3297。
〔註57〕以上兩段同註55，頁 2。

此時讀者不是直接聽取作者的理論，而是具體的人與具體的人直接

接觸，讀者可憑直感而不須憑思考之力，即可加以領受。〔註58〕

徐先生此處實點出了一要義，即有一種語言的表達方式，是透過某種具體的情境呈現的，而不是直接說明；不是透過讀者的理解，而是「領受」。這點在中國的史書的語言中，尤其占有重要的地位。那麼我們很快就可以發現，除了《春秋》的以史述志之外，大量使用寓言的如《莊子》、《呂氏春秋》，使用興象的如《詩經》，都是採用此種非直接、非抽象性的語言表現方式。〔註59〕

事實上這種「言象互動」的表意模式，歷來許多學者在不同的研究範疇中已論及。例如顏崑陽先生在對「興」的研究中，就提到先秦的「興」義是「讀者因為讀詩而獲致『感發意志』的『效果』」，〔註60〕而從「興」中獲致意義的方式，是作者與讀者「具體情境」的互相印證，而非語言本身「符碼」與「符指」之間的關係：

讀者可以把詩作置入自己切身的存在情境中去「會悟」，終而獲致與

自身情境可以相互印證的意義，並啓發讀者在人倫道德上的志意。

〔註61〕

也就是說對於詩的接受，不單單只是語言之內的結構問題，透過作者所塑造的具體情境，再投之以讀者本身的具體情境印證，才能完成此一「興」的接受動作。在此我們若將此一「具體情境」名為「象」，則恰恰可以與徐先生之論相合。然而「興」進入兩漢後，解釋則大不相同。顏先生認為，到了東漢時期，「『興』轉變為結合『作者本意』與『語言符碼』的『託論』之義」，也就是說「興」的動作可以在語言內部完成，「具體情境」所扮演的角色顯然相對減少，甚至消失。雖然顏先生乃針對先秦兩漢對「興」義的詮釋而發言，

〔註58〕同註57。徐先生此處雖指《韓詩外傳》，但在中國古代的經典中，確實存在著抽象與具象的兩種不同的表現方式。

〔註59〕《春秋》的微言大義與《莊子》的寓言、《詩》的比興三者所使用的間接表達方式，當然會因為其文類而有所不同。我們認為這種不同是「象」的種類，並不妨害將之統稱為「象」。後代對「詩史」認同，如《春暉閣詩抄選》卷六〈長夏無俚拉雜書懷〉第十四首就認為「吟詩如作史，中有春秋書」，就將詩的「比興」與史的「美刺」合稱。這種傳統，雖然屢有爭議，但六朝以後是一直存在的。關於此點，龔鵬程先生有很好的論證。見《詩史本色與妙悟》，台北，學生書局，1986年4月初版，頁19～91。

〔註60〕見顏崑陽著，〈從「言意位差」論先秦至六朝「興」義的演變〉，《清華學報》，新28卷2期，1998年6月，頁152。

〔註61〕同上註，頁150。

但考慮到隱藏在詮釋「興」背後的語言背景，不難發現，造成詮釋上有所不同的原因，其實就是以何種語言系統為典範而出發所造成的結果。也就是說，兩種語言的不同，從對「興」的詮釋其實可以看出端倪。

而這種方式亦其來有自。前已論及，上古神話是一種「言象互動」的系統。神話之所以有文化傳遞的能力，主要不是依賴語言的表意能力，而是依賴語言營構「象」的能力。與「鑄鼎象物」相同，語言本身（如鼎）並不能負載所要傳達的意義，語言所凝構的「象」（如鼎上之物象）才是表意的關鍵，在此語言只是傳達過程中的質具，而且是可以被它種工具取代的。如果這種理論可以成立，那麼我們就可以將徐復觀先生所說的「見之於行事」的表現方式，納入「言象互動」的體系之內。〔註62〕因為他們的共同點，就在於不直接用「言」來表「意」，而是用「言」來營構某種中介點，再由此中介點來表「意」。而這個中介，指的正是一種具體的情境，可以是歷史，可以是故事，也可以是形象。

那麼顯而易見的，這種「言－象－意」的表現方式，並不是用語言傳達給讀者某種「意」，而是傳達某種「象」，讀者接觸到這種「象」後，興發出某些理解或感受，才得到「意」。如果要問這種表意方式是否能「盡意」，那麼關鍵應在於作者如何表現、讀者如何接受，而不是語言本身是否能充分承載。事實上，一般認為解消語言的《莊子》，其實提出的是一種外於語言本身的表意模式：

> 荃者所以在魚，得魚而忘荃；蹄者所以在兔，得兔而忘蹄；言者所
> 以在意，得意而忘言。吾安得夫忘言之人而與之言哉！〔註63〕

「忘」的理論正是落在讀者接受的工夫上，在讀者能「忘言」的前提下，是可以「與之言」的。也就是說，在某些條件之下，語言的表達和接受，甚或是離開了語言的傳達與接受，是可能成立的。故《呂氏春秋》提到：

> 白公問於孔子曰：「人可與微言乎？」孔子不應。白公曰：「若以石
> 投水奚若？」孔子曰：「沒人能取之。」白公曰：「若以水投水奚若？」
> 孔子曰：「淄、澠之合者，易牙嘗而知之。」白公曰：「然則人不可

〔註62〕龔鵬程先生認為，《史記》的敘事手法，是「統合抒情敘事為一體」的。而根據司馬遷「發憤抒情」的傾向來看，我們認為此乃寓抒情於敘事。而此一「敘事」，即是「象」之一種。見龔鵬程著，《詩史本色與妙悟》，台北，學生，1986年4月初版，頁23。

〔註63〕《莊子・外物》，頁944。

與微言乎？」孔子曰：「胡爲不可？唯知言之謂者爲可耳。」白公弗
得也。知謂則不以言矣。言者，謂之屬也。求魚者濡，爭獸者趨，
非樂之也。故至言去言，至爲無爲。淺智者之所爭則末矣。此白公
之所以死於法室。〔註64〕

「知言」者才能「微言」，所謂「至言去言」，「去言」正代表了一種超乎語言限
制的溝通方式。在《易傳》，用《易》象的「言象互動」即可超脫語言限制，而
道家所極力主張的「去言」，則與兩家立論背景不同有關，此處不論。我們所關
心的是，理解語言，是否必然得在語言內部找尋理據，顯然是值得質疑的。

　　因爲先秦的「名實之爭」，所關心的是「名」與「實」，即語言以及其所
指涉的世界的關係，如果語言本身是鬆動的，那麼人類的世界觀也必然是可
以質疑的。由這點出發來檢討語言的表意功能，自然會在理論層面集中於「言」
與「意」的關係，而忽略了「象」的存在。但在實踐層面上，即使是對語言
質疑最力的《莊子》，也必須使用「象」的語言來表達思想，如寓言。因此融
合了儒道思想的《易傳》，雖然也承認「書不盡言，言不盡意」，但由於對《易》
象功能的體認，故提出「聖人立象以盡意」、「繫辭焉以盡言」之說，很明白
地點出「象」的作用所在。因此，「言－意」與「言－象－意」系統，分明是
中國語言表述模式的兩種不同的方式。而若將這兩種方式一併考慮，我們對
「言意之辨」的認知恐怕是要重新審視的。

第三節　問題與方法

一、問題及其可能性

　　若以這兩種系統爲「言意之辨」的背景，我們立即會發現問題所在：「言
意之辨」討論的是哪一種？文學討論的又是哪一種？「盡意」與否的條件對
兩種語言而言，是否相同？這些問題，都指向了現今研究的盲點：在古人的
觀念中，有一種可以盡意的語言存在，而「言不盡意」論是否也解消了這種
語言？近代學界之所以流行將「言意之辨」文學理論結合來討論，自然有其
道理，因爲魏晉文學理論中，確實對文學之中「言」與「意」之間的關係做
出了相當的討論，如果說兩者之間沒有影響，是不大合理的。但是，這種影

〔註64〕見《呂氏春秋·審應覽》，頁 609～610。

響是在哪一種層面，卻沒有很清楚的說明。也就是說，以「言意之辨」的理論來解釋文學語言，此一路徑是否合理，是向來爲人所忽略的。

因此，許多以「言意之辨」爲基礎而著手的文學研究，我們都有重新審視的必要。尤其弔詭的是，只要稍微整理六朝文學理論對「言」是否「盡意」的看法，就可發現絕大部分傾向於「言盡意」。如《文心雕龍・知音》的「綴文者情動而辭發，觀文者披文以入情，沿波討源，雖幽必顯」，甚至從接受角度來認定作者意圖的存在，這點又如何解釋？由這點引申出來，文學語言是何種「言」、用何種方式「盡意」、以及其「盡意」的可能性，都成了必須重新界定的問題。

爲了解決這個問題，有學者傾向於從「緣情」的觀點，來解釋文學盡意的可能性。〔註65〕這是因爲「緣情」說是六朝文學理論的一大特色，中國詩歌的抒情本質也是公認的事實。緊扣著這一點來談，可以將文學盡意的問題轉向「情」這一非語言能表述的範圍，自然可以避開「言」與「意」之間的漏洞。但不可忽略的是，六朝仍有許多以「理」爲對象的文體存在，也同樣運用了與言「情」文體一樣的形式，如玄言詩。《文賦》與《文心雕龍》運用了賦與駢文兩種文學體裁來表現文學理論，也很難說其本身不是一種文學作品。而品評人、事、物時喜用一種形象式的語言，更是一種帶有審美性質的說理方式。在這些例子上，文學語言是否必然是表「情」的，或者說是否能用「情」來限定文學語言的範圍，就有了再討論的空間。

因此，從種種的跡象上看來，文學語言的本質，是要重新被建構的。而六朝的文學理論，乃是在視文學爲獨立範疇的前提下，對文學內部做出討論，因此很可以成爲我們初步探討的對象。

二、研究方法

有些學者用「形象思維」（imaginative thought）來探討文學語言的表意問題，〔註66〕在某一面相上觸及了此一問題的核心。但是「形象思維」所指爲

〔註65〕如蔡英俊先生在探討「情景交融」的理論時，就先建立了中國詩歌的抒情傳統。見蔡英俊著，《比興物色與情景交融》，台北，大安，1995年3月初版。
〔註66〕如黃慶萱先生即著有〈形象思維與文學〉一文，見《國文學報》，23期，1994年6月。相似的還有王葆玹先生的「意象思維」一詞，見〈魏晉言意之辨的發展與意象思維方式的形成〉，《中國文化月刊》116期，1989年6月，頁63～73。

何，各家說法已然不同；而「形象思維」理論最早見於俄羅斯，是否能充分地解釋中國文學語言的思維，還是需要檢證的。又如劉勰「意象」〔註67〕一詞，與西方「意象」（image）的糾葛，存在已久。透過這一類混雜不清的定義來解釋中國文學，恐怕並不能解決問題。因此我們主張回到中國古代原有的說法，以當時的名詞來解釋當時的理論，應該是比較符合原意的。這樣可以避免以現代的眼光衡量當時的情況，又可以避免中西理論衝突的問題。西方理論在本篇論文中所占的地位，乃在於提供一種切入問題的角度，以及建立合理推論時的旁證。因為本篇論文目的在於釐清中國古代文學理論中的問題，至於中西理論的比較研究，本篇論文無能涉及。

　　為了回到問題本身，我們著手的方向是「實然」而非「應然」。也就是說，「六朝文人如何認為」才是我們關注的焦點。因為如前所述，近代研究的困境來自於對「言意之辨」的不當理解，而不當理解之產生，則來自於沒能認清當時的想法，逐以現代眼光衡量「言意之辨」。因此無論六朝人的觀念是對是錯，無論今日看起來是否合理，我們所要做的是還原到當時的觀念，以避免誤解的出現。至於當時人為何如此認為，則訴諸於脈絡性的證據。而由於六朝文論散佚已多，對於許多環節的銜接，難免會訴諸於合理性的推論。而所謂的合理性，是建立在「文學發展有其內部規律」這一假設上。至於何謂「內部規律」，這裏仍需加以說明。

　　六朝文學及文學理論之所以蓬勃發展，許多學者歸因於「人的自覺」，此點當然沒有問題。「人的自覺」可以解釋文學之「然」，卻不能解釋其「所以然」。對於六朝文論中的許多範疇，如「形似」等問題，若訴諸於時代風氣等外緣因素對文人的影響，使文學創作受到牽動，這當然不是錯誤的，而只是對於文學的研究而言，似乎還有不足之處。對於文學發展而言，外緣因素，諸如政治變動、時代思潮等，都只是提供一個新的觀念出現的契機，至於新的觀念之產生，必有其所以繼承、依據、以及所企圖者。如「言意之辨」的產生，其所要改革者乃是兩漢經解所產生的語言問題，那麼必有其在語言問題上的理論脈絡可依循。同樣的，六朝文學理論的發展，有其「所以然」的理論脈絡存在，〔註68〕一個新的主張、新的技巧出現，皆有其在文學本質上

────────────

〔註67〕見《文心雕龍・神思》，見周振甫注，《文心雕龍注釋》，台北，里仁，1984年5月初版，頁515。

〔註68〕袁伯誠先生在〈魏晉玄學與中國書法審美意識的自覺〉一文中，就認為雖然

的意義，是這種意義建構了文學發展變化的可能性，而非契機。

　　循著內緣理論的路徑，本篇論文企圖從「言意之辨」下手，藉由釐清「言意之辨」與六朝文學的界線，試圖還原六朝人的觀念中，文學語言的眞實面貌。其中自然會延伸出許多理論上的空白，例如讀者反應如何得到控制等問題，我們也嘗試著在文論中尋找蛛絲馬跡，合理地推論其可能性。期望能夠在六朝人所遺留下來的資料中，找到一個完整的語言表意模式，以做爲將來研究中國文學語言的基礎。

受玄學影響極大，但書法內部自有其規律，使得書法走向自覺性地發展。見《大陸雜誌》，89 卷 3 期，頁 19～35。同樣的，文學內部也自有其所以發展的規律，本文即企圖找出此一規律。

第二章 「言意之辨」與六朝文學的關聯

　　一般探討六朝文學理論時，多會注意到「言意之辨」；而探討「言意之辨」時，多從局限在魏晉時期的理論，而探究其中的邏輯關係。但其實「言意之辨」的產生，其中自有一條語言問題的脈絡。這一條脈絡自上古開始，形成了人類語言思維的兩種不同模式，即「言」系統與「言象互動」系統。雖然構成的質料都是語言，但兩者在傳達及接受的思維方式，卻是完全不同的。這兩種思維的不同，對於「言意之辨」以及六朝文學理論而言，是否有意義，是我們首先要解決的問題。若離開這個前提來討論「言意之辨」對六朝文學的影響，不僅容易造成偏差，同時在進入文學領域後，會導致將兩個領域的理論任意相合的弊病。因此，「言意之辨」的「言」是何種「言」？文學語言又是何種「言」？兩者之間有何關係？即是本章所要解決的問題。

第一節 「言意之辨」所涉及的範圍

一、「言意之辨」的背景——經典詮釋的語言問題

　　先秦關於「言」、「意」的討論，到了兩漢略顯沈寂，主要是因為儒術獨尊之後，經學成為兩漢學術的主流，而「經學的學術傳統是解釋學的」，〔註1〕「言」與「意」之間的關係若不固定下來，經典的詮釋必然得不到合理的依

〔註1〕 見蔣年豐著，〈從「興」的精神現象論《春秋》經傳的解釋學基礎〉，楊儒賓、黃俊傑編，《中國古代思維方式探索》，台北，正中，1996 年 11 月初版，頁85～86。

據。因此兩漢儒者對於語言的表意能力，基本上是持肯定的態度的，以董仲舒爲例：

> 名者，大理之首章也，錄其首章之意，以窺其中之事，則是非可知，逆順自著，其幾通於天地矣。是非之正，取之逆順；逆順之正，取之名號；名號之正，取之天地；天地爲名號之大義也。〔註2〕

在「天人感應」的思想背景下，董仲舒爲名號建立的本體的意義，不像先秦建立在語言與人文的關係上，而是語言與宇宙的關係。他認爲「名號」背後的理據是宇宙之秩序，因此「事各順於名，名各順於天」，在此語言內涵甚至與宇宙相連結。其中的原因在於：「名則聖人所發天意，不可不深觀也」，〔註3〕而名號乃聖人之制作，而聖人可以體天地之道，因此其所制作的名號能夠體現「天意」，因此有所謂的「微言」：

> 昔仲尼沒而微言絕，七十子喪而大義乖。〔註4〕

也就是將語言所以盡意的根源，訴諸於聖人的神聖性。而爲何只有「聖人」能作「微言」？揚雄云：

> 言不能達其心，書不能達其言，難矣哉！惟聖人得言之解，得書之體。〔註5〕

要之，在兩漢人的觀念中，聖人上可以體天道，下可以運用語言文字來傳達思想，因之聖人之言——即經典，是可以盡天之意的。

漢儒抬高聖人的地位，由此來建立經典在詮釋上的可能性。因爲《莊子》中「古人之糟粕」〔註6〕之論已然降低了經典的價值，《易傳》雖提出「聖人立象以盡意」之說，但也承認「書不盡言，言不盡意」，「象」盡意之說也僅能爲《周易》辯護，未能及於其他沒有「象」做基礎的經典。因此漢儒直接做一先驗的認定，認爲聖人「得言之解」、「得書之體」，而保住了經典的地位，進而語言傳承成爲可能，文化系統的建立亦成爲可能，進而形成了由經典詮

〔註2〕 見《春秋繁露·深察名號》，賴炎元譯，《春秋繁露今註今譯》，台北，商務，1984 年 5 月初版，頁 261。
〔註3〕 同上引。
〔註4〕 見《漢書·藝文志序》，楊家駱主編，《漢書》，台北，鼎文書局，1979 年 2 月再版，頁 1701。
〔註5〕 見《法言·問神》，王雲五主編，《法言》，台北，商務，1966 年 3 月初版，頁 14。
〔註6〕 見《莊子·天道》，郭慶藩編，《莊子集釋》，台北，萬卷樓，1993 年 3 月初版，頁 488。

釋而建立的文化體系。因此，申小龍先生認爲：「古籍的語法詮釋本質上是中國古代的一種規範化、結構化的文化闡釋」，〔註7〕從詮釋語言來詮釋、進而建構文化，與先秦名實系統在語言意義上仍是一脈相承的。

經典詮釋既然成爲可能，語言理論就不再成爲爭論的焦點。但兩漢有一重要的語言問題，體現在詮釋方法上。據王葆玹先生的研究，兩漢經學有兩種詮釋方法，一種是傳、說、記的系統，此處簡稱「傳記之學」。「傳」是五經的解釋性或輔助性作品，「說」是較晚的經師口說的記錄，「記」則是用來補充經傳本應載有但卻沒有提到的事件和學說。這種傳記系統，基本上是獨立於經書之外的。另一種即是章句、箋注的方式，簡稱「章句之學」。〔註8〕這種方式即「離章辨句」，將一篇分爲若干章，再將一章分爲許多句子，逐章逐句進行解釋。雖是逐章逐句解釋，但本來還是獨立的著作，而自馬融爲「具載本文」而將傳文附於經文之後，鄭玄將之應用成將注文夾在經文中間，才演變成後來通用的箋注體例。

「章句之學」我們較爲熟知，而「傳記之學」與「章句之學」最大的不同點，就在於其詮釋的思維方式不同。如徐復觀先生即認爲，《韓詩外傳》的詮釋方式即是「除繼承《春秋》以事明義的傳統外，更將所述之事與《詩》結合起來，而成爲事與詩的結合，實即史與詩，互相證成的特殊形式。」〔註9〕而這種形式的思維方式在於：

> 孔子作《春秋》以爲百世法，此時《春秋》中人物的言行，亦必破除其特定的時間與具體人物個性的限制，而把其中所蘊含的人的本質與事的基義，呈現出來，使其保有某種的普遍性妥當性。於是歷史上具體地人與事，此時亦成爲此普遍性與妥當性的一種象徵，此雖較詩的象徵爲質實，但在領受者的精神領域中，都是以其象徵的意味而發生作用，則是一致的。這樣便開了由《荀子》到《韓詩外傳》的詩與史相結合的表現方式。〔註10〕

當然「傳記之學」的詮釋方式不單指「詩與史相結合」，張素卿先生就認爲《左傳》釋經的方式與《公羊》、《穀梁》之不同，就在於其「以敘事解經」的方

〔註7〕 見申小龍著，《語文的闡釋》，台北，洪葉，1993年初版，頁30。
〔註8〕 見王葆玹著，《西漢經學源流》，台北，東大，1994年6月初版，頁20～28。
〔註9〕 見徐復觀著，《兩漢思想史》卷三，台北，學生，1984年2月再版，頁7。
〔註10〕 同註9，頁8。

式。〔註11〕由此我們可以發現，「傳記之學」的詮釋思維，其實就是與先秦以來「言－象－意」的表述方式相同的思維。因爲「傳記之學」解經的方式，實是詮釋者對於作者的「意」的領會，用具體化之中介點來表現，也就是用「象」來詮釋經典之「意」，因而徐先生認爲是一種「象徵層次」的詮釋方法。蔣年豐先生也認爲，在《春秋》經傳的詮釋之間，有一種興象活動產生，而這種興象的詮釋思維在《詩》、《易》、《春秋》中都是類似的。〔註12〕因而我們可以說，「傳記之學」其實就是「言－象－意」的表述方式。

比較起來，「章句之學」的訓詁方式，針對經傳文加以逐文逐句釋義，就只能在語言及其指涉的意義之間打轉。對「言」之「意」做概念、抽象性的解釋，就成爲「言－意」表述系統，先秦時期的語言理論早已證明其有不可盡者。而在實踐上，就會造成《漢書·藝文志》所載的「說五字之文，至於二三萬言」、「幼童而守一藝，白首而後能言」〔註13〕等情況。但「傳記之學」僅流行於民間，「章句之學」則自宣帝以後漸受重視，最後成爲普遍使用的方式，因此其中儘管有反對的聲音，但章句箋注基本上已有一定的影響力，進而導致經學的僵化。夏侯建首創這種方式時，就已有「破碎大道」之非難，到了漢末魏晉，學者對此更是不滿，很大的成分使得儒家經典失去了本來意義，加上漢末社會動亂，儒家思想失去了維繫人心的力量，道家思想漸受重視。而儒家思想在學術方法上所顯露的弊端，恰好正是先秦以來道家所熟練的言意問題。因此想解消經學價值的力量，很容易可以找到著力之處，此即「言意之辨」。

二、「言意之辨」的歸趨——另一種表意模式

雖然「言不盡意」是魏晉玄學「言意之辨」所得到的共識，但到底「言不盡意」的理由爲何，從現存文獻中看不出明顯的痕跡。有許多學者認爲，「言意之辨」並沒有一個共同的命題，而是「魏晉玄學家對於名言與意義關係的不同層面的探究」，〔註14〕那麼「言不盡意」就成爲在不同層面上對語言表意

〔註11〕見張素卿著，《敘事與解釋——《左傳》經解研究》，台北，書林，1998 年 4 月初版，頁 17～33。

〔註12〕同註 1，頁 85～128。

〔註13〕上引兩段同見《漢書·藝文志》，頁 1723。

〔註14〕見岑溢成著，〈魏晉玄學中「言意之辨」的兩個層面〉，《鵝湖學誌》，11 期，1993 年 12 月，頁 35。

能力的否定。至於語言的表意能力有何缺失，大體可以參考牟宗三先生對此一問題的論述。〔註15〕但無論當時否定語言表意能力的理由爲何，我們關心的是，「言意之辨」可以解消「言－意」之間的關係，但能否涉及語言中「象」的存在？〔註16〕

漢代經學既然建築在「章句之學」上，同時又造成了許多弊病，因此逐漸抬頭的道家學說，首先就針對繁瑣的「章句之學」下手，試圖在語言上解消儒學在理論上的合法性：

> 粲諸兄並以儒術論議，而粲獨好言道，常以爲子貢稱夫子之言性與天道，不可得聞，然則六籍雖存，固聖人之糠秕。粲兄侯難曰：易亦云聖人立象以盡意，繫辭焉以盡言，則微言胡爲不可得而聞見哉？粲答曰：蓋理之微者，非物象之所舉也。今稱立象以盡意，此非通於象外者也；繫辭焉以盡言，此非言乎繫表者也。斯則象外之意、繫表之言，固蘊而不出矣。〔註17〕

「粲諸兄並以儒術論議，而粲獨好言道」一句，顯然已見荀粲欲藉道家的語言立場，解消儒家經典的價值，因此說「然則六籍雖存，固聖人之糠秕」，此自是由《莊子・天道》篇「古人之糟粕」而來。但儒家立場一向不受懷疑的「立象以盡意」，荀粲一併將之解消，那麼可見得荀粲此處的著眼點，並不在《易》象與「言」有何不同上，這點是很值得注意的。

就其所持理由來看，「象外之意、繫表之言，固蘊而不出矣」，無論是「象」還是「言」，都有「象外」、「繫表」另一層次的「意」存在，因此「象」、「言」在荀粲這裏，都只是一種符號而已，並沒有什麼不同。問題在於之所以有「象外之意」、「繫表之言」的存在，就代表了「言」、「象」這兩種符號，除了其符號本身的指涉對象外，還有可能負載有超出其符號功能的指意，而這種指意是「蘊而不出」的。簡單的說，讀者閱讀時只能得到「象內之意」，而得不到「象外之意」。此是爲何？因爲讀者在接受「言」、「象」時，「此非通於象

〔註15〕牟宗三先生在《才性與玄理》中，將「意」區分爲「內容眞理」與「外延眞理」，將「言」區分爲「名實相應的語言」以及「指點性語言」，然後由此四者的排列組合中，分析其「盡意」與否的可能性。見牟宗三著，《才性與玄理》，台北，學生，1993 年 2 月 8 版，頁 243～254。

〔註16〕「言意之辨」當然有涉及「象」的討論，但僅局限於《易》之內，不指涉語言運用的方式。

〔註17〕見《三國志.魏志.荀彧傳注》引《荀粲傳》，見楊家駱主編，《三國志》，台北，鼎文，1978 年 11 月 3 版，頁 319～320。

外者也」，也就是「言」、「象」的符號系統本身不提供超出該符號系統的理解方式。以「言」爲例，語言的意義只能訴諸語法、語境的要求，脫離語法的解釋行爲在嚴格意義上是不合法的。因此像象徵、隱喻、反諷等等超出語法、語境限制的表現方式，讀者並沒有一個藉以理解的依據，而如果超出語法的意義才是聖人眞正之指意，而語法規則又不容許這樣的理解，那麼自然是「蘊而不出」了。這裏我們可以見到，此處荀粲看似「言不盡意」論者，但實則暗示了一種超出語言規則的另一種表達和接受的方式。

非獨荀粲，郭象在《莊子》注中也有一段類似的意見：

> 夫莊子推平於天下，故每寄言以出意，乃毀仲尼賤老聃，上掊擊乎三皇，下痛病其一身也。〔註18〕

郭象此處是一個會通儒道的立場，與荀粲不同，但是其所體現出來的理論卻相當一致。「寄言以出意」的方法若可能存在，就表示了「言」能表現多重意義的可能性。若套用荀粲的話來說，則是《莊子》所用的語言就其名實相應的指意來說，是詆毀聖人、掊擊三皇，但其「繫表之言」是爲了「推平於天下」。那麼其眞實意義，與其在語言規則下意義，顯然完全不同。這與荀粲指向了同一個論點，即要能眞正的「盡意」，必得用另一種表達和接受的方式，即郭象所謂的「寄」與「出」。

其實前引揚雄「惟聖人得言之解，得書之體」一句，早已透露出此一端倪：聖人所以能盡意，是因爲其得「言之解」、「書之體」，也就是因其有特殊的理解和運用語言的方式。再參照魏晉的論述來看，「言不盡意」的理論若能成立，必得有一前提，即所謂的「言」與「意」，都必須限制在嚴格的語法規則內，也就是牟宗三先生所謂的「名實相應」的語言。從外緣上來看，「言意之辨」乃針對「章句之學」而來，而「章句之學」所使用的正是這種語言，因而造成弊端。但如果從「傳記之學」的「言—象—意」模式來看，「言不盡意」論不但無力解消的，甚至可以說是指向這種方式的。從內緣因素來看，「言」、「意」如果意義不只一層，眞實意義的確存在，只是「蘊而不出」，那麼問題應在於如何理解語言的另一層涵義，而不是在「言」、「意」本身的表意能力做探究。因此僅管「言不盡意」得到流行，但「言意之辨」討論的範圍，除去「象」不談，就只能針對「名實相應」的語言討論。即使是「象」，也是針對象數《易》學的方式下手。對於另一種語言系統，「言意之辨」僅能

〔註18〕見《莊子‧山木》注，頁699。

暗示其存在，但卻沒有多加討論。

然而值得注意的是，在對《周易》做解釋時，王弼的就明確地點出了另一種傳達和接受語言的方式。這種方式並不是體現在王弼所謂的「盡意莫若象，盡象莫若言」上，而是體現在「忘」字：

> 夫象者，出意者也。言者，明象者也。盡意莫若象，盡象莫若言。言生於象，故可尋言以觀象；象生於意，故可尋象以觀意。……然則，忘象者，乃得意者也；忘言者，乃得象者也。得意在忘象，得象在忘言。〔註19〕

關於此點，不能脫離王弼《周易略例‧明象》的著作背景。王弼所以有「得意在忘象，得象在忘言」的理論出現，最直接的動機就在於針對兩漢的象數《易》學而發。因為其後文又說：

> 義苟在健，何必馬乎？類苟在順，何必牛乎？爻苟合順，何必坤乃為牛？義苟應健，何必乾乃為馬？而或者定馬於乾，案文責卦，有馬無乾，則偽說滋漫，難可紀矣。互體不足，遂及卦變，變又不足，推致五行。一失其原，巧愈彌甚。從復或值，而義無所取。蓋存象忘意之由也。忘象以求其意，義斯見矣。〔註20〕

此段王弼已說明其「得意忘象」的理論之所發，乃要駁斥「偽說滋漫」，而「互體不足，遂及變卦」云云，其實就是指兩漢的象數《易》學。象數《易》學執著於對「象」的解釋，強行在「意」、「象」、「言」之間，安置上明確的關係，與訓詁解經的方式產生了相同的弊病。因此王弼提出「忘」的理論，認為不執著於言象，才有可能得象、得意。因此向來有學者認為王弼此論是「象盡意」論的一支，其實是有待商榷的。因為「言」、「象」在王弼這裏，與荀粲相同，都是同一層次的論述，皆以荃蹄看待。〔註21〕同時王弼並沒有針對

〔註19〕見《周易略例‧明象》，樓宇烈校釋，《王弼集校釋》，台北，華正，1992 年12 月初版，頁 609。

〔註20〕同上註。

〔註21〕王葆玹先生曾指出，《繫辭》『立象以盡意』、『繫辭盡意』之說乃是魏晉言意之辨的首要依據，因而魏晉言意之辨亦爲『言象意』三者的解析。」見王葆玹著，《玄學通論》，台北，五南，1996 年 4 月初版，頁 207。關於此點，我們要略加解釋。就原典的理論架構來看，荀粲所謂的「象外」、「繫表」，王弼所謂的「忘象」、「忘言」，都將「言」、「象」視爲同等級的存在，不見得認爲「言」不能盡的意「象」卻可以盡。兩人重視「象」雖然無誤，但這種重視是體現在與一般語言不同的「言—象—意」的語言，而非認爲《易》象必定

「言」是否能盡意、「象」如何盡意、或是「言」是否一定要透過「象」來盡意的問題提出解釋，之所以提及「象」，不過是因為此處詮釋的經典是《周易》，而《周易》最特殊之處即「象」的符號。兩漢象數《易》學執著於「象」的訓詁，落入了語言的牢寵，王弼正是要解消此一執著，因此不管「言」、「象」，都視為到達最終的「意」的工具而已。荀粲亦然，無論「言」、「象」，都有「象外」、「繫表」另一層次的「意」存在，「象」並無特出之處。因此整個《明象》篇的要點，其實就在「忘」字所代表的表意模式。

歷來對王弼「忘」的解釋甚夥，至今仍眾說紛紜。但有一個向來為人所忽略的問題，即是「忘」既然是達到「意」的關鍵，如果不「忘」，那麼所得的結果如何？王弼說「存象者，非得意者也」，是不能「得意」，或是得到錯誤的「意」？以乾卦為例，乾卦之「意」是「健」，其卦以「馬」為「象」，若不能忘象以得意，依王弼的說法，會造成「義苟應健，何必乾乃為馬？而或者定馬於乾，案文責卦，有馬無乾，則偽說滋漫，難可紀矣。」也就是「以馬為乾」的後果。很顯然的，「有馬無乾」不能說是沒有得到「意」，因為就語言文字本身的規則來看，「馬」不能離開其語言意義，因此「馬」只能是「馬」，甚至任何超出語法的引申義都是不允許的。然而這種理解方式所得到的「意」，對《易》象而言卻恰好是錯誤的，因為其實「馬」做為一種「象」，其目的在於體現「健」，但若局限於語言規則內的「馬」，就會造成「有馬無乾」，而造成錯誤的理解。那麼，不「忘」會得到一「意」，僅管此「意」是錯誤的；「忘」才會得到正確的「意」。這與荀粲「象外之意，繫表之言」相同，荀粲的「意」也有「象內」、「象外」之別，王弼的「忘」能得到真正的「意」，即是荀粲的「象外之意」；若不能「忘」，則會「有馬無乾」，也就只能得到荀粲所說的「聖人之糠秕」。也就是說，在語言內部來說，語言的詮釋是不能離開其語法規則，但拘泥於語言的限制，卻往往不能得到真正的指意。因此要體現真正的「意」，往往要跳脫一般的語法規則，此即王弼的「忘」義，亦即郭象的「寄言出意」。我們可以看到，「言意之辨」與其說是解消了語言的表意能力，不如說是指出一條特殊的理解語言的思維方式。

這種被語言所建立的理性局限的問題，西方哲學史上也有類似的情況。如同近代西方哲學認識到，在語言能力充分發展後，哲學問題很快就被語言所局限，哲學的解析流於語言的解析，語言的限制很容易地變成思想上的限

可以盡意。關於此點，我們在第六章還會再深入討論。

制。因此藝術上諸如神話、詩歌，雖然早年仍受理性的思考方式的支配，但在當代對於理性世界觀逐漸始反省時，藝術問題就被提出來做為檢討這種德希達（J.Derrida）所謂的「理體中心主義」（Logocentrism）過度膨漲的新論域。這在中國先秦道家已是如此，《老子》的「致虛極、守靜篤。萬物並作，吾以觀復」〔註22〕、《莊子》的「目擊而道存」〔註23〕、「心齋」，〔註24〕都指涉了一種不同的認識方式。而在兩漢章句訓詁極盛後，魏晉「言意之辨」所重新提及的，正是這一個問題。

因此先秦以來的兩種語言表述模式，「言不盡意」只針對其中一種發出議論，即是用抽象語言邏輯地表意的系統，從《老子》、《論語》以下，到兩漢「章句之學」的一脈體系，因為「言意之辨」的起因本來就是對「章句之學」及其所局限的思維方式反動。對於另一種興象的詮釋方式，即《春秋》到「傳記之學」的體系，可能恰好是「言不盡意」所必須依賴、而且所默認的方式，但這點早自古代就被中國人所實踐、運用著，不待此理論而後成。也就是說，「言不盡意」並不是說所有的「言」都不能「盡意」，而是在於接受主體用何種思維去詮釋「言」。王葆玹先生也認為「凡標榜『言不盡意』者，必有重視『象』的思想傾向」，〔註25〕在語言思維的層面上這句話是正確的。因為「言不盡意」否定的並不是語言，而是運用、接受語言的方式。在正確的思維下，「盡意」是可能的，如王弼的「忘」義。明乎此，我們進入文學領域時，就會發現文學所使用的語言（及其思維方式），與「言意之辨」所指涉的語言，根本是不同的；而六朝文學有關言意的理論，和「言意之辨」所指涉的理論，也不是如一般學者所說，兩者之間有著繼承性的關係。

第二節 六朝文學理論中的「盡意」說

許多學者在探討「言意之辨」與文學理論的關係時，往往從理論的相似性下手，而建立起兩者之間的關連性。令人疑惑的是，思想界的「言不盡意」

〔註22〕見《老子・十六章》，同註17，頁35～36。
〔註23〕見《莊子・田子方》，頁706。
〔註24〕見《莊子・人間世》，頁147。
〔註25〕同註215，頁215。要說明的是，如果將此處的「象」視為上古「象」系統的「象」，這句話是成立的。但若視為《易》象，則「象外」、「繫表」及「忘言」、「忘象」等言論早已將之否定，不見有任何理據得以證實「言不盡意」論者必重視《易》象。

論乃是爲了解消經典詮釋的價值而引發，如果文學界也贊成「言不盡意」，那麼勢必將解消文學的價值，無論在表現或接受方面皆然。然而事實上，六朝正是文學一步步走向價值獨立的時代，兩者之間的矛盾不言而喻。因此我們首先要重新審視六朝文學理論，看看其中對於「言」、「意」關係的主張，是否也如同玄學領域一般，是主張「言不盡意」的。

一、創作角度的「盡意」說

首先，我們要針對文論中明確提及「言」、「意」關係的言論做審視，以做爲第一步的論證。但在文論著作中，往往有兩種層次的論述的不同，是必須先釐清的：第一種是文學理論的內容中，針對文學而發的言論。第二種是作者檢討本篇文論的語言表現，此時已離開其論文學的內容，而針對本篇文論作解釋。以《文賦》爲例：

> 譬猶舞者赴節以投袂，歌者應絃而遣聲。是蓋輪扁所不得言，亦非華說之所能精。〔註26〕

「譬猶舞者赴節以投袂，歌者應絃而遣聲」屬第一種，直接指涉文學；而「是蓋輪扁之所不得言，亦非華說之所能精」屬第二種，因其所處的語境乃是在「解釋」《文賦》這篇文章並不能充分地表達出文學的奧妙，已經離開了文章脈絡來說明文本的局限。這兩者的不同，往往容易造成誤解，因爲六朝文論中最常出現的，就是第二種層次的言意觀，如：

> 至於操斧伐柯，雖取則不遠，若夫隨手之變，良難以辭逮。蓋所能言者，具於此云爾。〔註27〕

> 但言不盡意，聖人所難；識在缾管，何能矩矱。〔註28〕

> 輪扁斫輪，言之未盡，文人談士，罕或兼工。〔註29〕

> 韻與不韻，復有精粗，輪扁不能言，老夫亦不能盡辨此。〔註30〕

〔註26〕見〈文賦〉，《文選》卷十七，李善注，《文選》，台北，華正，1982 年 11 月初版，頁 242。

〔註27〕同上引。

〔註28〕見《文心雕龍・序志》，見周振甫注，《文心雕龍注釋》，台北，里仁，1984年 5 月初版，頁 917。

〔註29〕見《南齊書・文學傳論》，楊家駱主編，《南齊書》，台北，鼎文，1978 年 11再版，頁 909。

〔註30〕沈約〈與陸厥書〉，見陳慶元校箋，《沈約集校箋》，杭州，浙江古籍，1995

由上引數條可知,「言不盡意」在六朝文論中有一定的分量,但其實絕大多數都是屬於第二種層次,並非主張文學語言「言不盡意」,而是作者檢討自己不能充分地將這些情況說清楚。同時從被大量引用的「輪扁論斤」的典故來看,作者的目的在說明一些「得之於手而應之於心」的文學創作技巧,實在是很難用語言來表達的。因此這些「言不盡意」論,並不是直接說明文學語言的表意功能,只是在說明作者在文論中所能解釋的很有限。因此只能夠證明,文學家對「言不盡意」論並不陌生。

我們論述的主要證據,自然在第一種層次的言意觀,六朝人認為文學對文學盡意與否的看法,才是可以取用的證據。一般而言,在文論中出現的「言」是文學語言無疑,而「意」卻有層次之分,即作者之「意」與「外物」二者。〔註31〕先看作者之「意」。最典型的例子是陸機《文賦》的序文:

> 余每觀才士之所作,竊有以得其用心。夫放言遣辭,良多變矣,妍蚩好惡,可得而言。每自屬文,尤見其情。恆患意不稱物,文不逮意,蓋非知之難,能之難也。故作《文賦》以述先王之盛藻,因論作文之利害所由,佗日殆可謂曲盡其妙。至於操斧伐柯,雖取則不遠,若夫隨手之變,良難以辭逮。蓋所能言者,具於此云。〔註32〕

如袁行霈先生即認為「恆患意不稱物,文不逮意」一句,「不過是玄學中言不盡意的另一種說法而已」,〔註33〕是有待商榷的。其實真正「言不盡意」的觀點,是在於「若夫隨手之變,良難以辭逮。蓋所能言者,具於此云爾」一句,但這點已如上節所述,其論述的對象不是文學語言,而是作者本身對其表達能力的檢討。要知道「恆患意不稱物,文不逮意」一句,所謂「恆患」是指寫作的難度,並不是指理論上「意不稱物」、「文不逮意」必定存在。同時,陸機寫作《文賦》的動機,在於「因論作文之利害所由,他日殆可謂曲盡其妙」,就是要說明如何使「意」能「稱物」、「文」能「逮意」的技巧所在,因此是「能之難」,也就是工夫、技術層面的問題。如果理論上「意」之「稱物」、

年 12 月,頁 137。

〔註31〕 這種層次之分只是論述時暫時性的需要,因一旦外物為主體所感知後,即成為作者之意,本來是合一的。但魏晉對賦的重視及研究,導致了「體物」這種技巧的發達。針對這種技巧,文學語言表現外物的能力就成了被討論的焦點之一。但外物最終只是一種「象」,與情志是合一的,詳見第三章。

〔註32〕 《文選》卷十七,〈文賦〉,頁 239~240。

〔註33〕 見袁行霈著,〈魏晉玄學中的言意之辨與中國古代文藝理論〉,賀昌群等著,《魏晉思想》甲編三種,台北,里仁,1995 年 8 月初版,頁 10。

「文」之「逮意」不可能成立，那麼自然也就不用談如何「曲盡其妙」了。

同時就《文賦》內文來看，陸機認爲一篇好的文章，能夠達到以下的境界：

> 伊茲文之爲用，固衆理之所因。恢萬里而無閡，通億載而爲津。俯
> 貽則於來葉，仰觀象乎古人。濟文武於將墜，宣風聲於不泯。塗無
> 遠而不彌，理無微而弗綸。配霑潤於雲雨，象變化乎鬼神。被金石
> 而德廣，流管弦而日新。〔註34〕

「塗無遠而不彌，理無微而弗綸」等等的說法，更不可能是一種「言不盡意」
的主張。因此陸機的文學言意觀，就文學表現作者的自身的情志這一層面來
看，並沒有「言不盡意」的問題。在這一點上劉勰也有相同的看法，《神思》
篇提到：

> 是以意授於思，言授於意，密則無際，疏則千里。或理在方寸而求
> 之域表，或義在咫尺而思隔山河。〔註35〕

既然有「密則無際」的情況，也表示了「言盡意」之可能性，而「疏則千里」
顯然是個人工夫問題。因爲雖然「人之稟才，遲速異分」，但「難易雖殊，並
資博練」，在一定的工夫之下，可以消彌「疏則千里」的情況。因此與陸機相
同，言意問題對劉勰而言，也是寫作上的難度，而非理論上的必然性。

像這一類直接闡述言意觀的文論並不多見，但以六朝文論對寫作工夫的
重視而言，不可能在「言不盡意」的前提下產生，對於作者表達自身情志而
言，「言盡意」與否只是工夫，而不是必然。另一個問題是，文學語言能充分
表現自身的思想，但能不能充分表現外物？這點劉勰在《文心雕龍·夸飾》
篇中有很值得注意的論述：

> 夫形而上者謂之道，形而下者謂之器。神道難摹，精言不能追其極；
> 形器易寫，壯辭可得喻其眞。〔註36〕

與玄學中「無又不可以訓」之類的「言不盡意」論相似，都認爲形上之玄理，
無法用語言表述。如果我們追問爲何「神道難摹」時，大體上可以參考《老
子》說的「道可道，非常道」，〔註37〕因爲形而上的「神道」超出人類的經驗
世界，而被經驗世界所局限的思維不可能達到，此是通識。因此一般認爲，

〔註34〕《文選》卷十七，〈文賦〉，頁243～244。
〔註35〕《文心雕龍·神思》，頁516。
〔註36〕《文心雕龍·夸飾》，頁693。
〔註37〕《老子·一章》，頁1。

劉勰此言是指對於形上的玄理，文學語言是無法描述的。

要解答此一問題之前，劉勰另一論述是很值得參考的：

> 至於思表纖旨，文外曲致，言所不追，筆固知止。至精而後闡其妙，
>
> 至變而後通其數。伊摯不能言鼎，輪扁不能語斤，其微矣乎！〔註38〕

與荀粲「象外之意，繫表之言」相似，劉勰認爲「思表纖旨」、「文外曲致」是「文所不追」的。當然此處的「思表纖旨」並不必然指形上玄理，但是就這兩論來看，劉勰似乎認爲文學語言確有其所無法達到的領域。然而事實上卻不是如此，我們可以發現這兩論有極其近似的地方：「精言不能追其極」與「言所不追，筆固知止」都是指「言不盡意」，此點並無問題；但「神道難摹」之後所言「形器易寫」，以及「筆固知止」之後的「至精而後闡其妙，至變而後通其數」，都留下了伏筆，而這個伏筆其實就是扮演著「盡意」的關鍵。荀粲之言，乃是指一般語言所「直接」盡者，有其限制，語言之指意不可能無窮盡。劉勰在後面卻提到「至精而後闡其妙，至變而後通其數」，表示到了某種工夫境界後，「文外曲致」仍然是可以表現的。而這個工夫，就是「不追」和「止」，簡言之就是不在語言上求其窮盡，也就是不明說。爲何不明說反而能夠表現？我們看「神道難摹」雖然是文學語言所無法「直接」表述者，但並非無從呈現。因爲他在《神思》篇中曾云「物以貌求，心以理應」，〔註39〕顯然物貌所能呈現的，不僅是表象而已。因而在《夸飾》篇開宗明義提及此句，仔細思索會發現「神道」與「夸飾」之技巧並無必然關係，劉勰之所以提及此，正是要立論對於形器的描寫，是可以盡「神道」的，而對形器的描寫，「夸飾」又是必然的技巧，因此「故自天地以降，豫入聲貌，文辭所披，夸飾恆存」。這點在《原道》篇亦可證明，劉勰認爲「道沿聖以垂文，聖因文而明道」，〔註40〕並且在贊語中說：

> 道心惟微，神理設教。光采玄聖，炳耀仁孝。龍圖獻體，龜書呈貌。
>
> 天文斯觀，民胥以傚。〔註41〕

可知「文」是可以上通於「道」的，〔註42〕若「神道難摹」果眞是不可突破

〔註38〕同註35。

〔註39〕《文心雕龍・神思》，頁517。

〔註40〕《文心雕龍・原道》，頁2。

〔註41〕《文心雕龍・原道》，頁2～3。

〔註42〕「文」在此非指文學語言，而是廣義的文，但其實是文學語言之根源，詳見第三章。

的限制，那麼將與其開宗明義的價值觀衝突。因此「難摹」之意，其實就是「不追」，不在語言上求其窮盡，而是透過一個中介點——「形器」，即對形下萬物的描寫來表現，正如同「道」可以透過如《龍圖》、《龜書》之類來呈現一樣。黃侃《文心雕龍札記》擬〈隱秀〉篇的缺文時言「意有所寄，言所不追」，〔註43〕頗能得劉勰之旨。要之，文學語言就其創作層面而言，是可以盡作者之意的。

二、接受角度的「盡意」觀

這種盡意說在接受方面，也可以得到證明。如葛洪認為：

> 蓋往古之士，匪鬼匪神，其形器雖冶鑠於疇囊，然其精神布在乎方策，情見乎辭，指歸可得。〔註44〕

雖然他所提出的「精神」所指為何仍需深究，但「情見乎辭，指歸可得」已經充分的表現出讀者接受時能理解作者之「情」，而「指歸」自然就是作者之指意。杜預對此也有相同的看法：

> 若夫制作之文，所以章往考來，情見乎辭，言高則旨遠，辭約則義微，此理之常，非隱之也。〔註45〕

這是針對《春秋》的微言大義而說的。認為無論是「旨遠」或是「義微」，要之作者之意圖，是可以在文辭上體現出來的。

但以上皆是針對經典而發，在文學理論中，接受角度的盡意說仍是存在的。最直接的證據要算是劉勰在《知音》篇提到的：

> 夫綴文者情動而辭發，觀文者披文以入情，沿波討源，雖幽必顯。
>
> 〔註46〕

讀者既然可以「披文以入情」，就表示了接受時由語言文字還原作者意圖的可能性。雖然理論上成立，但實際上接受時的「盡意」並不是必定會發生的，而是與創作時相同，需要某種工夫，如「將閱文情，先標六觀」之說。事實上，對於接受時作者意圖是否能體現，讀者的接受工夫顯然是一大關鍵：

〔註43〕見黃侃著，《文心雕龍札記》，上海，華東師範大學，1996 年 12 月初版，頁249。

〔註44〕見《抱朴子・鈞世》，楊明照撰，《抱朴子外篇校箋》下，北京，中華書局，1997 年 10 月初版，頁 66。

〔註45〕見〈春秋序〉，《十三經注疏》6，台北，藝文，1993 年 9 月初版，頁 18。

〔註46〕《文心雕龍・知音》，頁 888。

> 蓋有南威之容，乃可以論其淑媛；有龍泉之利，乃可以議其斷割。
> 〔註47〕

曹植此處雖是論批評，但仍可見一種「合格的讀者」的要求，否則就會如葛洪所說的「以常情覽巨異，以褊量測無涯，以至粗求至精，以甚淺揣甚深，雖自髡黥，訖於振素，猶不得也」。〔註48〕

為何接受工夫是重要的？理論上，語言文字及其指意，由於在語法規則的控制之下，任何懂得語法規則的人，皆可以理解，那麼葛洪所謂的「以常情覽巨異」，是在哪一個層面立論？謝靈運曾云：

> 覽者廢張、左之艷辭，尋台、皓之深意，去飾取素，儻值其心耳。
>
> 意實言表，而書不盡，遺跡索意，托之有賞。〔註49〕

「意實言表，而書不盡」，一般認為就是「言不盡意」論，但若真的「言不盡意」，讀者如何「遺跡索意」？反過來說，讀者能夠「遺跡索意」，而作者卻是「書不盡」，那麼如同前面所論，這裏的「盡」是「追」的意思，也就是不在語言上窮盡其意義。因此，讀者所需具備的工夫，就是由「跡」來求得「意」的工夫，而不是由「書」直接來得「意」。因此即使針對同一組固定的語言文字而言，接受時若有葛洪所說的「常情」與「巨異」的差別，那麼語言文字所傳達的意義，必然得訴諸於讀者接受的能力；而此一接受能力，顯然也不是對語言文字本身的理解能力。

因此，劉勰的「沿波討源」，謝靈運的「遺跡索意」，都指向了讀者必然得用一種屬於文學的特殊方法來理解作品，否則會造成詮釋上的錯誤。而所謂的錯誤，乃是針對作者的意圖而言。事實上作者的意圖在中國古代的文學理論中，是一個先驗的預設。從《尚書·舜典》的「詩言志」〔註50〕、《毛詩序》的「詩者，志之所之」，〔註51〕作者之「志」如此被重視，那麼在接受時顯然就會成為最重要的綱領。因此才會有「知音」的故事流傳：

> 伯牙鼓琴，鍾子期聽之，方鼓琴而志在太山，鍾子期曰：「善哉乎鼓琴，巍巍乎若太山。」少選之間，而志在流水，鍾子期又曰：「善哉乎鼓琴，湯湯乎若流水。」鍾子期死，伯牙破琴絕絃，終身不復鼓

〔註47〕　見〈與楊德祖書〉，《文選》卷四十二，頁593。
〔註48〕　《抱朴子·尚博》，頁117。
〔註49〕　〈山居賦序〉，楊家駱主編，《宋書》，台北，鼎文，1979年2月再版，頁1754。
〔註50〕　《尚書·舜典》，頁46。
〔註51〕　《詩經》，頁13。

琴，以爲世無足復爲鼓琴者。〔註52〕

在這個預設下，「言不盡意」是不可能在讀者接受的層面發生的。換個角度說，要能適切地體會出作者的意圖，即「知音」的要求，是讀者所必須具備的工夫。那麼文學語言在解讀時，讀者所訴諸的規則，與一般語言顯然是不同的。由這點看來，玄學中「言不盡意」的理論，乃是主張一般語言在語法規則下有其局限性，而文學語言則離開語法的規則，來談另一種表現和理解語言的方式，而這種方式是可以盡意的。無論在傳達或是接受層面，兩者所談的語言，顯然有本質上的差別，那麼「言意之辨」對文學理論的影響，似乎就有重新審視的必要了。

第三節　「言意之辨」與六朝文學理論的界線

一、理論內部的不同──兩種思維的獨立發展

如果說「言意之辨」的共識是「言不盡意」，而文學領域的共識是「言盡意」，那麼兩者之間似乎完全不同。但事實上也不全然是如此，第一節曾經提到「言意之辨」的外緣脈絡，可以說是反對「章句之學」在語言內部訓詁箋注的詮釋方式，而認同《春秋》以來「即事言理」、以及兩漢「傳記之學」的傳統。因此「言意之辨」所隱含的理論脈絡，基本上是在「言－意」體系的語言表意功能被解消後，進而發覺「言－象－意」的表達方式，可能是可以盡意的。那麼顯而易見的，由「言」到「象」與由「象」到「意」之間，似乎有不同的思維方式在起作用。以王弼爲例，王弼的「忘」義，將「言」與「象」都當做是一種表意的符號，此一符號的「指稱」（reference），是語言在其規則的限制下所能指涉的意義，例如乾卦的「馬」；但符號的「涵義」（sence）〔註53〕卻指向「健」的意思。因此指稱只是中介點，而不是最終指意所在，

〔註52〕《呂氏春秋‧本味》，張雙棣等注譯，《呂氏春秋譯注》，長春，吉林文史出版社，1996 年 9 月初版，頁 387。

〔註53〕爲分析便利起見，此處引用弗雷格（G.Frege）的定義。按照弗雷格的說法，對一個符號而言，其被命名的對象即是「指稱」，而「涵義」則包括了符號出現的方式及語境。見弗雷格著，〈論涵義與指稱〉，A.P.馬蒂尼奇編，牟博等譯，《語言哲學》，北京，商務印書館，1998 年 2 月初版，頁 375～399。雖然弗雷格認爲「意象」（image）與涵義不同，意象是主觀的，涵義處於對象與意象之間，但我們將在第四、五章證明，六朝人的觀念中，作者意圖是存在的，

因之是爲一種「象」。而從符號到指稱，我們可以依賴語法規則；但是從指稱到涵義，卻必須依賴另一種思維，如象徵等。而事實上，從魏晉玄學現今所遺留下來的著作來看，鮮少在理論上觸及這一面相。「言意之辨」所能解消的，是從符號到指稱這一段；而指稱到涵義的關係，除了王弼的「忘」以外，並沒有其他理論涉及。這使得「言意之辨」顯露出了局限性，對於「言－象－意」的表達方式，「言意之辨」並沒有多加討論。因此荀粲認爲「象外之意，繫表之言，固蘊而不出矣」，之所以「蘊而不出」，正是因爲「言意之辨」並不涉及「言－象－意」的表述方式，只針對「言」與「意」之間的直接關係做釐清。

但是由上節對文學言意觀的分析可知，如劉勰的「神道難摹，精言不能追其極；形器易寫，壯辭可得喻其眞」來看，透過對「形器」的描寫可以體現「神道」，與「文所不追，筆固知止」的思路相同，都是一種非直接的表述。也就是說，文學思維不在於用文字及其指意表現作者思想，而是運用文字來營構某種中介點（即謝靈運所謂的「跡」），再由此種中介點來表現「意」。那麼語言文字的作用僅止於營構情境，至於情境如何表意，那又是另一層次的問題。因此如果就「意」來說，在文學作品中就有兩層，一是語言文字所表現之意（指稱），一是作者眞正之指意（涵義）。因此鍾嶸所謂的「文有盡而意有餘，興也」，〔註54〕以及劉勰的「隱也者，文外之重旨者也」〔註55〕等等說法，所謂的「文外」、「意有餘」，都是語言文字與具體情境表現出兩種不同層次的「意」所致。

這種表現方式，在六朝人已有部份文人有自覺：

> 情之發，因辭以形之；禮義之旨，須事以明之，故有賦焉。所以假
> 象盡辭，敷陳其志。〔註56〕

摯虞對於賦體藉由對物象的描寫來言「志」，稱之爲「假象盡辭」，正與先秦以來的「言象互動」傳統相合。無論此處的「象」是否僅指「物象」而言，文學的整個表述方式，確實是透過情境的描寫來表意，而這種方式正同於《春秋》的「即事言理」、《莊子》的寓言系統、以及兩漢「傳記之學」的「興」

同時意象也是可以被引導的。

〔註54〕見《詩品上・序》，曹旭集注，《詩品集注》，1996 年 8 月初版，頁 39。

〔註55〕《文心雕龍・隱秀》，頁 739。

〔註56〕見〈文章流別論〉，《藝文類聚》卷五十六，于大成編，《藝文類聚》，台北，木鐸，1974 年 8 月初版，頁 1018。

的詮釋方式，也就是「言－象－意」的模式。在表意模式不同的情況下，讀者接受時顯然也必須用另一套接受的模式，因此即使對於經典的闡釋，文學界與玄學界的看法即有不同：

> 夫《易》惟談天，入神致用。故《繫》稱旨遠辭文，言中事隱，韋編三絕，固哲人之驪淵也。《書》實記言，而訓詁茫昧，通乎《爾雅》，則文意曉然。故子夏嘆《書》，昭昭若日月之明，离离如星辰之行，言昭灼也。《詩》主言志，詁訓同書，摛風裁興，藻辭譎喻，溫柔在誦，故最附深衷矣。《禮》以立體，據事剬范，章條纖曲，執而後顯，采掇生言，莫非寶也。《春秋》辨理，一字見義，五石六鷁，以詳略成文；雉門兩觀，以先後顯旨；其婉章志晦，諒以邃矣。《尚書》則覽文如詭，而尋理即暢；《春秋》則觀辭立曉，而訪義方隱。此聖人之殊致，表裏之異體者也。〔註57〕

顯而易見的，所謂「言中事隱」、「婉章志晦」等等，都是不直接從「言」求「意」的接受方式，這是因為聖人使用語言的方式，本來就有「表裏之異體」的情況。明瞭聖人使用語言的方式，用正確的思維來理解經典時，經典自然是可以盡意的。落在文學上來說，則更是如此，盧諶云：

> 分乖之際，咸可歎慨；致感之途，或迫乎茲。亦奚必臨路而後長號，睹絲而後歔欷哉。是以仰惟先情，俯覽今遇，感存念亡，觸物眷戀。
> 易曰：書不盡言，言不盡意。然則書非盡言之器，言非盡意之具矣。況言有不得至於盡意，書有不得至於盡言邪？不勝猥懇，謹貢詩一篇。〔註58〕

盧諶這裏明白地指出了「感存念亡，觸物眷戀」的情感，是「書不盡言，言不盡意」的，因而「貢詩一篇」，正是指出文學語言有著不同的思維方式，因此能夠表現超乎語言規則所能負載的意義。因為文學正是用「象」來表意，其遵循的是由「象」到「意」之間的思維模式。

如此，我們可以釐清「言意之辨」與文學理論在理論內部的關係。從當時的共識來看，玄學主張「言不盡意」而文學主張「言盡意」；從討論對象來看，玄學探討「言－意」關係而文學探討「言－象－意」模式，在在都可以看到這兩者屬於不同的系統。因此就理論內部而言，很難說「言意之辨」影

〔註57〕《文心雕龍·宗經》，頁31～32。
〔註58〕《贈劉琨詩并書》，《文選》卷二十五，頁358。

響了文學理論。即使是王弼的「忘」指涉的正是文學的表意方式，但文學理論中也未見對「忘」有探討者。如此，玄學不討論由「象」到「意」之間的象徵關係，文學也不討論「言」與「意」之間的直接關係，兩者的發展，各自遵循其領域自身的發展規律，因而很難說其影響何在。

二、外緣因素的影響──文學理論典範的轉移

雖然內部理論上的影響較不明顯，但就外緣因素而言，同時代的哲學思潮與文學思想，往往互相影響。因此若歷史地看，漢代儒家詩教關心的是文學的社會功能，有助於風化的層面，之所以到了漢末而有所轉變，和當時時代思潮有密切的關係。如曹丕《典論・論文》很重視作家才性與其作品的關連，和漢末以來流行的人物品鑑及才性論就顯得相當一致。較之兩漢文論，曹丕的眼光已經從文學與社會的關係，轉移到文學自身的規律來。因此曹丕提出「文以氣為主」〔註59〕之說，用「氣」來建立作者與作品的關係，同時也建立了文學所以能表意的可能性。因此雖然重「氣」之說仍有很大的成分是來自於儒家傳統說法，但將「氣」用來解釋文學內部的規律，卻是極有時代意義的。但曹丕的理論表現為一種決定論，「氣之清濁有體，不可力強而致」、「雖在父兄，不能以移子弟」〔註60〕等等，對於作者才性而言，文章風格是第二序的，是被決定的，語言能力被才性所涵蓋，並沒有成為其中突顯的焦點。

《文賦》所關心的範圍仍是作者與作品的關係，但更深入一層，探討作者如何用語言文字表現其思想。從《典論・論文》到《文賦》的過渡，其中的意義在於：作者掌控作品是經由語言的表現，言意問題便成了文學重要的關鍵之一。這其中的發展，又與正始玄風與「言意之辨」的發展一致。正始玄學使得語言問題成為一個受重視的命題，陸機《文賦》也正是如此，將文學價值繫於語言問題之下，似乎解決了「意不稱物、文不逮意」的問題之後，就能達到「俯貽則於來葉，仰觀象乎古人。濟文武於將墜，宣風聲於不泯。塗無遠而不彌，理無微而弗綸。配霑潤於雲雨，象變化乎鬼神。被金石而德廣，流管弦而日新」〔註61〕的境界，刻意的強調了盡意的重要性。

其次，從陸機開始，文論中出現了大量的語言問題。如《文賦》的「是

〔註59〕《典論・論文》，《文選》卷五十二，頁720。
〔註60〕以上兩段同上引。
〔註61〕《文選》卷十七，〈文賦〉，頁243～244。

蓋輪扁之所不得言，亦非華說之所能精」，摯虞提出「假象盡辭」的說法；葛洪也提出「若言以易曉爲辨，書何以難知爲好哉」以及荃魚問題，謝靈運《山居賦序》的「意實言表，而書不盡」，《文心雕龍‧序志》的「但言不盡意，聖人所難」等等，都表示了文學理論家對於「言意之辨」投注以相當的眼光。而藉由「言意之辨」的啓發，文學界也對文學語言做了相當程度的探討。因此從外緣因素來看，「言意之辨」確實對文學理論造成了影響，這種影響促使文學家關心語言表現的能力和主體情思之間如何契合上。簡言之，文學理論的「典範」〔註62〕由文學外部轉移到文學內部的規律。而由於著重對於文學語言表意的探討，使得六朝文學理論達到了相當高的成就。〔註63〕

在釐清了「言意之辨」與六朝文學理論的關係後，我們可以發現文學語言表意的關鍵，其實在於「象」與「意」之間的關係，也就從「指稱」到「涵義」的思維模式，而不是「言」與「意」之間的關係。這種「象」的思維，源自於上古的「象」表意系統，在語言文字形成之後，轉變成「言象互動」的模式。那麼，「象」系統的思維模式顯然對文學語言而言是極重要的。以下我們就要從「象」系統中最有代表性、也是最完美的一支──《周易》，來看「象」是如何表意，以及如何被詮釋的。

〔註62〕此處藉用孔恩（Thomas S. Kuhn）於《科學革命的結構》一書中所提出的「典範」（paradigms）觀念。見孔恩著，程樹德‧傅大爲‧王道還‧錢永祥譯，《科學革命的結構》，台北，遠流，1994 年 7 月初版，頁 54。

〔註63〕此處先做此一預設，我們將結論時證明，六朝文學理論，確實有一條源自對語言表現探討的脈絡，而這一脈絡正是促使文學理論高度發展的原因。

第三章 文學的「象」思維——以《易》象爲基礎

　　討論至此，已可查覺「象」對於文學思維的重要性。雖然神話亦是「言象互動」系統的一支，但對古人而言，《周易》所牽涉的範圍廣泛，又是經書之一，重要性極高，不像神話的乏人問津。從《易》傳開始，後人就不斷地藉由對《周易》的探討，進而建構出新的哲學體系，因此從《易》象下手，很可以清楚地解釋遠古以來的「象」思維。尤其重要的是，六朝文學界對於《易》象的重視，是形諸於文字的。那麼《易》象在六朝人的觀念中，是否在文學理論中扮演了重要的角色，就成爲重要的問題。因此本章從建立此一問題的可能性著手，探討六朝人對於文學與《易》象思維一致的觀念，以做爲探討文學語言理論的基礎。

第一節　六朝文論對《易》象的重視

　　《易》象與文學思維有關，這點已經是許多學者證明過的了。而六朝人是否也如此承認，才是我們所要處理的問題。這點我們可以分兩個方面來談。

一、文學本質方面

　　兩漢儒家詩教重視的是文學在人倫教化方面的作用，這點隨著經學的解體、道家思想勃興，而產生了變化。漢末魏初對於文學看法，開始有了明顯的轉變。如阮瑀與應瑒兩人曾對用人的標準論辯，其中即涉及了「文」的本質問題：

　　　蓋聞日月麗天，可瞻而難附；群物著地，可見而易制。夫遠不可識，

> 文之觀也；近而得察，質之用也。文虛質實，遠疏近密。援之斯至，
> 動之應疾，兩儀通數，固無攸失。若乃陽春敷華，遇沖風而隕落；
> 素葉變秋，既究物而定體。麗物苦僞，醜器多牢；華璧易碎，金鐵
> 難陶。〔註1〕

大體上阮瑀傾向「重質輕文」，其「少言辭」、「寡見智」、「專一道」、「混濛蔑」
之「四短過人」，實是據《老子》思想之質樸觀以立論。而應瑒則答曰：

> 是以聖人合德天地，稟氣淳靈，仰觀象於玄表，俯察式於群形，窮
> 神知化，萬國是經。故否泰易邊，道無攸一，二政代序，有文有質。
> 若乃陶唐建國，成周革命，九官咸義，濟濟休令。火、龍、黼、黻，
> 暐曄於廊廟；袞、冕、旂、旒，焉弈乎朝廷。〔註2〕

則是傳統的儒家說法，強調「文」在政治、教化上的功用。但無論兩人對於
「文」有何不同的見解，有一相同的的地方是值得注意的，即將「文」的本
質上溯於天地之道。阮瑀所說的「蓋聞日月麗天，可瞻而難附；群物著地，
可見而易制」，也許只是一種比喻，但「陽春敷華，遇沖風而隕落；素葉變秋，
既究物而定體。麗物苦僞，醜器多牢；華璧易碎，金鐵難陶」則是以爲天地
之理如此，人事之理必當亦如是。應瑒則明白地指出「聖人合德天地，稟氣
淳靈，仰觀象於玄表，俯察式於群形，窮神知化，萬國是經」，「文」乃聖人
取法天地而後應用在人倫制度上，故具有不可抹滅的地位。因此「文」的本
質，透過聖人的制作，可上通於天地之道。

　　阮、應之論所反應出來的，是當時已有將「文」直接提升到形上層次的
看法，但僅能代表一種新興的價值觀。因爲在當時，文學還是很依附在實用
價值之下的。曹丕傳頌千古的「蓋文章經國之大業，不朽之盛事」，就是從
儒家立場談文學之用處。不同的是，其「是以古之作者，寄身於翰墨，見意
於篇籍，不假良史之辭，不托飛馳之勢，而聲名自傳於後」的看法，將主體
之聲譽和文章相連結，視文章爲主體生命之延續，其「文氣論」即建立了這
種貫通性。但「故西伯幽而演《易》，周旦顯而制《禮》，不以隱約而弗務，
不以康樂而加思」，〔註3〕則明顯地是傳統儒家立場。曹植的觀點則更清楚：

〔註1〕 見〈文質論〉，《藝文類聚》卷二十二，于大成編，《藝文類聚》，台北，木鐸，
　　　　1974年8月初版，頁411。
〔註2〕 同註1。
〔註3〕 見《典論‧論文》，《文選》卷五十二，李善注，《文選》，台北，華正，1982
　　　　年11月初版，頁720～721。

「辭賦小道，固未足以揄揚大義，彰示來世也」，〔註4〕則認爲「辭賦」這種文學體裁，沒有經國濟世的用處，但「庶官之實錄，辯時俗之得失，定仁義之衷，成一家之言」〔註5〕是有用的。可見得文學在當時雖然漸漸受到重視，但還是得依附在人倫價值之下。其他如桓範論贊像「所以昭述勳德，思詠政惠」，〔註6〕論序作「乃欲闡弘大道，述明聖教，推演事義，盡極情類」；〔註7〕傅玄論「七體」賦「或以恢大道而導幽滯，或以黜瑰奓而托諷詠」〔註8〕等等，都足見當時的文學本質觀，還不能脫離實用功能而獨立。

　　但是到了西晉，文學價值觀有了明顯的變化。《文賦》認爲：

　　　　濟文武於將墜，宣風聲於不泯。塗無遠而不彌，理無微而弗綸。配

　　霑潤於雲雨，象變化乎鬼神。被金石而德廣，流管弦而日新。〔註9〕

雖仍有「濟文武於將墜，宣風聲於不泯」的實用價值觀，但值得注意的是「配霑潤於雲雨，象變化乎鬼神」二句，則將文學的功能，與天地之生成、變化相比附，隱約有將文學與宇宙價值相連結的企圖。另一值得注意的是，當時對賦體有一種「徵實」的新價值觀。陸機曾云「賦體物而瀏亮」，〔註10〕其所以要「體物」的原因，左思認爲是「先王采焉以觀土風」、「故能居然而辨八方」，自然對儒家傳統有所繼承，故「賦者，古詩之流也」〔註11〕也是當時的共識。但是皇甫謐對近代賦體則有新的要求：

　　　　作者又因客主之辭，正之以魏都，折之以王道，其物土所出，可得

　　披圖而校，體國經制，可得按記而驗，豈誣也哉！〔註12〕

這種看法不僅此一端，左思亦認爲：

　　　　發言爲詩者，詠其所志也；升高能賦者，頌其所見也；美物者，貴

　　依其本；讚事者，宜本其實。匪本匪實，覽者奚信！〔註13〕

〔註4〕　見〈與楊德祖書〉，《文選》卷四十二，頁594。
〔註5〕　見《世要論・贊像》，《全三國文》卷三十七，嚴可均校輯，《全上古三代秦漢三國六朝文》2，北京，中華書局，1958年12月初版，頁1263。
〔註6〕　見《世要論・序作》，同註5。
〔註7〕　見〈七謨序〉，《全晉文》卷四十六，頁1723。
〔註8〕　見〈文賦〉，《文選》卷十七，頁243～244。
〔註9〕　見《文選》卷十七。李善注，《文選》，台北，華正，1982年11月初版，頁239。
〔註10〕　見〈文賦〉，《文選》卷十七，頁241。
〔註11〕　上引三段見〈三都賦序〉，《文選》卷四，頁74。
〔註12〕　見〈三都賦序〉，《文選》卷四十五，頁641。
〔註13〕　同註11。

可見當時有著賦要「徵實」、「明物」的要求。漢代大賦為誇大漢帝國功績以取悅帝王，故以諷諫之名取得其存在理由，然而諷諫作用在魏晉消失後，大賦的新價值轉向徵實。雖然賦本來就有博物的傳統，但漢代大賦之博物，其實與當時訓詁之風有關，主要是作者展現在文字上的造詣，而非真是要明物。因此「徵實」之要求，目的除了在改進漢代大賦過分誇張的缺點外，背後有其特殊的理據。

左思認為傳統誇飾之風，「考之果木，則生非其壤；校之神物，則出非其所。於辭則易為藻飾，於義則虛而無徵」。然而「徵實」之賦之「義」何在？他認為：

　　且夫任土作貢，虞書所著；辯物居方，周易所慎。〔註14〕

將此作用等同於《尚書》、《周易》的「任土作貢」、「辨物居方」。摯虞又認為賦體「假象盡辭，敷陳其志」，顯然「體物」本身不是目的，藉著對物象的描寫可以表達出更深層的內容。物象有何深層的內容可以表達？皇甫謐為《三都賦》所作的序中，就提到：

　　若夫土有常產，俗有舊風，方以類聚，物以群分。而長卿之儔，過以非方之物，寄以中域，虛張異類，托有於無，祖構之士，雷同影附，流宕忘反，非一時也。〔註15〕

皇甫謐反對虛構之賦的原因，是因為「方以類聚，物以群分」，此正是引用了《易·繫辭上》的「方以類聚，物以群分，吉凶生矣」。〔註16〕也就是說，天地萬物如此排列，有一定的規則，此一規則則體現了天地之道，若是虛構不實，那麼此一規則就無從顯現了。

從另一個角度來看，干寶將志怪視為史之餘，其在《搜神記序》中就明確闡明一個「信」〔註17〕的原則。郭璞亦然，對於記載「總其所乖，鼓之於一響；成其所以變，混之於一象」的神怪，認為「異果在我，非物異也」，這和賦的「徵實」很像。這兩篇序文「信」的目的，在於「明神道之不誣也」，所以郭璞認為「夫以宇宙之寥廓，群生之紛紜，陰陽之煦蒸，萬殊之區分，精氣渾淆，自相濆薄，游魂精怪，觸象而構」，〔註18〕故：

〔註14〕同註11。
〔註15〕同註12。
〔註16〕見《繫辭上》，《十三經注疏》1，台北，藝文，1993年9月初版，頁143。
〔註17〕見〈搜神記序〉，《搜神記》，台北，里仁，1982年9月初版，頁2。
〔註18〕上引四段見《山海經·序》，袁珂校注，《山海經校注》，台北，里仁，84年4

是故聖王原化極變，象物以應怪，覽無滯賾，曲盡幽情，神焉廋哉！

神焉廋哉！〔註19〕

最後以「達觀博物之客，其鑒之哉」做結。一樣是強調博物，一樣是對物象的一種描寫，雖然賦體沒有這種神怪的思想存在，但對物象的描寫的深層的作用，很有可能是在於藉對物象的描寫來體現天地之道。要之，博物不僅限於博物，而是要從博物中了解天地之「幽情」。而要達到這種要求，對於物象的描寫當然不能是虛構的，而是必須真實地反應道體。

然而問題是，文學如何可能充分地反應道體？關於此點，在畫論中有值得注意的地方：

辱顏光祿書：以圖畫非止藝行，成當與《易》象同體，而工篆隸者，自以書巧為高。欲其并辯藻繪，覈其攸同。〔註20〕

王微認為畫能「與《易》象同體」，有著超越書法的功效。而這種功效，有一部分的作用是：

然後宮觀舟車，器以類聚；犬馬禽魚，物以狀分。此畫之致也。望秋雲，神飛揚；臨春風，思浩蕩。雖有金石之樂，珪璋之琛，豈能髣之哉！披圖按牒，效異《山海》。綠林揚風，白水激澗。嗚呼！豈獨運諸指掌，亦以明神降之。此畫之情也。〔註21〕

「器以類聚」、「物以狀分」之後，可以「效異《山海》」，正是一種由明物來明道的要求，而之所以有此可能，乃因為畫「與《易》象同體」，也就是說，由畫能明道的可能是與《易》象相同的。

從這個角度來看，在文學界也有相同的看法。摯虞在《文章流別論》開宗明義即認為：

文章者，所以宣上下之象，明人倫之敘，窮理盡性，以究萬物之宜者也。〔註22〕

「上下」即「天地」，這裏引用《說卦》的「窮理盡性，以至於命」〔註23〕、

月初版，頁478。

〔註19〕見《山海經·序》，頁479。

〔註20〕見王微〈敘畫〉，張彥遠著，《歷代名畫記》，台北，廣文，1992年6月再版，頁207。

〔註21〕同上註，頁207～208。

〔註22〕見〈文章流別論〉，《藝文類聚》卷五十六，于大成編，《藝文類聚》，台北，木鐸，1974年8月初版，頁1018。

〔註23〕見《說卦傳》，頁183。

《繫辭上》的「象其物宜」〔註24〕來說明文學本質，則全然據《周易》以立
論文學，就很明顯地將文學本質等同於《易》象之下。葛洪也說：

> 夫上天所以垂象，唐虞之所以為稱，大人虎炳，君子豹蔚，昌旦定
> 聖謐於一字，仲尼從周之郁，莫非文也。〔註25〕

與應瑒、摯虞的看法相同，「文」既是天地之所生，聖人即取其化成天下，這
就將「文」由上溯天地到下行人文的脈絡貫穿起來，就建立了文學新價值觀。
而其理論依據，乃是《繫辭上》的「天垂象，見吉凶，聖人象之」，以及《革》
卦的「象曰：大人虎變，其文炳也……象曰：君子豹變，其文蔚也」，〔註26〕
也是將語言文字的功用等同於《易》象。

這種看法隨著文學理論的發展，更加的被肯定。如鍾嶸認為：

> 氣之動物，物之感人，故搖蕩性情，形諸舞詠。照燭三才，輝麗萬
> 有，靈祇待之以致饗，幽微藉之以昭告。動天地，感鬼神，莫近於
> 詩。〔註27〕

鍾嶸不但認為文學來自天地，更認為因「氣」的存在，使得天人之間得以溝
通，人之性情「形諸舞詠」，還可以「動天地，感鬼神」。此點雖然承自《詩
大序》，但可以見其之所以「動天地，感鬼神」的背景，已然從人倫教化轉至
宇宙層面。而古代詩、樂、舞合一時的祭祀儀式，我們已經論述過，與《易》
象相同，同屬於「言象互動」的體系。因此鍾嶸雖然沒有明白提及《易》象，
但文學的功能在此與《易》象是相通的。劉勰則清楚地以《易》象的思維為
據，闡述了文學在各個層面來自於天地的根源論：

> 文之為德也大矣，與天地並生者何哉？夫玄黃色雜，方圓體分；日
> 月疊璧，以垂麗天之象；山川煥綺，以鋪理地之形，此蓋道之文也。
> 〔註28〕

劉勰先闡述了「道之文」，也就是今日所謂自然美。自然的這種紋理，非由於

〔註24〕 見《繫辭上》，頁150。
〔註25〕 見《抱朴子・尚博》，楊明照撰，《抱朴子外篇校箋》下，北京，中華書局，
　　　　1997年10月初版，頁113。
〔註26〕 見《革》卦象辭，頁112。
〔註27〕 見《詩品上・序》，曹旭集注，《詩品集注》，上海，上海古籍，1996年8月初
　　　　版，頁1。
〔註28〕 《文心雕龍・原道》，見周振甫注，《文心雕龍注釋》，台北，里仁，1984年5
　　　　月初版，頁1。

某種意識形成，而是「夫豈外飾？蓋自然爾」。〔註29〕而現今西方理論對於自然美最大的爭議，就在於自然乃無意識的秩序排列，人何以對其形式感覺到美？劉勰對此之解釋，乃源自於魏晉以來的看法，即是由於一種同質性：「惟人參之，性靈所鍾，是謂三才，爲五行之秀，實天地之心」，人本秉受自然而生，人類的審美意識在與大自然的互動中培養出來，故「心生而言立，言立而文明，自然之道也」。〔註30〕劉勰將人文之美繫於自然美之下，首先建立了審美根源，故而人類審美意識本來就合乎於天地之美的。

　　人與道有同質性，那麼用何種方法能體現道，從而建立人文體系？劉勰認爲：

> 人文之元，肇自太極，幽讚神明，易象惟先。庖犧畫其始，仲尼翼其終。而乾坤兩位，獨制文言。言之文也，天地之心哉！若乃河圖孕乎八卦，洛書韞乎九疇，玉版金鏤之實，丹文綠牒之華，誰其尸之？亦神理而已。〔註31〕

劉勰此處直接將《易》象視爲「人文之元」，因爲天地之道的運作，其中自有一種秩序和機微，劉勰稱之爲「神理」。人類的文化內容乃是繼承這種「神理」而來的，而能夠體現這種「神理」的方法乃是透過《易》象。因《易》象有著體現道體的功能，故能上通天地，下開人文，人乃是「原道心以敷章，研神理而設教」的，而「文」自然包括文學。這也就是說，文學所以能盡道之意，是因爲文學思維乃是承《易》象的思維方式而來，因此「辭之所以能鼓天下者，乃道之文也」。〔註32〕

　　從「文章者，所以宣上下之象」、「道沿聖以垂文」等等可知，在六朝人的觀念中，文學做爲道體的顯現，與《易》象有著一致性。除了在論證過程中，不斷引用《易傳》對《易》象的解釋來論證文學的功能之外，亦有稱文學爲一種「象」者。蕭統更直接引用《周易》來解釋文學的生成：

> 逮乎伏羲氏之王天下也，始畫八卦，造書契，以代結繩之政，由是文籍生焉。《易》曰：觀乎天文，以察時變；觀乎人文，以化成天下。文之時義遠矣哉！〔註33〕

〔註29〕同上引。
〔註30〕同上引。
〔註31〕同上引。
〔註32〕見《文心雕龍・原道》，頁2。
〔註33〕見《文選・序》，頁1。

同樣的，以《易》象爲人文的根源，正因爲《易》象是取法天文以成人文的，而文學之爲「文」，當然仍以《易》象爲據。由此可知，在六朝人的觀念中，文學本質與《易》象的緊密關係可知。

二、文學思維方面

這種認定，並非僅是拉抬文學價值而已。事實上在六朝文論中，有許多對文學技巧的論述，都是引《易》象的理論來佐證文學技巧。如沈約在分析聲律之重要性時，即云：

> 昔神農重八卦，卦無不純，立四象，象無不象。但能作詩，無四聲之患，則同諸四象。四象既立，萬象生焉；四聲既周，群聲類焉。……昔周孔所以不論四聲者，正以春爲陽中，德澤不偏，即平聲之象；夏草木茂盛，炎熾如火，即上聲之象；秋霜凝木落，去根離本，即去聲之象；冬天地閉藏，萬物盡收，即入聲之象。以其四時之中，合有其義，故不標出爾。〔註34〕

沈約先是論述《易》之「四象」可以「象無不象」，即有體現萬物的強大功能，然後認爲「四聲」之作用比附於「四象」。這是因爲「四聲」取象於「四象」，而「四象」又取象於天地之道。因此「四聲」所能達到的作用，實則是與「四象」相同的，都是能體現天地之道的一種符號。

對於《易》象提及最多的，莫過於劉勰。除了在《原道》篇建立文學承自於《易》象的理論之外，又將《易》象的思維與文學創作的思維相合。首先在各種文類方面，在《詮賦》篇中，認爲賦在表現萬物時的特色是：

> 至於草區禽族，庶品雜類，則觸興致情，因變取會。擬諸形容，則言務纖密；象其物宜，則理貴側附。〔註35〕

「擬諸形容」、「象其物宜」來自於《易・繫辭上》的「聖人有以見天下之賾，而擬諸其形容，象其物宜，是故謂之象」，故分明認爲賦的寫法與《易》象的取象相同。又如以《兌》卦的「悅也」釋「說」〔註36〕、以《姤》卦釋「詔」〔註37〕、以《節》卦釋「議」〔註38〕等等，皆可見在劉勰的觀念中，各種文

〔註34〕見〈答甄公論〉，陳慶元校箋，《沈約集校箋》，杭州，浙江古籍，1995 年 12 月，頁 468。

〔註35〕見《文心雕龍・詮賦》，頁 138。

〔註36〕見《文心雕龍・論說》：「說者，悅也；兌爲口舌，故言資悅懌……」，頁 349。

〔註37〕見《文心雕龍・詔策》：「易之姤象，『后以施命誥四方』」，頁 371。

類的本義，其實與《易》象精神皆有相通之處。

　　其次在寫作方法方面，最有代表性的莫過於《隱秀》篇：

　　　　夫隱之爲體，義生文外，秘響傍通，伏采潛發，譬爻象之變互體，

　　　　川瀆之韞珠玉也。〔註39〕

劉勰以「文外之重旨」釋「隱」，這本是中國文學理論中一大問題（即言外之意），但劉勰未從「言」與「意」的關係上說，而將「爻象之變互體」的狀況來解釋，分明將《易》象思維視爲文學思維的基礎。另外說明《通變》之重要性時，認爲「諸如此類，莫不相循，參伍因革，通變之數也」，乃是取用了《易・繫辭下》的「《易》之爲書也不可遠，爲道也屢遷，變動不居，周流六虛，上下無常，剛柔相柔，不可爲典要，唯變所適」，〔註40〕將文學「變」視同於《易》象之「變」。同時在《鎔裁》篇開宗明義即云「情理設位，文采行乎其中。剛柔以立本，變通以趨時」，〔註41〕也用了《易・繫辭下》的「剛柔者，立本者也；變通者，趨時者也」〔註42〕的「剛柔」、「變通」觀念來解釋文學。

　　最值得注意的是，對於文學中極重要的「比興」觀念，他認爲：

　　　　觀夫興之托喻，婉而成章，稱名也小，取類也大。關雎有別，故后

　　　　妃方德；尸鳩貞一，故夫人象義。〔註43〕

用「稱名也小，取類也大」來解釋「興」，但此種思維方式乃來自於：

　　　　夫易，彰往而察來，而微顯闡幽，開而當名辨物，正言斷辭則備矣！

　　　　其稱名也小，其取類也大，其旨遠，其辭文，其言曲而中，其事肆

　　　　而隱。因貳以濟民行，以明失得之報。〔註44〕

《繫辭》此處所言，其範圍含蓋整部《周易》的思維。而釋「比」時，則說「凡斯切象，皆比義也」，又分明以「象」名「比」。那麼，就隱然有著將「比興」視同於《易》象思維的看法。另外對於南朝流行的用典方式，劉勰則認爲：

　　　　事類者，蓋文章之外，據事以類義，援古以證今者也。昔文王繇《易》，

　　　　剖判爻位，《既濟》九三，遠引高宗之伐；《明夷》六五，近書箕子

〔註38〕見《文心雕龍・議對》：「易之節卦，『君子以制度數，議德行。』」，頁461。
〔註39〕見《文心雕龍・隱秀》，頁739。
〔註40〕見《繫辭下》，頁173～174。
〔註41〕見《文心雕龍・鎔裁》，頁615。
〔註42〕見《繫辭下》，頁165。
〔註43〕見《文心雕龍・比興》，頁677。
〔註44〕見《繫辭下》，頁172。

之貞：斯略舉人事，以徵義者也。〔註45〕

則又認為文章用典的方法，乃承自於《周易》之卦爻辭。諸如此類用《易》象思維來解釋文學思維的論述，在《文心雕龍》中不勝枚舉。

由此可知，在六朝人的觀念中，文學之本質與《易》象相同，都是天地之道藉以顯現的質具。而由於《易》象是「人文之元」，是人文取法天文的最初範本，因而《易》象思維即是原始的文學思維。故而徐陵在《與李那書》中言「書不盡言，但聞爻系」，〔註46〕指涉了文學能夠表現一般語言所不能表現的東西，並以《易》象來比喻這種不直接的表現。因此以下我們擬從《易》象著手，探討《易》象到底是何種思維方式，以作為探討六朝文學思維的基礎。

第二節　《易》象思維模式

前節提到六朝文論對《易》象的重視，同時在論文學的時候又不斷提及文學的「象」，很明顯地將文學上溯於《易》象。這點其實學界早已注意到了，早自宋代陳騤開始，就有學者將《易》象與《春秋》相結合討論者。〔註47〕近代學者劉綱紀先生也指出：

> 《周易》的象數理論具有多方面的美學意義……在象數理論中包含
> 著制象與模仿、取象與比興、意象說、數與美、觀象制器等一系列
> 重要問題。〔註48〕

其餘論者尚夥，不再列舉。近代以來學者對於《周易》對於文學的影響，成果甚豐，而且都指向了一種結論，即《易》象造就了中國藝術的形象思維。《易》象與文學有關係是沒有問題的，但文學中的「象」到底是什麼，文學如何取用「象」的方式，則多半扣在「象徵」、「形象思維」這些關係上來談。同時，有學者以為文學中的「比興」或象徵手法，源自於《易》象的象徵，如張善文先生即認為「《周易》的創作，一開始就源於象徵」。〔註49〕這些論述儘管都有一定的理據，但當我們仔細審思《周易》中的「象」時，就會發現《易》

〔註45〕見《文心雕龍‧事類》，頁705。
〔註46〕見〈與李那書〉，《全陳文》卷十，頁3453。
〔註47〕關於此點，龔鵬程先生有很詳細的論證，故不贅述。見《詩史本色與妙悟》，台北，學生書局，1986年4月初版，頁79。
〔註48〕見劉綱紀著，《周易美學》，湖南，湖南教育，1992年5月初版，頁252。
〔註49〕見張善文著，《周易與文學》，福建，福建教育，1997年9月初版，頁9。

象與「象徵」、「形象思維」並不全然相同。《易》象的盡意方式，是否能以「象徵」一詞涵蓋？「象徵」就能盡意嗎？而卦象是否是一種形象？關於這些流行的看法，其實都有再檢討的必要。以下我們要從何謂《易》象談起，看看所謂的《易》象，分底在《周易》及文學思維中各扮演什麼角色。

一、何謂《易》象

劉綱紀先生曾對《易傳》中的「象」字做過分析，認爲「象」字有「卦象」和「事物之形象」二義，並且認爲「《周易》認爲卦象是聖人觀察模擬天地萬物以及人自身的形象而創造出來的」。〔註50〕這種看法有一前提，即將「象」解釋爲「形象」，於是乎有萬物之形象，有卦之形象，卦之形象乃模彷天地萬物的形象而來。但卦象的「象」，果眞是形象嗎？其實《易傳》所謂的「象」，本來就只指涉一種意義，不能做天、人之分：

> 在天成象，在地成形，變化見矣。〔註51〕

劉先生認爲這裏的「象」指的是天象，即日月星辰的排列，這也是流行的看法。但必須注意的是，《繫辭上》另有一句「成象之謂乾，效法之謂坤」，「乾」、「坤」即「天」、「地」，「效法謂之坤」即人事對天道的效法，那麼此處的「乾」、「坤」應是指天道與人事，即形上、形下之別。「在天成象」與「成象之謂乾」兩句指向同一個意思，那麼此處的「天」、「地」非指自然天地，而是亦是形上與形下之別。意思是指道之變化，在形上層面以「象」而爲人所感知，在形下層面則以「形」（即萬物的形體）爲人所知覺。此處「形」較易理解，即天地間可聞見的萬物，而形上世界的「象」，又是何種存在？我們看：

> 見乃謂之象，形乃謂之器。〔註52〕

顯然道之呈現叫做「象」，尙未成「形」，成「形」了以後就叫做「器」了，那麼「象」又不指一完整的「形」。王充曾云：「太陽之氣，盛而無陰，故徒能爲象不能爲形」，〔註53〕可見「象」與「形」本來即不同。這「見」指的是可察覺，即爲主體所感知，那麼它是以何種形式爲主體所感知？我們看：

> 聖人有以見天下之賾，而擬諸其形容，象其物宜，是故謂之象。

〔註50〕同註48，頁253。
〔註51〕見《繫辭上》，頁143。
〔註52〕見《繫辭上》，頁156。
〔註53〕見《論衡・訂鬼》，楊家駱主編，《論衡集解》，台北，世界書局，頁456。

〔註 54〕

八卦成列，象在其中矣。〔註 55〕

八卦之排列，能表現出「象」，那麼「象」又不是八卦，而是「八卦成列」後所形成的東西，此即「天下之賾」。為了體現這種「賾」，聖人「擬諸形容」、「象其物宜」，也就是將這種「賾」形象化，取法萬物之形象，「是故謂之象」。也就是說，「擬諸形容」的東西或八卦本身並不是「象」，八卦所表現者、「物宜」所從出者，才叫做「象」。所以「八卦以象告」。〔註 56〕那麼，「象」其實就是道體之變化秩序的顯現。因此：

夫乾，確然示人易矣。夫坤，隤然示人簡矣。爻也者，效此者也。

象也者，像此者也。〔註 57〕

是故易者，象也。象也者，像也。〔註 58〕

《易》就是要表現天道之變化，天道顯現即「象」，章學誠認為「象」是「道體之將形而未顯者也」，〔註 59〕亦是此意。人求得天道變化之賾，自然是為了有所取法。因此「象」字包含了天道之顯現及人道法天道兩義，而人掌握天道的方式，必然得透過人為符號的形式，這個形式也包括在「象」的概念內。

至此，尚未能給予「象」一個定義，因為對單就《周易》來考察「象」或《易》象」本義，其實言人人殊；而以上所論，又只能理出一模糊的輪廓。在此我們嘗試從另一角度在定義「象」，即思維方式。吾淳先生在對中國人的思維方式做研究後發現，中國人有一種「駐足現象」的特殊興趣，以觀察或感覺為把握世界的重要手段。雖然西方人也有同樣的思維現象，但並未形成傳統，西方的主流思維是沿著事物的「本質」展開的，而非現象。對現象的關注的思考，是一種「現象－觀念－概念」的模式。〔註 60〕如果這種說法無誤，那麼若將之運用到我們的問題上來，「《易》象」之義即呼之欲出。「所謂徒能為象不能為形」、「賾」、「道體之將形而未顯」等等不易理解的說

〔註 54〕見《繫辭上》，頁 158。

〔註 55〕見《繫辭下》，頁 165。

〔註 56〕見《繫辭下》，頁 176。

〔註 57〕見《繫辭下》，頁 166。

〔註 58〕見《繫辭下》，頁 168。

〔註 59〕見《文史通義・易教下》，章學誠著，《文史通義》，台北，華世，1980 年 9 月初版，頁 5。

〔註 60〕見吾淳著，《中國思維形態》，上海，上海人民，1998 年 2 月，頁 173～204。

法，其實指的是同一個意思，即「道體在形下世界的現象」，這種「現象」當然不是僅指實存萬物（形），而是實存萬物間呈現的關係，在此我們譯爲「表象」。就八卦而言，八卦排列的圖案尚不是道之表象，排列所體現出來的意義才是道之表象，而人再由此一表象逆溯於道。我們可以說，《周易》中的「象」，即「道之表象」，聖人藉制作符號來呈現此一表象，此表象即成爲理解天道的唯一途徑，進而有所取法，因此《易》者，象也，天道之變化本來就和人之取法分不開，此本是《周易》成書的目的。因此在《周易》中，「象」字同時包含了「形象」、「效法」、「卦象」這三種意思，而三種意思是互相聯繫的。

　　一般所謂卦象，形式上包括了卦形、卦爻辭、以及其指涉的事物形象三者，但其實卦之所「象」，正如之前所提到的，是「從不可見到可見」，也就是將不可見天道顯現出來，因此卦形、卦爻辭、事物形象三者，都是「形」，而三者配合所顯出的義理，才是「象」，即天道。兩漢象數《易》學往往執著於事物的形象，如鄭玄喜用「某卦有某之象」的形式解《易》，才會造成王弼盡掃象數之說的出現。王弼就是因爲明白何謂《易》象，才會說「得意在忘象」，因爲「存象者，非得意者也」，〔註61〕「存象」其實只是「存形」而已，並沒有抓到其「所以形」的義理所在。要之，即「象」與「形」被混淆了。聖人「擬諸形容，象其物宜」之時，並非以「形容」爲「象」，而是以萬物的「形容」做爲藍本，目的是爲了借由具體可感的萬物，體現天道變化所在，即借「形」顯「象」。若將一卦象視爲一符號，那麼「形」是其符徵，「象」是其符旨，因此「象」與「道」幾乎是同義詞，同時《易》早在春秋時就取得了「易象」的別名。〔註62〕

　　因此許多學者對「象」的功能都釋之以「象徵」，就大大的降低了《易》象的內涵。因爲「象」乃是道體之表象，兩者關係的內涵遠大於「象徵」。若單就「象」的形式來說，卦形、卦爻辭、及其指意也不是「象徵」著天道，而是「體現」了天道，兩者之間有著生成關係，此爲《易傳》中「象」字原義。

〔註61〕 見《周易略例·明象》，樓宇烈校釋，《王弼集校釋》，台北，華正，1992 年
　　　　 12 月初版，頁 609。
〔註62〕 《左傳·昭公二年》：韓宣子使魯，「觀書於天史氏，見易象與魯春秋。」，頁
　　　　 1226。

二、《易》「象」的思維方式及其演變

但是《易》象如何體現天道？《易》本為占筮之作，《周禮・春官宗伯》記載：

> 筮人掌三易，以辨九筮之名，一曰連山，二曰歸藏，三曰周易。
> 〔註63〕

足見《易》本是「筮」之一法。龜卜與占筮同為上古顯現上天旨意的兩種方式，據考殷代從龜卜，武丁以後雖然已「卜筮相協」，但仍重卜輕筮，直到周代亦然。《周禮・春官宗伯》云：「凡國之大事，先筮而後卜。」〔註64〕《左傳・僖公四年》又記載：「筮短龜長，不如從長。」〔註65〕意即龜卜流傳較久，較可信賴。龜卜之法，在此毋需多說，僅就其思維運作之方法，做一解釋。

《左傳・僖公十五年》提到：

> 龜，象也；筮，數也。物生而後有象，象而後有滋，滋而後有數。
> 〔註66〕

龜卜之精神被稱之為「象」，那麼這種「象」如何運作？其基本的架構是，上天之旨意，能藉由卜紋顯現出來，以做為人事依循的準則。因此整個卜問的過程，首先就面臨到為何龜之卜紋能體現上天旨意的問題。楊儒賓先生即以「感通性」解釋，〔註67〕認為占卜之所以可能，乃是因為天地之間萬物皆由氣所化生，具有同質性，因此能夠相感。此說雖確，但未必適用於殷、周之時。因為「氣」、「感」的觀念畢竟晚出，屬於戰國時期的思想，殷、周人未必如此理解。據《周禮・春官宗伯》：「上春釁龜，祭祀先卜。」〔註68〕鄭玄注云：

> 釁者，殺牲以血之，神之也。〔註69〕

釁法在周代常見，如釁鼓、釁鐘等等，此處之所以釁龜，是為了「神之」，也就是使其具有神力，能與上天相溝通。據考證，在龜卜之前，必要先行祭祀

〔註63〕見《周禮・春官宗伯》，頁369。
〔註64〕見《周禮・春官宗伯》，頁376。
〔註65〕見《左傳・僖公四年》，頁295。
〔註66〕見《左傳・僖公十五年》，頁365。
〔註67〕見楊儒賓著，〈從氣之感通到貞一之道——《易傳》對占卜現象的解釋與轉化〉，楊儒賓・黃俊傑編，《中國古代思維方式探索》，同註1，頁135～182。以下所引楊先生之論，大體參考本篇。
〔註68〕見《周禮・春官宗伯》，頁374。
〔註69〕同上引。

龜甲，而「釁」即是此種儀示，因此《說文》云「釁，血祭也」。〔註70〕而「釁」有「兆」義，即在於「釁」的意義，就在於求得龜兆。同時就現存的殷虛卜辭來看，所以求卜的對象，有自然神、四方神、祖宗神等，多以神的身分出現，可見在上古時代，龜卜仍然是一種與神溝通的活動，龜、骨等媒介，是被視爲有神力，而特別能夠顯現神明旨意的，此即楊先生提到的「萬物有靈論」。〔註71〕

　　占卜之可能性，是由於萬物有靈，藉用有神力的媒介，便能與神相溝通。然而龜卜所得出的是燒龜甲的裂痕，卜者如何據此以理解徵兆？這裏首先要說明，占卜並非人人可爲，龜卜有「龜人」，占筮有「筮人」，而理解卜兆的關鍵在於這些專業人員的能力。楊先生據心理學家榮格（C.G.Jung）的「同時性」原理，驗之以「心如」（psychoid）、「超感官知覺」（ESP）等現象，認爲：

> 當占卜者面對此神物，進行相關的活動時，其時的心靈即從日常世俗的情境中脫退而出，溶進由神物所牽動宰制的神聖氛圍之中。此時的心靈也就絕對地沈潛到最深層，也是最深誠的境地。〔註72〕

這是現代科學的解釋。若置於上古的時空中，即是「龜人」也具有神力。但顯然「龜人」的能力並不能直接與神溝通，必得透過有神力的龜骨，才能將不可知的神旨形諸可見，此才是龜卜的精神所在，因此「龜，象也」，嚴格說來「象」不應止於卜紋的形象，而包括了整個神意的顯示。如此，在「神」的貫穿下，由人知神，或神見於人，都由「象」來擔起重任。「象」在這裏是神意的具體顯現，而反過來說，人透過「象」來知神意的活動，也就成爲一種抽象化的過程，即由卜紋中來理解神意。

　　汪裕雄先生在《意象探源》一書中，認爲古人有「尚象」思想，習於使用「言象互動」的方式來表意，〔註73〕原是不錯的；但要注意這種「尚象」之所以形成，和宗教信仰有極大的關係，並非一種自覺的人爲符號操作，這點趙沛霖先生的論述可茲佐證。其在解釋《詩經》中取用的興象時，即證明了古代提到鳥類，多與祖先有關；魚類多與生產繁殖有關；樹木興象多與社稷有關。而這些興象之所以有固定的意義，乃是由於原始的宗教信仰所致，如鳥圖騰崇拜。

〔註70〕見段玉裁注，《說文解字注》，台北，黎明，1991 年 8 月 8 版，頁 106。
〔註71〕同註 67，頁 143。
〔註72〕同註 67，頁 147。
〔註73〕見汪裕雄著，《意象探源》，合肥，安徽教育，1996 年 4 月初版，頁 61。

〔註74〕可見「象」之所以成爲一種表意符號，在形成之初，有其一定的神秘意義。汪裕雄先生以符號之構成解釋古人的「尚象」思想，是高估了當時的邏輯思維能力。同時其解「龜象」時，則引《尚書・洪範》之「卜兆常法」證明「似乎是將龜兆歸結爲某種物象再行解讀」，〔註75〕而得出「象」爲「自然物象」的結論，並以此爲龜卜之精神所在，其實大謬。因漢代經學家對此「常法」就已眾說紛紜，但未有指向以物象來釋卜者。而就現代的研究成果來說，卜辭包含了前辭、命辭、占辭、驗辭四個部份，命辭提出問題，占辭則直接論斷吉凶，未見引用自然物象來解釋者。可見「象」在早期的龜卜中，本來就不是透過物象來解釋的意思，而是人神溝通的具體媒介。

　　「象」的思維有著符號意義，其實是後起的，這和從龜卜到占筮的發展原因一致。因爲隨著人文精神的日漸覺醒，占卜的過程中人爲參與的程度愈來愈高，朱伯崑先生就認爲：

> 同是迷信，二者相比，有兩點不同。其一，鑽龜取象，其裂痕是自然成文，而卦象是手數蓍草之數，按規定的變易法則推衍而成。前者出於自然，後者靠人爲的推算。其二，龜象形成後，便不可改易，卜者即其紋，便可斷其吉凶。但卦象形成後，要經過對卦象的種種分析，甚至邏輯上的推衍，方能引出吉凶的判斷。同觀察龜兆相比，又具有較大的靈活性和思想性。這兩點都表明，占筮這一形式的形成和發展意味著人們的抽象思維能力提高了，卜問吉凶的人爲的因素增加了。〔註76〕

也就是王夫之所說「鬼謀」與「人謀」成分多寡之不同。《周易》做爲筮法之一，其目的仍在於占卜吉凶，但卦爻辭中已可見人在遭遇客觀環境時，轉化自己命運的思想。如泰卦九三爻辭云：「無平不陂，無往不復，艱貞無咎。」〔註77〕即是說平陂、往復是可以轉化的，雖然環境艱險，但人只要透過努力，則可以無咎。這種人文精神的覺醒表現在占筮的體例上，即產生了「變卦」的方法；表現在思想上，即是一種天道無常、吉凶由人的思想。〔註78〕在這種基礎上，占筮的整個過程，較龜卜比較起來，體現出了較高的智慧和抽象

〔註74〕見趙沛霖著，《興的源起》，北京，新華書店，1987.11月初版，頁12～48。
〔註75〕同註73，頁39。
〔註76〕見朱伯崑著，《周易哲學史》，台北，藍燈，1991年9月初版，頁7～8。
〔註77〕見《泰》卦，頁43。
〔註78〕此點朱伯崑先生已有論述，詳見同註76，頁32～38。

思維的能力，也因此，「象」的內涵也產生了變化。

如前所述，「象」是神意具體化的體現，然而殷代的「帝」到了春秋時期，已被轉化為「天」。雖然在《論語》中「天」尚有一點人格神的意味，人格神的色彩是逐漸淡去的，到了《荀子》則「天」純然是自然天。那麼占卜的最終依歸，神秘思想也就愈來愈少。《左傳・襄公九年》記載的魯穆姜被貶進東宮時，算得吉卦，但穆姜卻認為「有四德者，雖隨無咎；我皆無之，豈隨也哉。」〔註79〕而不從占筮的結果。另《左傳・僖公十五年》又提到：

> 龜，象也。筮，數也。物生而後有象，象而後有滋，滋而後有數。
> 先君之敗德，及可數乎？史蘇是占，勿從何益？詩曰：下民之孽，
> 匪降自天，噂沓背憎，職競由人。〔註80〕

此兩例都說明，占筮的最高原則，已從神意改變為宇宙秩序，即由人格天轉為形上天，故穆姜可逆之，韓簡直把筮當做是一種自然法則。到了戰國時代，「易說的特點是以陰陽觀念解釋《周易》的卦象和卦爻辭的內容」，〔註81〕而陰陽之說是當時新興的一種科學觀念。如《國語・周語上》的「陽伏而不能出，陰迫而不能蒸，于是有地震。」，〔註82〕是用陰陽二種氣解釋地震的成因。《左傳・僖公十六年》又云：

> 是陰陽之事，非吉凶所生也。〔註83〕

更表明了陰陽是理性的科學觀，非吉凶等祥瑞之事。占卜是問吉凶的，而陰陽與吉凶無關，那麼用陰陽觀念解釋卦辭，簡直就是一種對自然秩序作一種科學理解，然後尋求人適應之道。在這樣的前提下，自然在「象」的思維方法上產生了一定的影響。

朱伯崑先生分析春秋時代的筮法，認為有三種特色：一是變卦說，二是取象說，三是取義說，其中以取象說最受注目。所謂「取象」，即「以八卦象徵各種物象，再用八卦所象徵的物象，說明重卦的卦象，以此解說一卦的卦辭和爻辭，論證所占之事的吉凶。」〔註84〕舉例而言：

〔註79〕見《左傳・襄公九年》，頁965～966。
〔註80〕見《左傳・僖公十五年》，頁365。
〔註81〕同註76，頁38。
〔註82〕見《國語・周語上》，上海師範大學古籍整理組校點，《國語》，台北，里仁，1981年11月初版，頁26。
〔註83〕見《左傳・僖公十六年》，頁369。
〔註84〕同註76，頁25～32。

坤，土也。巽，風也。乾，天也。風爲天于土上，山也。有山之材，
而照之以天光，于是乎居土上，故日觀國之光，利用賓于王。庭實
旅百，奉之以玉帛，天地之美具焉。故日利用賓于王。〔註85〕

坤取土，巽取風，乾取天，再按這三種物象的性質之結合，來求得卦象之意
義。爲何要取用物象來釋卦？楊儒賓先生認爲：

> 所有自然界事物的升降顯隱，幽伏飛騰，都是道體的展現。從此種
> 觀點考慮，可以說所有的自然，其實都是超自然的；而超自然的另
> 一面相，也可以說是離不開自然的，所以兩儀、四象、八卦之取象
> 於自然，其自然別有所指，與日常語言所使用者不同。或者我們可
> 以說：它們乃是取象於「負載超自然因素於其中的自然」。〔註86〕

「道體」雖然是《易傳》的觀念，就春秋戰國「形上天」義逐漸明顯的情況
來看，實已非常接近。也就是說，八卦之所以取自然物象，非取其「物」，而
是取其「所以物」，也就是《繫辭上》所說的：「聖人有以見天下之賾，而擬
諸形容，象其物宜，是故謂之象」。「物宜」即是所以物的原因，但要展現此
「物宜」，非得「擬諸形容」不可。因爲自然物是天道的顯現最直接、也是最
易爲人觀察、接觸的產物，觀察各種自然物的性質，及其所以得到平衡的道
理，可以體現出天道的秩序來，因此成了體現天地之間的秩序規律的最好模
本。因爲兩種系統實爲同質的，因此天地與卦象之間就形成了一種「大宇宙
（大周天）與小宇宙（小周天）的符應圖示。」〔註87〕道體是大宇宙，卦象
是小宇宙，兩者之間能互相感應，而「同時性」的契合。

　　但爲何不直接取其「超自然因素」，而一定得透過物象本身？其實朱伯崑先
生所謂的「取義說」，即是直接取物之性質而言之。但就其所舉之例來看，取義
解釋時仍然離不開取象，同時取義極有可能是省略了舉出物象這一步驟而來，
因此「取義」一說實無存在的必要。就春秋戰國爲數不多的資料看來，取象仍
是最主要的方式。之所以要透過物象而不能直接取義，楊儒賓先生認爲：

> 內容真理脫離不了人內心強烈的感受，此強烈的感受到明顯的、恰
> 如其分的展現其意義，只有在具體的情境當中，隨著此情境脈絡之
> 變化，而相對地尋出有效的象徵語言（艾略特所謂的「相關客體」），

〔註85〕見《左傳·莊公二十二年》，頁223～224。
〔註86〕同註67，頁153。
〔註87〕同註67，頁146。

以引出人在此具體脈絡中的因應。……「象」不僅是用以描述或指

向「意」；更重要地是用以具體化、成形化「意」。離象之後的意，

與象意合一的意，根本是不同的。〔註88〕

楊先生此處著重在一種感性的思維上，認爲唯有具體化、成型化了的意，才能引起接受者感性的反應。此說甚確，但此是針對「象」在語言上的意義而發的。但當時《易》象所以要取用物象，就占卜之行爲而言，實有著更爲實質的理由，分析如下：

第一，天道無以名之，亦不能言說，唯有物象是道體的強烈展現，人是由觀物象之變化而得以體會道體。因之，人對道體的體認，是以物象的變化爲基礎的。前論吾淳先生所言，中國人有著觀察現象的特殊興趣，所謂的「天道」，其實本來就是由物象所展現的現象得來的結論。第二，物象既是唯一可以體現天道的途徑，而八卦的推演本就是天道變化的體現，但卦畫本身僅爲了數字運算而誕生，沒有意義，有意義的是其所指涉的意義。而其象徵物又是要能體現天道變化者，故自然必須是物象。不但離象之後的意和象意合一的意是不同的，甚至離開了物象，就不能表意。第三，一個自然物象可以體現出諸多意義，尤其是在與其它物象排列組合後，在不同的情境可以有不同的解釋，因而能體現出眾多的意義，適用於不同的占問性質。若直接以一義釋一卦，那麼不但所能體現的意義少了許多，同時也可能有兩義不能協調或解釋的情況發生。

按朱伯崑先生統計，春秋時期的占法所取的物象，乾有天、玉、君、父；坤有土、馬、帛、母、眾；坎有水、川、眾、夫；離有火、日、鳥、牛、公、侯；震有雷、車、足、兄、男；巽有風、女；艮有山、男、庭；兌有澤、旗。〔註89〕每一卦有多種物象可以象之，只要不離該卦的「超自然性質」即可，不似後來八卦各限於一物象。由此可見物象其實不是《易》象思維的重點，也不是該物象有何意義，而是在於物象的配合能夠體現出道的內容。如此，我們可以更清楚的看《易傳》中對「象」思維的解釋。

關於《易傳》中的「象」，前人多由《繫辭》下手，而忽略了《象傳》。其實《象傳》做爲《十翼》之一，以「象」爲名，自然對我們今日理解「象」的思維有所幫助。按《周易》體例，自鄭玄、王弼以後，皆先卦名卦辭，次

〔註88〕同註67，頁151。

〔註89〕同註76，頁29。

象辭，次大象，然後爻辭、小象，乾、坤兩卦後另附文言。大象的作用在於釋卦辭、卦名、卦象，小象則釋爻辭。以坤卦為例，卦辭為「利牝馬之貞。君子有攸往，先迷後得主；利西南得朋，東北喪朋，安貞吉。」，大象云：

> 象曰：地勢坤，君子以厚德載物。〔註90〕

而爻辭「初六，履霜堅冰至。」小象云：

> 象曰：履霜堅冰，陰始凝也。馴致其道，至堅冰也。〔註91〕

可見象辭乃針對卦爻辭提出解釋，其本身並不製造物象，所涉及的物象乃是卦、爻辭本身即有者。如「履霜堅冰，陰始凝也」，是因為爻辭本有「履霜堅冰至」之句。同時大象之「君子以厚德載物」，乃是對卦辭提出在人事的應對，而並未對卦辭之「牝馬」、「喪朋」做解釋。屯卦亦然，卦辭「元亨，利貞。勿用有攸往，利建侯」，大象則曰：「雲雷，屯。君子以經綸。」，〔註92〕「雲雷」雖然卦辭中未見，但屯卦本是上坎下震，即水雷之象，乃是解釋卦象，然後彰乎人事者。可見得《象傳》以「象」為名，「象」在這裏的作用，是彰顯出卦象在人事上的意義，即以象見意。

「象」本來就是一種表意的工具，故王弼云「象者，出意者也」。但在「象」與「意」之間，實有一連串的問題，有待釐清。首先就是「象」為何可表意的問題。須特別注意的是，龜卜時期的「象」可表意，是因為龜象有神力，可以顯現神旨；占筮時期的「象」可表意，是因為卦象是比擬物象，而物象是唯一可體現天意的存在。兩個時期之間，因為「意」不同，造成「象」的相異。而《易傳》的形成已然是人文精神高度覺醒的時期，已將人格天轉化為形上天，將宇宙秩序轉化為道德價值。我們看《易傳》中的天觀念：

> 天地交而萬物通也。〔註93〕

> 天地之道恒久而不已也。〔註94〕

> 天地之大德曰生。〔註95〕

此時的天已經毫無人格天的意味。以此為基礎，其對占筮所作的解釋，自然就有著不同於春秋時代的意義。前引楊儒賓先生對《易傳》的解析，認為天

〔註90〕見《坤》卦，頁19。
〔註91〕同上引。
〔註92〕見《屯》卦，頁23。
〔註93〕見《泰》卦，頁43。
〔註94〕見《恆》卦，頁84。
〔註95〕見《繫辭下》，頁165。

地萬物都是由氣所化生，乃是同質的存在，故可以相感通，這確實是《易傳》立論的基礎。但他又說這種感通「與萬物有靈論顯然是相通的……它們可說都建立在強烈的一體之感的『感通性』上。」〔註96〕這就將龜卜與占筮連結了起來。但要補充說明的是，用龜卜與占筮固然都有「感通性」做爲天人相通的可能性，但兩種「感通性」之間，其實是有別的。前已論及，龜卜神人相通的媒介是龜，原則上神與人之間是不能直接相通的，而其感通則是透過一種神秘的宗教力量。而氣之流動，在《易傳》是一種對萬物存在的本質觀，其感通是通過同質性的原理，與龜卜千差萬別。但是，以「感通性」做爲天人之間溝通的可能性，則是兩者之間的共同點。

　　再者，人所感通的對象爲何者？顯然是天地萬物：

> 天地感而萬物化生，聖人感人心而天下和平。觀其所感而天地萬物
> 之情可見矣。〔註97〕

因爲《易傳》的形上天即是宇宙秩序，其存在與規則，乃是萬物所依循的標準。透過萬物的運作，其實即可透顯出道體的內容來，此即「萬物並作，吾以觀復」。〔註98〕因此荀子有所謂「善爲易者不占」〔註99〕的說法，占筮本來是一種求得天意的行爲，不占便不能求得八卦之排列，但是八卦本是取象萬物而來，只要在能與萬物相感通，直接求得「天下之賾」，即有可能在「不占」的情況下得到天意。因此：

> 《易》無思也，無爲也。寂然不動，感而遂通天下之故，非天下之
> 至神，熟能與于此。〔註100〕

因此八卦的排列相應於八種物象，人與萬物感通之後，八卦中物象的排序自然就能與萬物的排序相應，而體現出道的規則秩序來。

　　求得八卦之排序、八種物象體現出秩序後，「天垂象，見吉凶」，理論上至此「象」已然完全的顯現，然而就占卜的結果而言，僅是如此還是不易理解的，因此就產生出卦爻辭來。卦爻辭乃對卦爻象做解釋之辭，其中有許多

〔註96〕同註67，頁143。

〔註97〕見《咸》卦，頁83。

〔註98〕見《老子‧十六章》，見樓宇烈校釋，《王弼集校釋》，台北，華正，1992年12月初版，頁35～36。

〔註99〕見《荀子‧大略》，李滌生校注，《荀子集解》，台北，學生書局，1994年10月初版，頁625。

〔註100〕見《繫辭上》，頁154。

形象性、象徵性的語言，如乾卦初九「潛龍勿用」〔註101〕、蒙卦「匪我求童蒙，童蒙求我」〔註102〕等等，那麼為何卦爻辭要用形象性、象徵性的語言？至此進入了純粹的語言問題，我們已在第二章論述過，此處不擬重複。而前引楊儒賓先生關於「具體化」、「成形化」一說，是為勝解。此處僅需注意，按照現行本《周易》的體例，卦爻本為圖畫，而各有其象；卦爻辭則對卦爻象提出解釋，而象彖又對卦爻辭提出解釋。按此順序，其使用的語言形象性愈來愈低，而指意也愈來愈明確；但其所能指涉的範圍，也就愈來愈小。但《周易》之所以有《易象》之名，就在於其功能為「象」，可以將抽象的天意具象化，即「擬諸形容，象其物宜」；亦可以由具體的萬物抽象出天意來，即「天垂象見吉凶，聖人象之」；同時又能適於各種不同的占問對象，這個原則從龜卜到《易傳》是不變的。最能符合這個原則的，自然是物象，但從物象見天意並非人人可為，故設卦爻。因為卦爻之形本無意義，純粹就其象徵物象之功能而設定，也就是說，其抽象之意義是作者任意設定出來的。乾為天，但改變乾卦之造形，並不影響其指意為天。但卦爻辭為語言文字，如第二章所述，一般語言有其規則，一旦運用，其指意必然會受到規則的限制，而造成「言不盡意」的情況，同時也不能夠任意適用於任何對象，如此在「象」的功能上就會大打折扣。

因此卦爻辭使用了形象性的語言，正是要以形象性語言指意的模糊性，來避免這種危險，以求盡量接近卦爻。〔註103〕而象、彖辭又用一般語言對卦爻的形象提出解釋，就難免掉入了語言的牢籠了，這導致了漢代象數《易》學的極度發展，即企圖「象」求得一個精確的意義，如鄭玄喜稱「某卦有某象」，這裏的「象」就是一個特定對象了。而王弼「盡掃象數」之說，即是回歸卦之所象，故「義苟在健，何必馬乎」，〔註104〕「馬」之所象即「健」，非「馬」亦可象「健」，故「馬」不可執。但「馬」在此的作用，是具體而廣泛地傳達出卦中「健」之意，有其在語言上強大作用，則是不可忽略的。

〔註101〕見《乾》卦，頁12。
〔註102〕見《蒙》卦，頁24。
〔註103〕卦爻辭製作之初，當然不可能對語言有如此深刻的思考。但取用形象語言的原因，與其說偶合於這種規律，不如說出於本能的對語言直覺的運用。另一種可能是，卦爻辭製作之初的語言文字背景，抽象思維尚未到一定的水準，故使用形象化語言是其必然趨勢。
〔註104〕同註61。

　　至此，可對「象」之意義及功能做一總結。「象」乃是道之表象的具體化顯現，具體化又必得透過某種可見的形象，在龜卜曰「龜象」，指藉龜甲及卜紋以顯像；在八卦曰「卦象」、「爻象」，指卦形所體現的意義，廣義地說又包含卦爻辭。若撇開占卜不談，則「象」是一個完整的表意單位，有其自主的語法系統及符號結構。用做動詞時，則是由徵兆具體顯現抽出其中之義理，如「某象某」，即是某種卜紋或卦爻體現出某種天意。而其思維模式是，將不可見之意，藉著觀察其最強烈展現的生成物，摹擬其現象，進而用符號複製出一個可感可見的小宇宙。藉著感通及同時性的原理，小宇宙的秩序會與大宇宙同，而能體現出大宇宙之意。下一章我們將會看到，在進入文學領域後，這種思維模式仍在主導著作者使用語言文字的方式，只不過是將天意、卦象、卜問者代換成爲文學作者的情思、語言文字、和讀者的關係而已。文學之能盡意，就在於營造一個完整的「象」，來表現主體之情思。

第三節　與《易》象同質的文學思維

　　由上章所述可知，《易》象簡而言之，就是道體具體而微的顯現。只是這個顯現的質料是人爲的，可爲人所感知的，它具有與道體相同的質料形式，即大宇宙與小宇宙之間的關係。兩種形式之間，藉著感通之際「同時性」的展開，一一對應，才能顯現出道變化的規律來。從龜卜到《易傳》，「象」始終有幾個構成的要素：第一，溝通之可能性。第二，溝通之進行。第三，結果之顯現。這三個要素，隨著時代思想的演變而有所不同，主要變化是人文精神的日漸覺醒，神秘力量逐漸退去，取而代之的是理性的概念，取決於人類自主的因素日漸增加。到了《易傳》時代，「象」的內容甚至轉化爲道德理性。但要注意的是，至《易傳》爲止，「象」的對象，都還是天道等形上世界，都還是得透過占者「感通」的力量。簡言之，「象」所溝通者，都還是人與形上世界，而不是人與人之間。而文學創作必須傳達主體的情思予他人，這顯然不必透過與形上世界的感通，而是人人可爲的；主體的情思，也不必決定於道體的秩序。那麼如何可說「象」成爲一種文學創作的思維方式呢？以下我們就要透過對六朝文論的分析，來說明當時人對「象」的理解及運用。

一、傳達與接受的可能性——「氣」、「感」

　　《典論・論文》所提出的「文氣說」，一直是近代以來文學理論家所關心的焦點，自然也得到了很高的成就，但其中仍有美中不足之處。誠如第二章所述，「文氣說」關注的是作者與作品之間的聯繫，到了《文賦》，則開始著重在文學語言「盡意」的問題上來。這種發展表面上看來是一種跳躍，但若以「象」的觀點來看，則可看出兩者之間有著極密切的連繫。因為「氣」在《易傳》的「象」中，扮演的是「感通」的基礎，人與萬物之間若沒有氣的同質性做為媒介，感通則為不可能。但「文氣說」既用「氣」來解釋作品與作者的關係，那麼在此「氣」的作用又為何？我們看：

　　　　文以氣為主，氣之清濁有體，不可力強而致。譬諸音樂，曲度雖均，

　　　　節奏同檢，至於引氣不齊，巧拙有素，雖在父兄，不能以移子弟。

　　　　〔註105〕

在此「文以氣為主」的「氣」為何，尚易理解；但「引氣不齊」的「氣」，就易引起爭論。何謂「引氣」？「氣」既能「引」，顯然是由主體控制的「氣」，那麼為何又會成為「文氣」？這些種種問題，學者多有所闡述，此處僅就前人所忽略之處，略加補充。

　　因為「氣」固然是一種實體，但其實早在先秦，學者就發現「氣」具有精神性、物質性兩種性質。楊儒賓先生在《儒家的身體觀》一書中，對此有極精闢的見解。他認為，早在戰國初期儒家就有一種「精神化的身體觀」，〔註106〕以《孟子》為例，孟子認為「一般人形體都是不圓滿的，只有『聖人』才會有圓滿的身體。」這種精神化的身體，具有道德的光輝的觀點，在整個孟子學的傳統中，一直都存在著。這種假設的理論依據在於：人的身體是由「形」（體）－「氣」－「志」（心）三者組成的結構，而身為心的隱闇向度，氣為心的隱闇向度，因此「志至焉，氣次焉」。當志善時，氣也跟著為善；志陷溺時，氣也跟著闇然不明。因此：

　　　　善志引發善氣，兩者一齊流行，撞擊並轉化人身的內在結構，結果
　　　　是人身內在的意識與體氣之存在地位跟著翻轉，其結構面相即是「盡
　　　　心」與「浩然之氣」的呈現。而既然氣是「體之充也」，因此，其人

〔註105〕見《典論・論文》，《文選》卷五十二，頁720。

〔註106〕見楊儒賓著，《儒家的身體觀》，台北，中央研究院，1996年11月初版，頁
　　　　45。本段引文，大抵參考本書頁45～63。

的形體也因其構造因子的徹底轉換，其存在地位也不得不轉換，此
時形體即會「生色」，睟面盎背，這就是踐形。〔註107〕

因此「氣」有「縮結兩者的獨特位置」。除《孟子》外，《管子》則明言一切
存在皆由精氣構成，它是意識的構成物，也是生理結構的構成物，因此兩者
的訊息是可以互相交換的。其他如1972年馬王堆出土的《德性》及《四行》
兩篇，也強調「學者臻於化境時，其身體結構是圓滿的機體，知覺、意識、
神氣混合一片，遂成玄同。」楊先生所論甚詳，在此僅略舉其要義，不再贅
引。簡單地說，「氣」實是心、體之間的溝通管道，心之改變牽制氣之流行，
使得身體能呈現圓滿飽滿的形態。反之，由形體的克制下手，亦能經過氣的
作用，而使得心志改變。雖然楊先生僅以儒家爲論述範圍，但實點出了「氣」
的根本要義，先秦以後出現的「氣」觀念，很難能離開精神性與物質性兼具
這一理解而存在。

　　由此出發，我們看《人物志》由形知人的種種思想，就不足爲奇了，因
爲《人物志》中由形知人的觀點，仍離不開精氣、血氣這一系列「氣」的概
念。而《典論・論文》的思想受到當時人物品鑑的影響，這也是不用懷疑的，
那麼「文氣說」的意義即呼之欲出。「文以氣爲主」是以「氣」爲批評的基準，
而文章之所以有爲讀者所感知的「氣」，自然是因爲作者心志的運作。「志至
焉，氣次焉」，主體心中所思，則引動氣的流行，然後形諸於文章，自然是「引
氣」的問題了。曹丕雖然沒有明白指出這一點，但以「氣」爲批評標準，實
則必須建構在這種理論之上。但是既然「氣生乎心」，同時「氣是心的隱闇向
度」，爲何不云「文以心爲主」？事實上劉勰就有此一說：

　　故思理爲妙，神與物游。神居胸臆，而志氣統其關鍵；物沿耳目，
　　而辭令管其樞機。樞機方通，則物無隱貌；關鍵將塞，則神有遯心。
　　〔註108〕

就認爲「志氣」統「神」之關鍵。但要注意的是，在「神思」的過程中並不
是將「神思」與「辭令」截然二分，相反的，「神」、「氣」、「物」、「辭令」是
渾然一體的，要說「以心爲主」或「以氣爲主」皆無不可，劉勰此處在論想
像，故強調「神」的作用；曹丕論批評，故強調已形成作品的「氣」。但因作
者的心本是不可見者，如道之不可見，必須形諸於有形、可感者，方爲可見。

〔註107〕同註106，頁53。
〔註108〕《文心雕龍・神思》，頁515。

從接受的角度來看，則作品雖是作者「志之所之」，但作品本身是「氣」之流行所凝聚而成者，具體而可感，因此批評應以可感的「氣」為主。在此「氣」已不止是中介物，而取得了作品在接受角度的本體意義。這就牽涉到下面所說要討論的「感」的問題。

「氣」做為主體情思與語言文字的中介，已經具備了「象」的「可溝通性」這一要素，再來是「溝通之進行」的步驟。在曹丕《典論・論文》提出「氣」說之後，很巧合的，陸機《文賦》就提出了「感」的問題。《文賦》所關切的中心命題有兩個，即「意不稱物」與「文不逮意」兩者，因此他首先提出了傳統的「物感說」：

> 佇中區以玄覽，頤情志於典墳；遵四時以嘆逝，瞻萬物而思紛；悲
> 落葉於勁秋，喜柔條於芳春；心懍懍以懷霜，志眇眇而臨雲。〔註109〕

陸機在此並沒有提到任何「感」字，但「嘆」、「思」、「悲」、「喜」等等字眼，所表現的無非是一種情感的波動。沈約在〈梁武帝集序〉中亦云：「況乎感而後思，思而後識，識而後滿，滿而後言，若斯而已哉。」〔註110〕歷來學者對於這種「物感」說自然不陌生，也有相當多的討論。如葉嘉瑩先生即認為：「這種發自內心的感動，才是使詩人寫出有生命之詩篇的基本動力」。〔註111〕但這種人與外物的相「感」，也必然是透過「氣」的作用而形成，因此鍾嶸所謂「氣之動物，物之感人」，並非無端而發。

「感」發生之後，「意」即發生，再來就是要使此「意」能「稱物」：

> 其始也，皆收視反聽，耽思傍訊，精騖八極，心遊萬仞。其致也，
> 情曈曨而彌鮮，物昭晰而互進。〔註112〕

此一過程，一般釋之為想像，亦無問題。所需注意的是，這種「收視反聽，耽思傍訊，精騖八極，心游萬仞」的情境，即在精神上與天地萬物合流，其在文學思維的過程中，非常近似於占卜時卜者將其心靈潛到最深層，以期能與神相感通的過程。占卜需要主體進入「超感官知覺」的情境，文學創作也

〔註109〕見〈文賦〉，《文選卷》十七，頁240。
〔註110〕見沈約〈梁武帝集序〉，陳慶元校箋，《沈約集校箋》，杭州，浙江古籍，1995年12月初版，頁173。
〔註111〕葉先生所論，著重在主體與外物的相感上。但以下我們將會說明，主體的情思與文字表現之間，亦是透過此一作用形成。見葉嘉瑩著，〈《人間詞話》境界說與中國傳統詩說之關係〉，《中國古典詩歌評論集》，台北，桂冠，1991年7月再版，頁234。
〔註112〕同註109。

需要主體排除感官（收視反聽）及雜念（耽思傍訊），而能敏銳感受外物的情境。劉勰亦云：

> 文之思也，其神遠矣！故寂然凝慮，思接千載；悄焉動容，視通萬里。〔註113〕

也是一種「寂然凝慮」的境界。主體進入此一境界之後，於是乃有語言〔註114〕的發生：

> 傾群言之瀝液，漱六藝之芳潤，浮天淵以安流，濯下泉而潛浸。於是沈辭怫悅，若遊魚銜鉤而出重淵之深；浮藻聯翩，若翰鳥纓繳而墜曾雲之峻。〔註115〕

這種語言不是憑空而生的，大抵上是來自於「個人歷史」，即主體「頤情志於典墳」之後，所具備的文學創作的質料之一。有類於龜、骨之爲神意顯現和人世理解的交集，語言成爲體現外物及體現作者情思的交集處。嚴格說來，當外物化爲語言後，即形成主體情思之一部分，兩者之間並沒有距離。前引《神思》「物沿耳目，而辭令管其樞機」一段，爲何「物」與「辭令」有關，亦是由於神思中的「物」，乃是與「情志」、「辭令」結合後的呈現，非單純的形象。因此有此語言的質料，在加上感動的發生，文學便具備了發生的條件。至此，解決了「意不稱物」的問題。「意」之來源，乃經由「氣」與萬物相感，然後主體透過想像，而取得充分表現「物」之語言，將「物」融於情思中，故「意」能稱「物」。

再來是「文不逮意」的問題。要用語言文字與「盡」主體的情思，如何成爲可能？其實《文賦》中有一大半篇幅在討論這個問題，但並沒有一個明確的論斷，因此有學者認爲，「文不逮意」是陸機「提出卻又回避了的問題」。〔註116〕畢竟這種「得之於手而應之於心」的問題並不易說明，因此陸機也說「是蓋輪扁所不得言，亦非華說之所能精」，但其實在《典論‧論文》的基礎上看《文賦》，就可以發現陸機其實用「感」的模式來解答了。陸機提到：

> 信情貌之不差，故每變而在顏；思涉樂其必笑，方言哀而已嘆。

〔註113〕同註109。

〔註114〕要注意的是，此處的「沈辭」、「浮藻」並非即是形諸於筆墨的語言，而有類於劉勰所說的「意象」。眞正形諸筆墨的語言，是在「然後選義按部，考察就班」之後。此點由於在此處不具重要性地位，留待稍後論「意象」時再談。

〔註115〕同註109。

〔註116〕見張海明著，《玄妙之境》，吉林，東北師範大學，1997.5初版，頁310。

〔註117〕

此處以「貌」與「情」的關係，比喻語言與情思之關係，就是在說明一種必
然性。「情」之所動，必然表現在「貌」上，這就是前節所提到的「志致焉，
氣次焉」，心之所動，透過氣的作用，造就了外在必然相應的行為。要之，由
「氣」的作用，建立了這種必然性，《典論・論文》和《文賦》是在這一點上
相通的。

　　那麼語言文字的表現，是否也如「情」、「貌」之間的關係呢？陸機認為：

　　　若夫應感之會，通塞之紀，來不可遏，去不可止。藏若景滅，行猶
　　　響起。方天機之駿利，夫何紛而不理？思風發於胸臆，言泉流於唇
　　　齒。〔註118〕

學界多半只注意到人與外物相感的重要性，但其實在「手」與「心」之間，
陸機認為也有「感」的存在。心既然透過氣來影響人的外在行為，那麼「心」
與「手」之間，必然也有氣的流動，其中的配合也就有「感」的存在，故陸
機用「應感」二字來解釋，也就是《莊子》所言「得之於手而應於心」。「思」
或「意」既然是由「感」而生，那麼「言」若能相「應」於此「感」，語言文
字是能充分表現主體的情思的，反之亦然。《莊子》固認為在此一層面語言無
法表述，但陸機正是要建立此一表述的可能性。也就是說，「思」與「言」之
間，是可以由「氣」之流行而感通，而得以有盡意的可能。

　　如此就構成了一個語言表述模式：主體運用想像，將萬物溶入主體後，
與主體的語言相應，此時產生了一種主、客、言交融的凝聚體，這種凝聚、
成形了的主體情思，即劉勰所說的「意象」。然後語言文字的運用再與主體情
思相「感」，而產生出相應的文字。「逮意」與否，在於此「感」真不真實，
而語言的使用能不能與之相「應」，是技術問題，雖是「吾未視其開塞之所由」，
但並非是在理論上就決定其為不可能者，因此陸機說：「非知之難，蓋能之難
也」。而由此亦可見，陸機「盡意」的理論建構上，與嚴羽的「妙悟」說有某
一種程度的相似性。〔註119〕

〔註117〕同註109。
〔註118〕見〈文賦〉，《文選卷》十七，頁243。
〔註119〕龔鵬程先生從哲學的角度來解釋「妙悟」，論證甚詳。見《詩史本色與妙悟》，
　　　　同註47，頁137～256。但此處要補充的是，「妙悟」的說法從陸機的「應感」
　　　　之說始，即已透出端倪；而六朝對於「象」可使人「悟」的說法，亦屢見不
　　　　鮮，詳見第四章。因此，「妙悟」說之產生，其實自有其文學自身的規則可循。

如此，這樣的一個文學創作過程，已經完全符合了一個「象」的要素，正如劉勰所說的「神用象通」，〔註120〕正式以「象」名之。曹丕「文氣說」建立起語言與心靈、與外物溝通的可能，陸機進一步論證了兩者之間的感應與溝通。這樣的一種文學語言，本身是主體情思具體而微的縮影，它與情思之間的關係並非單純的象徵，而是直接的生成關係。一字一句，都是與主體情感波動對應而生的，於是可以盡作者之意。換個角度說，正如離開龜卜神意即不可爲人感知一樣，離開語言文字，作者的情感就無法爲人所知。這樣的「象」，在形諸語言文字後，與主體情思對應起來，就成了大宇宙與小宇宙的符應關係。

二、六朝對文學語言特質的體認

既然文學思維是以「氣」與「風」爲基礎，理當有其特殊之處，然而魏晉時代，並沒有看到文學語言所以不同於一般語言的相關論述。但是如第二章所述，兩種語言的不同確實存在於魏晉文人的觀念中，只是沒有系統性地表現出來。到了南朝，「文筆之辨」明確地界定了文學與非文學的界限，而其劃分的原則，正是以語言性質的不同做爲標準。我們看：

> 至如不便爲詩如閻纂，善爲奏章如伯松，若此之流，汎謂之筆。吟詠風謠，流連哀思者謂之文。……筆退則非謂成篇，進則不云取義，神其巧惠，筆端而已。至如文者，惟須綺縠紛披，宮徵靡曼，唇吻遒會，情靈搖蕩。〔註121〕

所謂「綺縠紛披，宮徵靡曼，唇吻遒會，情靈搖蕩」正是文學所使用的語言特質，及其所要達到的效果。《文心雕龍・總術》也提到：

> 今之常言，有文有筆，以爲無韻者筆也，有韻者文也。夫文以足言，理兼詩書，別目兩名，自近代耳。顏延年以爲筆之爲體，言之文也；

〔註120〕以「形象」解釋「神用象通」之「象」是較流行的看法，然而若仔細審視《神思》篇的前半段，可以發現重點是在物、思、言的關係上，贊語亦云「物以貌求，心以理應」，即是「貌」與「理」的關係，非僅一「形象」問題可解決。若是「形象」，則直接以「貌」名之即可。同時「意象」一詞，亦不應作「意中之形象」解，因就理論層次來看，「意象」是出現在想像與形諸作品之間，在此階段，物進入主體後已與語言結合，已失其形；但又尚未形諸文字，未具體成形，故只能是「意之所凝聚成形者」。下章將會有更詳細的論述。

〔註121〕《金樓子・立言》，見許德平校注，《金樓子校注》，高雄，嘉新水泥，1969年8月初版，頁189～190。

經典則言而非筆，傳記則筆而非言。……予以爲發口爲言，屬筆曰

翰，常道曰經，述經曰傳。〔註122〕

可見以有韻無韻來區分「文」與「筆」，乃是當時之共識。用韻與否，在一般
語言中是不重要的，但對於文學語言而言，卻與其表情達意的功能大有關係。
〔註123〕而蕭統在《文選序》中所提到的選文標準，則是：

若其讚論之綜緝辭采，序述之錯比文華，事出於沈思，義歸乎翰藻，

故與夫篇什，雜而集之。〔註124〕

除了重視文采外，「事出於沈思，義歸乎翰藻」指的是「沈思」必喻於「事」，
同時由「翰藻」來表「義」，可以看出從文學語言的表現能力來定義文學的企
圖。因此，「文筆之辨」其實就是對文學語言的定義，而兩種語言的存在，煥
然可辨。

眾家所論，多著重在「文」而不在「筆」，對於何謂「筆」並沒有太多著
墨。因此到底兩種語言之間最顯著的區別在哪裏，並不是很清楚。唯《文選
序》在論及不錄經、史、子書的原因時提到：

若夫姬公之籍，孔父之書，與日月俱懸，鬼神爭奧，孝敬之准式，

人倫之師友，豈可重以芟夷，加之剪截。老莊之作，管孟之流，蓋

以立意爲宗，不以能文爲本；今之所撰，又以略諸。若賢人之美辭，

忠臣之抗直，謀夫之話，辨士之端，冰釋泉涌，金相玉振。所謂坐

狙丘、議稷下，仲連之卻秦軍，食其之下齊國，留侯之發八難，曲

逆之吐六奇，蓋乃事美一時，語流千載，概見墳籍，旁出子史，若

斯之流，又亦繁。雖傳之簡牘，而事異篇章，今之所集，亦所不取。

至於記事之史，繫年之書，所以褒貶是非，紀別異同，方之篇翰，

亦已不同。〔註125〕

認爲「以立意爲宗，不以能文爲本」的，及「褒貶是非，紀別異同」的，皆
爲其所不取。然而劉勰曾云「然五千精妙，非棄美者也」，〔註126〕指出《老子》
也有美文的成分，這亦是事實，《老子》書中已有相當成分的對偶、用韻、比

〔註122〕見《文心雕龍・總術》，頁801。

〔註123〕我們將於第五章說明，由於「象」的表意方式沒有嚴格的規則可循，因此有
　　　　許多形式上的技巧都用來規範讀者的反應，使得作者的意圖存在。

〔註124〕見《文選・序》，頁2。

〔註125〕同上引。

〔註126〕《文心雕龍・情采》，頁599。

喻等等文學技巧存在。那麼爲何「以立意爲宗」的「美」文就不能算是文學？
關於蕭統選文的標準，歷來研究的學者頗多，但很難用一個明確的標準來劃
分。其實此乃不過從使用的語言來對文學下定義而已，而且對於文學語言的
認知，自有其一脈系統：〔註127〕

> 夫著作書論者，乃欲闡弘大道，述明聖教，推演事義，盡極情類，
> 記是貶非，以爲法式。……故作者不尚其辭麗，而貴其存道也；不
> 好其巧慧，而惡其傷義也。〔註128〕

早在建安時代，就有認爲「闡弘大道，述明聖教」等等的作品，是不著重「辭
麗」、「巧慧」的看法。葛洪也認爲「若言以易曉爲辨，書可故以難知爲好哉」，
將一些闡明聖道的作品之所以隱晦的原因，歸之於時代因素，而認爲這些作
品本來是「易曉」的。而之所以「易曉」的目的，是在於：

> 夫制器者珍於周急，而不以采飾外形爲善；立言者貴於助教，而不
> 以偶俗集譽爲高。〔註129〕

「立言」是爲了「助教」，是爲了傳達某種思想而存在，采飾當然不是考慮的
重點，重點是如何將其指意清楚地表達出來。范曄乃是一史家，對文學的看
法是：

> 常謂情志所托，故當以意爲主，以文傳意。以意爲主，則其旨必見；
> 以文傳意，則其詞不流。〔註130〕

這種「以意爲主」的思想，著重的是在「其旨必見」，至於「詞」之「流」，
只會影響指意的傳達。同樣是史家的裴子野，蕭綱認爲他「裴氏乃是良史之
材，了無篇什之美」，〔註131〕而裴子野本人則認爲：

> 自是閭閻年少，貴游總角，罔不擯落六藝，吟詠情性。學者以博依
> 爲急務，謂章句爲專魯。淫文破典，斐爾爲功，無被於管弦，非止
> 乎禮義。〔註132〕

也對南朝華麗的文風大表不滿。似乎「以立意爲宗」的作品，多半著重在傳

〔註127〕文學界對文學語言認知的系統性，正是文學與「言意之辨」探討者不同的另
　　　　一明證。
〔註128〕同註6。
〔註129〕見《抱朴子・應嘲》，頁414。
〔註130〕見〈獄中與諸甥姪書〉，《宋書》卷六十九《范曄傳》，頁1830。
〔註131〕見〈與湘東王書〉，《梁書》卷四十九，楊家駱主編，《梁書》，1978年11月
　　　　再版，頁691。
〔註132〕見〈雕蟲論〉，《全梁文》卷五十三，頁3262。

達功能，而不是「美」。這與前面討論「言意之辨」所指涉的語言屬同一範圍，都是爲了純粹的傳達而存在的。《莊子》「輪扁語斤」的故事就是針對經典所使用的語言做批評，先解消其傳達的可能性，再否定其價值。雖然這種語言劉勰認爲也可以「美」，然而蕭綱卻認爲，無論再怎麼修飾，再怎麼「神其巧惠」，也不過是「筆」而已。

那麼，到底什麼是「文」？「文」難道就不「立意」嗎？將眾家的標準綜合比較，則可以發現蕭統的標準是表現的，所謂「贊論之綜輯辭采，序述之錯比文華，事出於沈思，義歸乎瀚藻」，都是從作者表現的角度出發的。而蕭綱的標準「綺縠紛披，宮徵靡曼，唇吻遒會，情靈搖蕩」，則是讀者接受的角度。若從完整的傳達過程來看，如果「筆」也可以「神其巧惠」而「美」，則「文」與「筆」之間的不同不在文采上，而在表現時的「事出於沈思，義歸乎瀚藻」，及接受的「唇吻遒會，情靈搖蕩」兩點。也就是說，主要的分別在於傳達的過程和目的的不同。「事出於沈思，義歸乎瀚藻」指涉了一種不直接表「意」，或不以表「意」爲目的的表現方式，而「唇吻遒會，情靈搖蕩」則也不是以接受到作者的「意」爲依歸。正如龔鵬程先生所言：

> （文學的特殊效果）簡單說即是背離語言文字基本的達意功能，尋求知解效果較低而能喚起知解以外其他效果（例如「哀」的情緒）的方法，這才是文學語言及文學知識不同於日常語言科學語言的地方。〔註 133〕

顯然，若要讓讀者「知解」，也就是「立意爲宗」，那麼自然不需透過「事」、「瀚藻」等來表現，直接說明即可。而若讀者接受的目的只是「意」，那麼顯然「情靈搖蕩」等效果又是多餘的。要言之，「指稱性語言」（Referential Language）和「情感語言」（Emotive Language）兩種語言的不同，〔註 134〕透過「言意之辨」的開啓，到了「文筆之辨」已經很明顯的區別開來了。顯然，六朝人的觀念中，文學語言與一般語言是不同的。而這種不同，與六朝人對文學形式美的要求是否有關，則是接下來所引發的問題。

〔註 133〕同註 47，頁 56。

〔註 134〕此處使用理查茲（Ivor Armstrong Richards）在《意義的意義》（《The meaning of meaning》）一書中的分類分式。與龔鵬程先生相似，兩者都重視文學對於讀者情感的作用。但第四章我們將會證明，文學語言亦能表「理」，而表「理」的作品，其目的在於使讀者「悟」，這種效果如用「情感」二字，容易造成誤解。因此我們將之轉換成「文學語言」。

　　也就是說，如果由「瀚藻」來表「義」是必需的，而「唇吻遒會」這種聲音上的因素以及「情靈搖蕩」這種偏重在情感層面的接受效果，也是文學傳達的目的，那麼文學語言勢必在技巧上，會有相應於這種要求的發展。下一章我們即由此出發，從文學語言的角度，來解析各種形式上的技巧，與文學語言「象」的表意過程之間的必然關係。

第四章　由「象」到「意」──文學語言的傳達模式

文學語言在「氣」和「感」的基礎上，形成與人心相符應的「象」，簡言之就是人心的外顯，前已論及這樣的語言可以盡作者之意。然而「意能稱物」、「文能逮意」都只是作者本身的表現問題，若從接受的角度來看，讀者是否有可能明瞭作者原來的指意？若是，則這種傳達是如何進行的？以下我們就從接受的角度著手，探究文學語言的傳達模式。

第一節　「感」、「興」的傳達方式

一、「象」的接受方式──「感」

文學的接受，首先引起我們興趣的，是文學接受時有與一般語言不同的行為表徵。如楊修〈答臨淄侯牋〉即云：

> 誦讀反覆，雖諷雅頌，不復過此。〔註1〕

另外，陳琳〈答東阿王牋〉也說「謹韞櫝玩耽，以為吟頌」。〔註2〕若以指稱性語言來說，名言的指意被理解後，理論上名言即可棄之不顧。然而文學作品不可能在得到作品的指意後即棄之不顧，反而是讓人吟詠再三，流連忘返者，要言之文學不可能棄絕言象。如龔鵬程先生所言：「詩是語言藝術，其創作活動即是對符號本身的覺察，不像禪家視言語為津筏，因此在文字方面，

─────────────

〔註1〕　見〈答臨淄侯牋〉，李善注，《文選》，台北，華正書局，1982年，卷十，頁563。
〔註2〕　同注1，卷十，頁566。

兩者無可比論。」〔註3〕《詩品》評郭璞時謂：「文體相輝，彪炳可玩」，〔註4〕
此一「玩」字道出了文學接受時，與一般語言的不同之處。〔註5〕對於這個問
題，葛洪認為：

> 荃可以棄，而魚未獲，則不得無荃；文可以廢，而道未行，則不得
> 無文。〔註6〕

葛洪對於藝術不可棄絕言象的問題，訴諸於語言功能的未達成。這裏可以明
顯的看出，葛洪仍視文學為一種表意工具，語言仍得存在是因為道之未行，
目的仍未達成時工具不可棄。但我們已論及，文學並非由「言」來表達某種
「意」，葛洪顯然沒有見到「象」的重要性，因此這種理論是很難被接受的。
那麼，文學中的「意」，無論是情或是理，是如何被傳達及感知的？

在文學語言中，「情」與「理」並非是用傳達的模式進行的。從六朝文
論中一些關於接受的隻言片語中，如「省之惻然」〔註7〕、「覽斯文而慷慨」
〔註8〕等，可以看到接受的效果是要「引發」讀者的某種情感反應，《詩品》
評古詩十九首時云：

> 文溫以麗，意悲而遠，驚心動魄，可謂幾乎一字千金。〔註9〕

這種「驚心動魄」的效果，正是由於讀者的感情為作品所觸動，也就是前論
「感」的作用產生的。後設地來看，鍾嶸所發的批評本身即是接受的結果，
那麼鍾嶸所著重的批評範疇，則與讀者接受的效果大有關係。綜觀整部《詩
品》，十分重視作品感動讀者的能力，如評李陵之「文多淒愴，怨者之流」
〔註10〕、王粲之「發愀愴之詞」〔註11〕等等，要言之就是《詩品序》所說
的「聞之者動心」。〔註12〕因此「情」和「理」在文學語言的傳達上，不是

〔註3〕 見龔鵬程著，《詩史本色與妙悟》，台北，學生書局，1986 年 4 月初版，頁 143。
〔註4〕 見《詩品，晉弘農太守郭璞詩》，曹旭集注，上海，上海古籍出版社，1994
　　　 年 10 月初版，頁 247。
〔註5〕 關於「玩」字所蘊含的意義，第三節還會再詳談。
〔註6〕 見《抱朴子・尚博》，楊明照撰，《抱朴子外篇校箋下》，北京，中華書局，1997
　　　 年初版，頁 109。
〔註7〕 見〈與平原兄書〉，《陸士龍集》・上海，上海商務，1965 年 11 月初版，頁 45。
〔註8〕 見《晉書》卷九十二〈左思傳〉，楊家駱主編，《晉書》，台北，鼎文，1979
　　　 年 2 月再版，頁 2376。
〔註9〕 見《詩品上・古詩》，頁 75。
〔註10〕 見《詩品上・漢都尉李陵詩》，頁 88。
〔註11〕 見《詩品上・魏侍中王粲詩》，頁 117。
〔註12〕 見《詩品上・序》，頁 39。

要「告知」讀者，而是讓讀者「感受」的。

　　而引起讀者情感反應的效果，顯然不能扣在「言」與「意」之間的關係上談，或者說僅在語言內部談。語言的傳達與接受，僅能透過語法規則表述某種對象，並不必然指涉讀者必須引起情感上的反應。但是「象」不同，「象」訴諸讀者的是「感」，〔註13〕是讓讀者在作者設計的具體情境中，運用自身想像的參與，才能完成整個接受的動作。許多學者為解決此一問題，以「緣情」傳統來解釋，雖在某些層面是合理的，但並不能根本地解決文學語言何以要透過中介點的問題。因為事實上，文學體裁有許多種，所表達的對象也有不同，將文學語言僅局限在「情」上談，無法解決表「理」性的作品。其實在「言－象－意」的表意方式中，本身已然蘊含了表達「理」的可能性。

　　所謂的「理」並不是只有指稱性語言能夠傳達，「情」也並非文學語言的專利。然而其中的差別，在於表現能力之分。若以指稱性語言表情，舉例而言，「我很傷心」一句，純粹告訴讀者「我」的情感是處於一般稱之為「傷心」的狀態，明白易懂，即葛洪所謂的「言以易曉為辨」。然而「很」字代表程度，到底「很」到什麼程度，但卻沒有可以衡量的標準。因此即使充分地表意了，讀者卻不能了解我的傷心狀態，以及傷心的程度。也就是說，用指稱性語言來表情，只能陳述客觀事實，不能表達主觀感受。反之，若使用「聲如震雷破山，淚如傾河注海」〔註14〕這樣的文學語言，即是用語言營構了一種「象」，則可以訴諸讀者的想像，使讀者經由想像來感受，不但能使讀者了解我處於「傷心」的狀態，更能經由「感」來感受到我傷心程度。

　　再者，指稱性語言表現的「理」，能使人理解，卻不能讓人「認同」。那麼文學語言在表「理」上，有何種功用？如：

　　　嵇中散語趙景真：卿瞳子白黑分明，有白起之風。恨量小狹。趙云：
　　　尺表能審璣衡之度，寸管能測往復之氣。何必在大，但問識如何耳。

　　〔註15〕

趙至的回答簡而言之就是「何必在大，但問識如何」，但「尺表能審璣衡之度，

〔註13〕這點前人亦有論及，如葉維廉先生用「思」與「感」，來區別兩種接受方式的不
　　　同，唯未指出「感」的理論根據何在。見葉維廉著，〈中國古典詩中的傳釋活動〉，
　　　《古典文學》第七集下，台北，學生書局，1985 年 8 月初版，頁 637～682。
〔註14〕見《世說新語‧言語》，徐震堮著，《世說新語校箋》，台北，文史哲出版社，
　　　1989 年 9 月再版，頁 84。
〔註15〕同注 14，頁 41。

寸管能測往復之氣」兩句，目的在舉例以論證，企圖訴諸讀者舊有的經驗，以期讓讀者「認同」。故在語言的使用上就帶有「說服」的性質，因而使用反覆的論證、舉例、甚至象徵、比喻等等的手法，在強度上增加讀者的接受反應，這也就是「象」的作用。在六朝文學中，有許多表理的例子，例如連珠體：

> 臣聞任重於力，才盡則困，用廣其器，應博則凶。是以物勝權而衡殆，形過鏡則照窮。故明主程才以效業，貞臣底力而辭豐。〔註16〕

「臣聞任重於力，力盡則困，用廣其器，應博則凶」一句，用指稱性語言說出一道理，已很明白且充分地表達了作者的意思。而「是以物勝權而衡過」以後的推論、舉例，無疑地是為了加強論證的說服力而發。將此一道理訴諸實證，用來讓讀者認同。但舉證之所以能說服的關鍵還在於：文本中的例子是一具體情境，而具體情境的作用在於作為讀者投射本身的經驗的憑藉，才能「獲致與自身情境可以相互印證的意義」。葛洪的一段言論觸及了這個問題的一個面相：

> 屬筆之家，亦各有病：其深者，則患乎譬煩言冗，申誡廣喻，欲棄而惜，不覺成煩也。其淺者，則患乎妍而無據，證援不給，皮膚鮮澤而骨鯁回弱也。〔註17〕

雖然只是談論作文的毛病，但其實他所根據的，即是「象」的使用方法。若引證事例的強度不夠，則會形成「骨鯁回弱」的毛病，即無法說服他人。但若用「象」太深，則又會形成辭義隱晦和繁冗的毛病。〔註18〕但這其中的關鍵，還在於「象」的必不可缺少，因為「象」乃訴諸讀者的參與，而獲得在自身經驗有關的認同效果，少了這點，說理文中「說服」功能必然大打折扣。這種「認同」或「相信」，不可諱言的，仍是一種情意上的反應，是一種感受。因此說理文一旦形諸於文學語言，就必然要訴諸於讀者的「感」，而不只是理解。達到這種效果最好的方式，就是製造某種具體的情境，引發讀者將此情境與自身所處情境相連結，產生「心同此理」的感受，即是同感，進而得到「認同」。

其實這點已如導論所述，以《春秋》為代表的「言－象－意」系統，以及兩漢經學的「傳記之學」，皆是運用了如此的方式，而這些表意方式所表現

〔註16〕見〈演連珠〉第二首，《文選》卷五十五，頁761。

〔註17〕見《抱朴子·辭義》，同註6，卷四十·頁399。

〔註18〕葛洪此處所言，適足以證明涵義之深遠與文辭之隱晦，有著必然的關係。詳見第三節。

的對象，很難說是「情」，而是在「理」的廣度之外，外加了深度的表現。因此各種文學技巧的運用，在說理性的作品中亦時而可見，如《孟子・公孫丑》篇的「今人乍見孺子將入於井」〔註19〕一段，將「惻隱之心」訴諸於具體情境，讓讀者設身處地以後，除了在廣度上傳達其思想外，進而可以在深度上達到說服讀者的目的。六朝文學「用典」成為一個重要的技巧，即是此因，此點待第五章再述。因此傅玄在《連珠序》中說：

> 其文體辭麗而言約，不指說事情，必假喻以達旨，而賢者微悟，合
> 於古詩勸興之義。〔註20〕

連珠體是說理的，而所以要「假喻達旨」，就是要使人「悟」，也就是除了理解外的認同效果，因此是它有著「勸興」的功能，也就是說服，而不是僅傳達某種「意」。由此可知，「言－象－意」的表現方式，其實不僅能表「情」，亦是表「理」所不可或缺的。

　　透過「感」的方式所達到的效果，顯然與一般語言僅傳達某種「意」不同，因為這種效果還包括了「發」的作用：

> 詠懷之作，可以陶性靈，發幽思。言在耳目之內，情寄八荒之表。
>
> 洋洋乎會於風雅，使人忘其鄙近，自致遠大，頗多感慨之詞。〔註21〕

要注意「發幽思」一句，則文學語言顯然引發了情感以外的某種反應，而可以使人「忘其鄙近，自致遠大」。蕭統《陶淵明集序》亦云：

> 嘗謂有能讀淵明之文者，馳竟之情遣，鄙吝之意怯，貪夫可以廉，
> 懦夫可以立。〔註22〕

則顯示了在情感的感動的基礎上，還能夠使人的心志改變。此即前論「氣」與「志」的相互影響的關係。作者情思由「氣」表現，讀者則以「氣」相「感」，進而內心感動，而影響其「志」，因此「貪夫可以廉，懦夫可以立」，讀者的心志就會改變。這種看法在六朝文論中並不罕見，如「使窮賤易安，幽居靡悶」〔註23〕等效果，絕不僅只是一種情感抒發之後所得到的慰藉，而是經由「氣」改變了「志」的結果。

〔註19〕見《孟子》，《十三經注疏》3，台北，藝文，1993年9月初版，頁63。

〔註20〕見《全晉文》卷四十六，嚴可均校輯，《全上古三代秦漢三國六朝文》2，北京，中華書局，1958年12月初版，頁1724。

〔註21〕見《詩品上・晉步兵阮籍詩》，同注4，頁123。

〔註22〕見《昭明太子文集》卷四。

〔註23〕《詩品上・序》，頁47。

　　而「感」之後所引發的效果，顯然隨著讀者所處的情境而改變，「貪夫」讀之能使其「廉」，「懦夫」讀之能使其「立」，讀者不同，引發的效果也不同。由此看來，似乎文學「盡意」之說在接受層面是不能成立的。然而這種興發的效果，實則已經越出了語言傳達的範圍。由《易》象的思維來看，《易》象所傳達出的指意，仍必須讓求筮者自行運用在其所處的具體情境中，才算完成。然而這並不妨害《易》象的盡意能力，因爲《易》象本身只傳達出一種如「健」、「順」等的觀念，求筮者的具體情境不必、也不能傳達出來。要言之，「健」、「順」等「意」就是《易》象所要盡的意。回到文學來看，「頗多感慨之詞」是感動的作用，「使人忘其鄙近，自致遠大」是興發作用。作者當然不可能預料讀者是否會興發出「遠大」之志，因爲每位讀者之現實情境並不相同。但只要作者要讀者引起「感慨」之情，不會變成快樂之情，〔註24〕而這一「感慨」就是文學語言所盡之意。要之，「感」和「興」是文學語言傳達的方式，與指稱性語言不同。

　　文學既然必須造成某種體認，那麼若沒有達到預期效果，只能說是失敗的文學，而不能說是文學必然不能盡意，此即陸機所謂的「能之難也」。而相應於這種接受行爲，什麼樣的表現方式，是能讓讀者「誦讀反覆」的，是我們接下來所要面對的問題。

二、「象」的表現方式——「興」

　　文學語言中的「象」，透過「感」的接受方式，使得文學語言得以避開指稱性語言所面臨的問題，而得到表意的可能性。但是「感」顯然不能僅是一種神秘而不可知的思維，落實在文學創作上，必然會有一種特定的名稱，來指稱這種接受方式。在此我們注意到曹植《與吳季重書》中所說的「得所來訊，文采委曲」〔註25〕以及陸雲《與平原兄書》的「又不大委曲盡其意」，〔註26〕這種「委曲」的表現方式，是文學語言的特質。說理文亦然，其「委曲」已如上述，是用反覆的驗證、不斷地舉例、甚且用比喻、象徵等方式，如「以立意爲宗」的《莊子》，其「三言」的運用就是一種高度的語言技巧，〔註27〕要言之也是一種

〔註24〕情感引發也有其指意性，詳見第二節。
〔註25〕見〈與吳季重書〉，《文選》卷四十二，頁595。
〔註26〕見〈與平原兄書〉，頁48。
〔註27〕可參見徐聖心著，〈莊子「三言」的創用及其後設意義〉，國立台灣大學中國文學研究所博士論文，1998年5月。

「委曲」。在解釋「委曲」是何種方式之前，我們要先了解「委曲」的目的何在。

　　前章已論及中國傳統的「物感」說乃文學發動之根源，在此要補充的是所謂「物感」並非限於外物，陸機曾云「豈窮達異事，而聲爲情變者乎」，作者個人的處境也會造成「感」的發生。《詩品序》有一段很生動的描繪：

> 若乃春風春鳥，秋月秋蟬，夏雲暑雨，冬月祁寒，斯四候之感諸詩者
> 也。嘉會寄詩以親，離群托詩以怨。至於楚臣去境，漢妾辭宮；或骨
> 橫朔野，或魂逐飛蓬；或負戈外戍，殺氣雄邊；塞客衣單，孀閨淚盡；
> 又士有解佩出朝，一去忘返；女有揚蛾入寵，再盼傾國；凡斯種種，
> 感蕩心靈，非陳詩何以展其義？非長歌何以騁其情？〔註28〕

由此來看，可以說不論人、事、物，無論外於身、內於己，只要能爲主體感知的，都是可以引發「感」的材料。轉移到創作層面，作者用語言所營構的「象」，必然要具備能夠感發讀者的能力，而這種表現方式六朝人稱之爲「興」：

> 靈運之興會標舉。〔註29〕

> 原夫登高之旨，蓋睹物興情。情以物興，故義必明雅；物以情觀，
> 故詞必巧麗。〔註30〕

> 興託不奇。〔註31〕

> 篤意眞古，詞興婉愜。〔註32〕

> 睹紛霏而興詠。〔註33〕

在此，顯然「興」已然不專指六義之一，而普及成爲一種文學技巧的術語。如「興托」、「興情」、「興詠」等，其實都指作者情感的引發。顏崑陽亦言，六朝的「興」義是：「『作者感物起情』與『作品興象』之義」。〔註34〕

〔註28〕見《詩品上·序》，頁47。

〔註29〕見〈宋書·謝靈運傳〉，陳慶元校箋，《沈約集校箋》，浙江，浙江古籍出版社，1995年12月初版，頁484。

〔註30〕見《文心雕龍·詮賦》，周振甫注，《文心雕龍注釋》，台北，里仁書局，1984年5月，頁138。

〔註31〕見《詩品中·晉司空張華詩》，頁216。

〔註32〕見《詩品·宋徵士陶潛》，頁260。

〔註33〕見蕭統〈答湘東王求文集及詩苑英華書〉，《全梁文》卷二十，嚴可均校輯，《全上古三代秦漢三國六朝文》3，北京，中華書局，1958年12月初版，卷二十，頁3064。

〔註34〕見顏崑陽著，〈從「言意位差」論先秦至六朝「興」義的演變〉，《清華學報》，新28卷2期，1998年6月，頁168。

　　但此處有一問題，即作者的「感物起情」是否與「作品興象」相連結？也就是說，我們從「作品興象」中，是否能回溯作者之意？顏先生認爲，鍾嶸「文已盡而意有餘，興也」一句，就解開了這種關連，讓「作品語言」的地位獨立自足，因此作品所傳達的「意」，「不是『作者本意』，而是『意象』本身所蘊蓄所引生之意」。〔註35〕對於此點此處我們必需略加討論：第一，顏先生此論有一前提，即所謂「意有餘」之「意」是「文已盡」的「文」所不能表現的，故謂之「有餘」。但我們一再強調的，是這種類似「言外之意」的觀點其實指涉的是兩種不同的理解語言的方式，「言」所及者僅爲「象」，「象」才能表意。而由「象」所表現的「意」在「言」之外，所以當然是「文有盡而意有餘」，此爲文學語言之通例。第二，我們贊同「興象」本身有獨立自足的表現能力，但這點並沒能呈現在六朝的文學理論上，而是在唐代；同時此爲六朝文學構象能力充分發展的結果，落實在實踐上談較爲恰當，我們將於第六章討論此一問題。

　　也就是說，作者因有「感」，此「感」即作者之「意」。而如前節所述，讀者接受此「意」亦是用「感」的方式，「感」必然要有引發的對象，因此「興」正成爲塑造此一對象的方式。如摯虞認爲：

　　　　情之發，因辭以形之；禮義之旨，須事以明之，故有賦焉。所以假
　　　　象盡辭，敷陳其志。〔註36〕

所謂「假象盡辭」，正是由作品興象來表現作者情志，「象」成爲溝通作者情志、讀者感受的管道，而使得作者情志的傳遞成爲可能。這裏的「象」，一般解爲「物象」，乃是指賦藉著體物的方式來表現情志而言。但是既然能感動人可以是人、事、物，那麼作者所藉以表現的，顯然就不僅止於物象。〔註37〕我們在前幾章已經指出，中國傳統的「言－象－意」系統中的「象」，在經傳

〔註35〕同上註。

〔註36〕見〈文章流別論〉，《藝文類聚》卷五十六，于大成編，《藝文類聚》，台北，木鐸，1974 年 8 月初版，頁 1018。

〔註37〕蔡英俊先生認爲，蕭統與劉勰兩人對「物色」的認知並不同，劉勰論「物色」指情感藉外物而起興，而蕭統將之用來歸納「賦」一類的作品，則看不出其目的。在此我們要說明的是，「物色」專指外物而言，僅做爲「象」材料之一，並不專指情感發動的根源。「象」可以是「物色」，也可以是人、事，並非情感發動必定來自於「物色」。劉勰的「物色」觀念，是認爲描寫外物，必定要含有情感，方是佳作。蕭統則將之用來歸納專門表現外物的賦類，其中並無衝突。只是劉勰個強調情感的蘊含，蕭統則否。

中可以是歷史事實，在《莊子》中可以是寓言故事，在《詩經》中可以是形象。做爲一種中介的表現，它不必然指涉某種特定對象，但是它必然要是一種具體化、成形化了的東西。

　　這種具象化的「象」，落在文學中來談，是一種具體的情境。因爲從接受的角度來看，曹植《與吳季重書》曾提到的「曠若復面」〔註38〕、《文心雕龍‧誄碑》所指的「觀風似面，聽辭如泣」〔註39〕等等，讀者接受的「盡意」的效果，是一種生動逼眞的狀態。而達到這種狀態的方式，是蕭統所言的「語時事則指而可想，論懷抱則曠而且眞」，〔註40〕也就是想像。要達到生動逼眞的效果，同時又要是具象化了的語言，那麼必然是一種可以引發想像的具體情境。具體的情境包括當然抱括形象，但其範圍卻遠比形象大得多。簡言之，作者藉由營造具體情境來使讀者想像，使讀者能夠「感」到作者所要表現之情志。那麼作者在營構此「象」時，如何使其逼眞生動，同時又能感動讀者；讀者在接受時，如何正確進入作者所塑造之具體情境中，這就是「興」所涉及的理論範圍。因此才能解釋，爲何六朝人「興」的觀念同時涵有「觸物起情」及「作品興象」兩義。對於「象」如何表「意」的問題，六朝人是透過對「興」的解釋來解決的。因此「興」與「象」必然有極大的關連，「興」憑藉「象」而表現，「象」的作用也就是「興」，因此後代「興象」〔註41〕連用，實則是以這種理論爲基礎而出現的名詞。

　　當然，由「象」來「興」，由具體情境來使讀者想像，如何確保讀者的接受能夠還原作者指意，是在「盡意」的前題下所接面臨最大難題。因此以下我們就要探討，「象」如何規範讀者的反應。

第二節　讀者反應的規範

　　前面我們一再強調文學在於引發讀者的感受，但理論上，同一件事因讀者個人歷史的不同，會引發不同的感動，那麼作者意圖顯然就不存在，而文

〔註38〕見〈與吳季重書〉，《文選》卷四十二，頁595。
〔註39〕見《文心雕龍‧誄碑》，頁221。
〔註40〕見〈陶淵明集序〉，《全梁文》卷二十，頁3067。
〔註41〕如孔穎達疏釋《周禮》時，就曾云：「廞、猶興也，興象生時裘而爲之。」見孔穎達《周禮正義》，《十三經注疏》3，台北，藝文，1993年9月初版，頁109。

學語言在接受層面也無法「盡意」了。然而劉勰卻說：

> 夫綴文者情動而辭發，觀文者披文以入情，沿波討源，雖幽必顯。
> 〔註42〕

認爲即使是「情」，也能夠爲讀者所理解，綜觀六朝文論，作者意圖的存在，如我們之前論文學盡意說所述，是不爭的事實。那麼，作者如何限制讀者的反應？這個問題可分兩個層次來談，首先是整體篇章如何形成情感意義；其次是一個（或一組）情感單元如何讓讀者產生固定反應，以下即分兩節分別論述之。

一、情境語脈的形成

劉勰在《隱秀》篇中，認爲「隱」是「文外之重旨」，「秀」是「篇中之獨拔者」，我們可以看到，「隱」是語言表現的能力問題，指的是含蓄、委婉的表現方式。而「秀」是文章的結構問題，也就是陸機說的「一篇之警策」，〔註43〕陸雲所說的「出語」。〔註44〕乍看之下，「秀」與「隱」似乎指涉了兩種不同的理論範疇，無必然相連的關係，「隱」有其獨立的表現能力，不待「秀」而後成。但劉勰在贊語中說：

> 深文隱蔚，餘味曲包。辭生互體，有似變爻。言之秀矣，萬慮一交。
> 動心驚耳，逸響笙匏。〔註45〕

要注意「萬慮一交」一句，其中蘊含極重要的訊息。在指稱性語言中，一字或一詞多義的情形極爲普遍，因此單一語詞的意義，必得訴諸其「語脈」來決定。而在文學語言中，單一情境所能引發的情感，可以隨讀者而不同，雖然情感運動亦自有其「語脈」存在，也這是《樂記》所謂「變成方」之「方」，但與語言規則不同的是，情感之規律並沒有約定俗成的規則，其所產生的是審美效果，而不必然有意義。眾多情境的集合，因其沒有語法的限制及規範，不必然地能互相產生關聯。因此要使其有關聯的方法，就必然得製造出一個（或一組）能連結各情感的情感，使所有的情感能依此一情感而產生出意義的單位。王金凌先生曾云：

〔註42〕見《文心雕龍・知音》，頁888。
〔註43〕見〈文賦〉，《文選》卷十七，頁241。
〔註44〕見〈與平原兄書〉，頁44。
〔註45〕見《文心雕龍・隱秀》，頁741。

情感生於環境中的氣氛。如果說意義的單位是一個，情感就是以一
片爲單位。一個，可數。一片，不可數。可數的意義經過組合而形
成環境，但是這個環境沒有氣氛，或氣氛淡得不足以引起情感。……
如果要藉這個環境略顯情感，必須化三個意義爲一片氣氛。〔註46〕

而要形成這樣的「氣氛」，正是劉勰「秀」的作用所在。

「隱」既然會造成「深文隱蔚」，那麼所製造的情境、引發的感動必然沒
有明確的指意。在接受時所引起的「萬慮」，是無所規範的，必得有「秀」來
使其「交」，易言之，即是使全篇之指意性得以透顯。「篇中之獨拔者也」雖
然是指其藝術效果，而非功能；然而在眾多「隱」受到「秀」的規範而意義
透顯出來時，「秀」就成爲眾多感動開啓之關鍵，讀者讀到「秀」時豁然開朗，
所有想像在此時都得到了串連，自然是藝術效果最強者，而成爲「警策」。黃
侃所擬的〈隱秀〉篇就很明確地發揮了劉勰這種思想：

言含餘意，則謂之隱；意資要言，則謂之秀。隱者，語具於此，而
義存乎彼；秀者，理有所致，而辭效其功。〔註47〕

「意」能經「要言」透顯出來，此一「要言」必然有著縮結諸文的作用。因
此劉勰在《文心雕龍》中，篇章的安排也是其強調的重點之一，要求作文要
從篇章結構的安排中，來表現作者的指意。如：

凡思緒初發，辭采苦雜，心非權衡，勢必輕重。是以草創鴻筆，先
標三準：履端於始，則設情以位體；舉正於中，則酌事以取類；歸
餘於終，則撮辭以舉要。然後舒華布實，獻替節文，繩墨以外，美
材既斲，故能首尾圓合，條貫統序。若術不素定，而委心逐辭，異
端叢至，駢贅必多。〔註48〕

「首尾圓合」、「條貫統序」的必要性，就在使讀者被引起的情感，能夠形成
有意義的脈絡，使得情感語脈得以形成。因此唐代弘法大師也認爲：

若一向言意，詩中不妙及無味；景語若多，興意相兼不緊，雖理道
亦無味。〔註49〕

〔註46〕見王金凌著，《中國文學理論史六朝篇》，台北，華正書局，1988 年 4 月初版，
　　　　頁 148。

〔註47〕見黃侃著，《文心雕龍札記》，上海，華東師範大學，1996 年 12 月初版，頁
　　　　249。

〔註48〕《文心雕龍·鎔裁》，頁 615。

〔註49〕見《文鏡秘府論·論文意》，王利器校注，《文鏡祕府論校注》南卷論文意，

對於這種用「象」來「興意」的作法，若「興意相兼不緊」，即文章結構沒有讓情境形成一語脈，沒有用做觸媒的「警策」，則文章沒有形成情感意義，自然「無味」了。

二、取「象」的典型性

其次就情感單元的層面來看，「隱」必然得依賴於曲折婉轉的方式，而其所使用的「象」不必然使所有讀者都能理解。倘若撇開讀者接受能力不談，也有難易與否的問題。這就牽涉到蕭子顯所說的「不雅不俗，獨中胸懷」。一般多將「雅」、「俗」解為風格之優雅、鄙俗，固然無誤，但這兩種語言風格之產生，卻有其深層原因。《文心雕龍》云：

> 是以繪事圖色，文辭盡情，色糅而犬馬殊形，情交而雅俗異勢。

〔註50〕

「雅」、「俗」之別，乃由「情交」而來，顯然引發感動的方式會造成語言風格的不同。《通變》也提到：「斯斟酌乎質文之間，櫽括乎雅俗之際，可與言通變矣」，其後又說「憑情以會通，負氣以適變」，〔註51〕將「質文」與「雅俗」對舉，事實上都和「情」與「氣」有關，因此「雅俗」在此都指語言引發、傳達情感的難易與否。蕭子顯所說的「不雅不俗」，顯然是針對他所列舉的「三體」之弊而發，他說：

> 今之文章，作者雖眾，總而為論，略有三體：一則啟心閑繹，托辭華曠，雖存巧綺，終致迂回。宜登公宴，本非准的。而疏慢闡緩，膏肓之疾，典正可采，酷不入情。此體之源，出靈運而成也。次則緝事比類，非對不發，博物可嘉，職成拘制。或全借古語，用伸今情。崎嶇牽引，直為偶說。唯睹事例，頓失清采。此則傅玄五經，應璩指事，雖不全似，可以類從。次則發唱驚挺，操調險急，雕藻淫艷，傾炫心魂。亦猶五色之有朱紫，八音之有鄭衛。斯鮑照之遺烈也。三體之外，請試妄談。若夫委自天機，參之史傳，應思悱來，勿先聚構。言尚易了，文憎過意，吐石含金，滋潤婉切。雜以風謠，輕唇利吻，不雅不俗，獨中胸懷。輪扁斲輪，言之未盡，文人談士，

台北，貫雅，1991年12月初版，頁360。
〔註50〕見《文心雕龍·定勢》，頁585。
〔註51〕見《文心雕龍·通變》，頁570。

　　罕或兼工。非唯識有不周，道實相妨，談家所習，理勝其辭，就此

　　求文，經然黟奪。故兼之者鮮矣。〔註52〕

第一種以謝靈運爲代表，其「典正可采」，但有「迂回」之弊。第二種以傅玄、

應璩爲代表，其「緝事比類」，但有「崎嶇」之弊。第三種以鮑照爲代表，其

「發唱驚挺」，但有「淫艷」之弊。可以看到，「迂迴」、「崎嶇」會造成讀者

反應的過於困難，而「淫艷」則過於容易而膚淺。因此這三種都有著興發難

易與否的問題。因此陸機很明確地說：

　　或奔放以諧合，務嘈囋而妖冶。徒悅目而偶俗，固高聲而曲下。寤

　　防露與桑間，又雖悲而不雅。或清虛以婉約，每除煩而去濫，闕大

　　羹之遺味，同朱弦之清氾。雖一唱而三嘆，固既雅而不艷。〔註53〕

「悅目而偶俗」是不「雅」，而「雅」能造成「一唱而三嘆」，即是「言有盡

而情有餘」的效果。因此蕭綱提出「不雅不俗」的主張，就是指語言興發的

使用必須具有普遍性、典型性，使讀者在「感」時沒有困難；但又不能太過

容易，使讀者的興發感動太過淺薄。能在接受的難度和深度之間取得一個平

衡，才能使讀者「獨中胸懷」地「感」，適切地引起興發感動。〔註54〕

　　對於這點，前引鍾嶸對「賦比興」之看法，亦可相呼應。鍾嶸認爲：

　　弘斯三義（賦、比、興），酌而用之，幹之以風力，潤之以丹采。

　　〔註55〕

「賦」與「比興」要斟酌使用，才能在隱晦和淺顯之間，取得一個平衡。「意

深」之不妥，其實就在於作者的意圖由於太過隱晦，而沒有一個明確指向出

來，使讀者無所適從。斟酌的使用「直書其事」，能夠使指意明確。雖然兩種

說法指向不同的方式，一是要求所取之「象」要適當，一是要求適當地直接

明說，但其實都指向同一個目標，就是在語言表現的層面規範讀者的反應。

　　「象」可以透過「興」的手法來使讀者「感」，這種「感」又是可以規範

〔註52〕見《南齊書。文學傳論》，楊家駱主編，《南齊書》，台北，鼎文，1978 年 11
　　　　再版，頁 908～909。

〔註53〕見〈文賦〉，《文選》卷十七，頁 242。

〔註54〕高大威先生論「雅俗」時，認爲「直接繫乎作品呈現的意象」，與本篇所論
　　　　有相近之處。唯其「意象」很難說是否等同於我們所說的「象」，故此處不
　　　　多加討論。見高大威著，〈試析傳統文學批評的雅俗觀念〉，淡江大學中國
　　　　文學研究所主編，《文學與美學》（一），台北，文史哲，1990 年 1 月初版，
　　　　頁 290。

〔註55〕見《詩品上・序》，頁 39。

的，那麼文學語言的「盡意」可以理論可以建立，但是「盡意」並不能解釋文學何以為美。非文學語言亦能盡意，但並不能保證一定有審美效果。文學之所以為美，在語言的傳達、接受上，必然有某種因素在起著作用，而這是我們解析文學語言所不能忽略的。這點我們就得回到作者的「委曲」盡意、讀者的「誦讀反覆」兩方面的審美行為來談。

第三節　「反覆」、「委曲」的審美效果

在釐清了由「象」表「意」的過程後，我們才能正確地辨析所謂的「委曲」。要解此一概念，我們從兩個問題出發：為何文學語言不可棄絕言象？而此一特質，是否正造就了文學語言的審美效果？以下分別述之。

一、「誦讀反覆」的意義

「誦讀反覆」的接受行為的發生，恰與對文學的效果的要求相應，《詩品序》云「使詠之者無極，聞之者動心」〔註56〕以及評張協的「使人味之亹亹不倦」，〔註57〕都強調文學效果必須能無限延長，方是好作品。文學的效果既然是感受而不是傳達指意，而「人稟七情，應物斯感」，人必須與外物交接，才有可能感動。要言之，感動需要對象。那麼以文學作品的接受來看，閱讀是產生感動的條件，若離開語言文字，就不會有感動的發生，因此藝術不能棄絕「言」、「象」，「言」、「象」是「聞之者動心」的條件。而「味之者無極」的效果，顯然是造成「誦讀反覆」行為的成因，那麼何文學作品被「誦讀反覆」時，能夠持續地有滋味出現，就是一個必須解答的問題。

關於這點，六朝文學理論並沒有直接的證據來解釋，但我們注意到文學中有一種類似於「誦讀反覆」的接受行為，稱之為「玩」，如《詩品》評郭璞的「彪炳可玩」〔註58〕、「執玩反覆，不能釋手」。〔註59〕關於這點近來學者也多有討論，如鄭毓瑜先生認為是：

> 反覆再三的閱讀，正為了透過「委曲」的文采，尋索宏遠的情旨，
> 　也就是為了窺探、擬測「文－質」的距離關係，或「情－辭」周旋

〔註56〕同上引。
〔註57〕見《詩品上·序》，頁149。
〔註58〕見《詩品中·序》，頁247。
〔註59〕見〈贈劉琨詩并書〉，《文選》卷二十五，頁358。

交錯的狀態。〔註60〕

此點固然有其道理，但若考慮到文學語言並不是由「辭」直接達「情」，中間還有一「象」的中介存在時，就不得不考慮到「象」的思維在這個階段起了什麼作用。同時，這種「窺探」、「擬測」的行為本身也不能保證一定有審美效果發生。從別的角度下手，我們注意到這些「玩」字與《繫辭》的「所樂而玩者」及「玩其辭」、「玩其占」，似有異曲同工之妙；而「味之者無極」又與管輅針對《易》象所說的「覽道無窮」相彷，都指向一個沒有終極指意的意思。既然文學思維本與《易》象思維相同，而在這點上又有相似之處，那麼當可試著從《易》象的思維方式中委曲求之。

　　為何《易》象是可「玩」者？雖然王弼說「象者，出意者也」，〔註61〕求得最終指意即可，但象數學派最不滿的，就是王弼盡掃象數之說。因為對象數《易》學而言，《易》象之「出意」並非是終極的意義，而是一種從過程流動中所體現出來的道理：

　　　　何若巧妙，以攻難之才，游形之表，未入於神。夫入神者，當步天

　　元，推陰陽，探玄虛，極幽明，然後覽道無窮，未暇細言。〔註62〕

「步天元，推陰陽，探玄虛，極幽明」都是一種體現「道」的過程，但最後是「覽道無窮」，既無窮，則得不斷地重複這個過程。我們可以推論，《易》象之演釋的過程本身即是意義之所在。因為：

　　　　輅每開變化之象，演吉凶之兆，無不纖細委曲，盡其精神。〔註63〕

因為在《易傳》的觀念中，道本是運動、變化的，所謂「變動不居，周流六虛」〔註64〕、「乾道變化，各正性命」，〔註65〕而「聖人設卦觀象，繫辭焉而明吉凶，剛柔相推而生變化」，〔註66〕「象」若要體現道之「變化」，必然要「以動者尚其變」，〔註67〕需要「演」才能透顯出其「精神」之所在，因此：

〔註60〕見鄭毓瑜著，《六朝情境美學綜論》，台北，學生，1996年5月初版，頁32～33。

〔註61〕見《周易略例・明象》，樓宇烈校釋，《王弼集校釋》，台北，華正書局，1992年12月初版，頁609。

〔註62〕見《三國志・魏志・管輅傳》注引《管輅別傳》，見楊家駱主編，《三國志》，台北，鼎文，1978年11月3版，頁819。

〔註63〕同上引，頁814。

〔註64〕見《繫辭上》，《十三經注疏》1，台北，藝文，1993年9月初版，頁173。

〔註65〕見《乾》卦，頁10。

〔註66〕見《繫辭上》，頁145。

〔註67〕見《繫辭上》，頁146。

　　　　是故君子所居而安者，易之序也；所樂而玩者，爻之辭也。是故君
　　　　子居則觀其象而玩其辭，動則觀其變而玩其占。〔註68〕

此處的「玩」字，與前面「六爻之動，三極之道也」合看，則可以發現，「象」
實則體現了「道」的變化、運動，但這種體現並非以指意的方式呈現，亦即
「出意」本身不是目的，而是其推演的過程本身就是天地變化運動的縮影。
因此所謂「玩其占」，正是從推演的過程中了解道，唯其是以「象」的變化體
現「道」的變化，故不可能定於一義，故無窮。

　　文學思維是否同於此？在六朝文學理論中並沒有明顯的證據，我們往後
尋找，發現柳宗元曾云：

　　　　本之書以求其質，本之詩以求其恆，本之禮以求其宜，本之春秋以
　　　　求其斷，本之易以求其動，此吾所以取道之原也。〔註69〕

其中「本之易以求其動」的「動」字，顯然蘊含了重要的訊息。這點我們在
文論中較難找到證據，但先秦到六朝的藝術理論，卻早就體現出了這樣的思
想：

　　　　感於物而動，故形於聲。聲相應，故相變，變成方，謂之音。〔註70〕

音樂乃是心之感動所發出者，同時又能感動人，此是當時共識。《漢書‧禮樂
志》甚至認為「以其感人深，以其移風易俗易」。〔註71〕然而「音」乃由「聲」
組成，「聲」是「感於物而動」者，已經具備了感動的能力，卻還不是「音」，
即還不具備藝術條件。「音」之形成，乃是「聲相應，故相變，變成方，謂之
音」，「聲」與「心」相應而生，「心」之變化形成「聲」之變化。這種變化若
合乎一定的規則，就會具備藝術能力，而形成音樂，而「聲」之變化也就是
「心」之變化。也就是說，音樂所以為音樂，或者說音樂之美，在於「變成
方」，雖然要有形式上的組織，但別忘了每個「聲」都是「感於物而動」的結
果，因此所引起的接受效果，就是情感的波動變化。

　　不只是音樂，驗之於繪畫亦然。六朝一重要的繪畫理論——王微《敘畫》
在解釋繪畫之美時云：

〔註68〕同上引。
〔註69〕見〈答韋中立論師道書〉，《柳宗元集》卷三十四，台北，漢京文化，1982 年
　　　　5 月初版，頁 873。
〔註70〕見《禮記‧樂記》，頁 663。
〔註71〕見《漢書‧禮樂志》，楊家駱主編，《漢書》，台北，鼎文書局，1979 年 2 月再
　　　　版，頁 1036。

辱顏光祿書:以圖畫非止藝行，成當與《易》象同體，而工篆隸者，
自以書巧爲高。欲其幷辯藻繪，覈其攸同。夫言繪畫者，竟求容勢
而已。且古人之作畫也，非以案城域，辨方州，標鎮阜，劃浸流，
本乎形者融靈，而動者變心也。止靈無見，故所托不動；目有所極，
故所見不周。於是乎以一管之筆，擬太虛之體；以判軀之狀，畫寸
眸之明。〔註72〕

認爲「形」有能「動」者，可以「變心」，「變心」即情感產生變化，此即繪
畫所以爲美的理由所在。此乃由《易》象的思維模式而來，故王微說「成當
與《易》象同體」。而文學與《易》象思維模式相同，是我們早就論證的了，
柳宗元的「本之《易》以求其動」，正是指涉了延《易》象的表現及思維模式，
來建構文學語言。同時類似「聞之者動心」的論述，在文論中亦是屢見不鮮，
只是並未明確地提出「變」的思想。因此文學接受時的「動」與「變」本身
即不是一種靜止的狀態，而是一種運動的過程。那麼無論音樂、繪畫、文學，
都強調接受的美感，是產生於接受時的情感波動的過程，而不是情感波動有
其終極指意。

　　然而爲何這個理論可見於音樂、繪畫中，文學卻極少對此點提出明確的
論述？這是因爲語言文字的運用，如之前所述，有指稱性的意義及情感意義
個層面，接受時有著不同的解讀方式，一是從約定俗成的語言規則來探求其
指意，一是訴諸於讀者的感受。一般而言，無論在文學或是一般的語言使用
情境下，「言─意」與「言─象─意」兩種系統多半是混用的；但正由於其中
雜有指稱性意義，使文學必然能夠負載認知性的內容，也就是兩種接受方式，
必然也是交相出現的。這使得文學在內容的廣度及體驗的深度上，有著交錯
共生的複雜構造。因此對接受的剖析，顯然是極困難的。而繪畫及音樂都不
是嚴格的語言，一般的情況下沒有指稱性意義，因而能夠很清楚地感受到其
情感性的作用。

　　因此文學對於雖然沒有明確描述，但卻反應在接受行爲的「誦讀反覆」
上。就這種行爲而言，已可明其與指稱性語言大異其趣。透過反覆的讀誦，
情感一遍遍的運動，愈來愈深，永無止境，文學之美也就一次次的發生、加
強。若非如此，則即使作品再「深」、再「遠」，理論上其指意也終有被捕捉

〔註72〕見《敘畫》，張彥遠著，《歷代名畫記》，台北，廣文，1992 年 6 月再版，頁
　　207。

的時候，至此文學之美也就不存在了。因此高友工先生認爲，作者表現「目的不是在藝術，而是在其經驗本身」，〔註73〕同理，接受的目的也不在一個最終目的，而在其過程經驗。因而劉勰在《隱秀》篇的贊語中說：「辭生互體，有似變爻」，〔註74〕就是認爲文學語言的「義生文外」，其實與《易》象一樣，都是來自於對閱讀過程的領略，而非終極指意的捕捉。

二、「委曲」的表現手法

爲了達到這樣的效果，我們注意到陸雲所說的「深情遠旨」，〔註75〕頗有啓發性。綜觀整個六朝，對於接受效果的「深」、「遠」，始終占有重要地位，如《文心雕龍・論說》的「詞深人天，致遠方寸」，〔註76〕此處不一一列舉。何謂「深」？就字面上看來，「深情」自然是指一種情感的強度，裴子野《雕蟲論》即云：

> 深心主卉木，遠致極風雲，其興浮，其志弱。巧而不要，隱而不深，
> 討其宗途，亦有宋之風也。〔註77〕

「隱而不深」乃因「其志弱」，這裏「深」是指情感的深刻與否。但「深」尚有另一義：

> 或有晦塞爲深，雖奧非隱；雕削取巧，雖美非秀矣。〔註78〕

以晦澀爲「深」雖是弊端，但亦可見「深」有不易明白的意思。而經常伴隨「深」出現的「遠」亦然，如：

> 身爲國史，躬覽載籍，必廣記而備言之。其文緩，其旨遠，將令學
> 者原始要終，尋其枝葉，究其所窮。〔註79〕

需得「原始要終，尋其枝葉」才能「究其所窮」，稱之爲「遠」，也有一種不易捕捉的意思在內。而「表宜以遠大爲本，不以華藻爲先」〔註80〕的「遠」又有內涵豐富的意思。因此稍加留意即可發現，「深」、「遠」兩字出現時，往

〔註73〕見高友工著，〈文學研究的美學問題（下）：經驗材料的意義與解釋〉，《中外文學》7卷12期，1979年5月，頁8。

〔註74〕見《文心雕龍・隱秀》，頁741。

〔註75〕見〈與平原兄書〉，頁51。

〔註76〕見《文心雕龍・論說》，頁349。

〔註77〕見《雕蟲論》，《全梁文》卷五十三，頁3262。

〔註78〕見《文心雕龍・隱秀》，頁740。

〔註79〕見杜預《春秋序》，《十三經注疏》6，台北，藝文，1993年9月初版，頁18。

〔註80〕見嚴可均著校輯，《全晉文》，同注33，卷五十三，頁1767。

往同時含有二種意思，而所指層次不同。深刻、遠大等義都常指其語言的內涵，而「隱晦」、「難懂」的意思指語言形式。簡單地說，深刻的內含往往不易用語言表現及理解。因此杜預在解釋《春秋》的語言何以隱晦時說：

> 若夫制作之文，所以章往考來，情見乎辭，言高則旨遠，辭約則義
> 微，此理之常，非隱之也。〔註81〕

「言高則旨遠，辭約則義微」，則是從相反方向論述了語言形式決定了其內涵，似乎「言高」則一定「旨遠」，亦即深刻之旨必然不易理解。

「深」、「遠」同時包含「深刻」和「隱晦」這兩層意思，這種一字多義的現象本不特殊；特殊的是在文學理論中這兩層意思往往同時出現，是否意謂著其中有必然性，值得關注。一般以為深奧者必然難以理解，故隱晦，但事實上並非如此簡單。就「深刻」意義而言，文學既然是訴諸讀者感興的作用，那麼接受時的情感必然是讀者本身的，讀者個人歷史之所累積。而文學語言的作用只是引發，不是傳達，前已論及。那麼顯然深刻、遠大與否，皆指向讀者的情感，而非作者的。然而作者所能控制的，是要引起讀者何種情感？是深刻的生命感受，還是只是淺薄的感官的愉悅？這是作者可以選擇的。因此裴子野所說的「深心主卉木，遠致極風雲，其興浮，其志弱」，〔註82〕是說當時作家所能引發的情感，「深」僅止於「卉木」、「遠」僅至於「風雲」等感官愉悅，因而「浮」、「弱」。

其次就隱晦義而言，葛洪曾云：

> 屬筆之家，亦各有病：其深者，則患乎事煩言冗，申誠廣喻，欲棄
> 而惜，不覺成煩也。其淺者，患乎妍而無據，證援不給，皮膚鮮澤
> 而骨鯁迴弱也。〔註83〕

這裏認為當時文學表現深刻者，有著「事煩言冗，申誠廣喻」的毛病，反過來看，顯然「申誠廣喻」是達到深刻的一種方法。為何如此？因為作者引發讀者情感時，讀者勢必以其個人歷史來詮釋作品，因此作品情感的表現，全賴於讀者回溯其自身情感來建構，因此詮釋行為本身即是一種創作。當作者相傳達某種意圖時，若在指稱性意義，明說即可；但在文學語言不能明說、而是需要引發讀者感情建構的情況下，指意性愈明確（即語言的指稱性意義

〔註81〕同注77。
〔註82〕同注75。
〔註83〕見《抱朴子・辭義》，頁399。

愈多），讀者所需要自行建構的就少，那麼讀者的情感運動就少。劉勰也認爲：

> 夫心術之動遠矣，文情之變深矣，源奧而派生，根盛而穎峻，是以
> 文之英蕤，有秀有隱。隱也者，文外之重旨者也；秀也者，篇中之
> 獨拔者也。隱以複意爲工，秀以卓絕爲巧，斯乃舊章之懿績，才情
> 之嘉會也。夫隱之爲體，義生文外，秘響傍通，伏采潛發，譬爻象
> 之變互體，川瀆之韞珠玉也。〔註84〕

「隱以復意爲工」、「隱也者，文外之重旨也」，文學之「旨」本來就是「情」之「感」，那麼當隱晦的詞句出現時，讀者自行建構的空間愈大，形成「重旨」，情感運動就多，因而會造成深刻的體驗，才能「義主文外」。因此鍾嶸說：

> 若專用比興，則患在意深，意深則詞躓。若但用賦體，則患在意浮，
> 意浮則文散。〔註85〕

因爲「賦」是「直書其事」，較接近指稱性意義，指意性較明確，因而「意浮」。「比興」可以使「意深」，但若太過，則會造成「詞躓」，亦即到讀者的感動無所適從，無法「變成方」。因此，要表現深刻的情感，往往就必須用隱晦的句子，這樣就造成了「深刻」義與「隱晦」義的同時出現，但這點是必須扣在讀者情感建構的面相上才能成立的。

　　因爲這種必然性的存在，因此造成了一種流弊，即因爲文學要求情感「深遠」，故作者往往故作隱晦來顯示其「深遠」，而事實上卻沒有多少深刻的感情，此即「或有晦塞爲深，雖奧非隱」。但若眞要引發讀者深刻的情感，比興、用典、麗辭等種種間接的興發方式，則是不可或缺的，此即六朝所謂的「委曲」。而「委曲」手法有許多，而各種委曲的手法，都是爲了要達到「興」的效果。前已論及六朝對「興」的重視，劉勰云：

> 詩文弘奧，包韞六義，毛公述傳，獨標興體，豈不以風通而賦同，
> 比顯而興隱哉？故比者，附也；興者，起也。附理者切類以指事，
> 起情者依微以擬議。起情故興體以立，附理故比例以生。比則蓄憤
> 以斥言，興則環譬以託諷。〔註86〕

除了認爲「比顯而興隱」外，最重要的是興的語言是「環譬以託諷」。這些都在強調想像的營造、感動的引發、情感的運動，不向直接寫出，而是要間接

〔註84〕《文心雕龍・隱秀》，頁739。
〔註85〕《詩品上・序》，頁45。
〔註86〕見《文心雕龍・比興》，頁677。

的表現。若不「委曲」，則「患在意浮」，亦即其指意太過明確地顯露出來，讀者不需想像即可明白，故不能引起情感運動，情感運動愈多，就愈深遠，由此可以在接受時引發讀者更深層的美感。因此，隱晦、曲折的表現方式，如比興、用典等就是必須的了。

就此點而言，沈德潛的說法頗有代表性：

> 事難顯陳，理難言罄，每託物連類以形之；鬱情欲舒，天機隨觸，每借物引懷以抒之；比興互陳，反覆唱嘆，而中藏之懽愉慘戚，隨躍欲傳，其言淺，其情深也。倘質直敷陳，絕無蘊蓄，以無情之語而欲動人之情，難矣。〔註87〕

這種「委曲」（例如比興）的表現手法，不但可以言「事」、言「理」、甚至「天機」，重要的是表現出來的深情，可以讓人「反覆唱嘆」。由此來看，劉勰曾云「至於思表纖旨，文外曲致，言所不追，筆固知止」，〔註88〕「言所不追」並不是指文學語言達不到這種「深遠」的「纖旨」、「曲致」，而是強調不能用這種「追」的方式——也就是「直書其事」的方式去窮盡，因此「筆固知止」，也就是沈德潛所說的「事難顯陳，理難言罄，每託物連類以形之；鬱情欲舒，天機隨觸，每借物引懷以抒之」，實則指涉了「象」的表意方式的中心問題，也就是「象－意」之間的思維作用。至於能充分表「意」之「象」，必須要有什麼條件，也就是「言－象」之間的問題，則是體現在六朝人對各種文學技巧的重視上。

〔註87〕見《說詩晬語》卷上，見丁福保編，《清詩話》，台北，木鐸，1988 年 9 月初版，頁 523。

〔註88〕《文心雕龍・神思》，頁 516。

第五章　由「言」到「象」——文學語言的塑造

　　文學語言的功用，在於藉著「象」傳遞一種感受，讀者接受時能引發感情，而與作者的感情相應，而達成「盡意」的結果。因此盧諶云：

> 分乖之際，咸可歎慨；致感之途，或迫乎茲。亦奚必臨路而後長號，睹絲而後歔欷哉。是以仰惟先情，俯覽今遇，感存念亡，觸物眷戀。易曰：書不盡言，言不盡意。然則書非盡言之器，言非盡意之具矣。況言有不得至於盡意，書有不得至於盡言邪？不勝猥懣，謹貢詩一篇。〔註1〕

清楚地說明了，對於「仰惟先情，俯覽今遇，感存念亡，觸物眷戀」等等深度上的體驗，非指稱性語言所能勝任，唯有文學語言才能表現。嚴格說來，指稱性意義用情感性的語言來表示，固然朦朧不清（如《文賦》）；但指稱性語言若要表達感受，也是朦朧不清的。這就是文學語言所以能成一種「象」的原因。前論文學語言的接受既然不訴諸約定俗成的語法規則，其語言文字的運用乃是運用「象」，透過想像的引導，而使讀者接受。然而這些還在理論層面的觀點，落實在文學創作上時，何種技巧在表意上有何種影響，才是最直接的問題。本章即從文學技巧的層面下手，探討一個能盡意「象」要如何構成。

第一節　文采的必然性

　　前章已略提及，要引發讀者想像的媒介，是一種具體情境，讓讀者藉由

〔註1〕　《贈劉琨詩并書》，《文選》卷二十五，李善注，《文選》，台北，華正，1982
　　　　年11月初版，頁358。

想像引發身歷其境的效果，再由「物感」的過程造成感動。但是若僅再現作者當時所以感動的場景，則並不能保證讀者所引發的感動與作者相同，何況有許多具體的情境是作者經由想像來塑造的，並非作者的親身經歷。因此對於具體情景的營構，勢必不是再現。《文賦》在論創作過程時，有一段很值得注意：

> 其始也，皆收視反聽，耽思傍訊，精騖八極，心遊萬仞。其致也，情瞳曨而彌鮮，物昭晰而互進。傾群言之瀝液，漱六藝之芳潤，浮天淵以安流，濯下泉而潛浸。於是沈辭怫悅，若游魚銜鉤而出重淵之深；浮藻聯翩，若翰鳥纓繳而墜曾雲之峻。收百世之闕文，採千載之遺韻，謝朝花於已披，啟夕秀於未振，觀古今於須臾，撫四海於一瞬。〔註2〕

在想像營構的過程中，我們可以看到有幾個要件：「情」、「物」、「言」，而且其中的關係頗為複雜。當主體被外物所感動後，必然有「情」產生。這個「情」不必然是清晰的，因此經過想像的過程後，會「情瞳曨而彌鮮」。但「情」不單是「情」，還是扮隨著「物」而出現的。也就是說，藉著對具體形象的想像，情感也清楚了起來，這正是我們之前論及的「具象化」觀念。「情」如果沒有以具體情境為質料，只是一個抽象觀念，而抽象觀念只能用指稱性語言表達，對於讀者（或作者本身）情感的引發，反而是極朦朧的。文學中的「情」之「鮮」，正是由於「物」之「昭晰」所造成。在此一階段，「情」與「物」是不分的。

　　「情」、「物」不分的狀態，劉勰稱之為「意象」。過去對「意象」二字做過註解的學者無計其數，但鮮有從「象」落實探究者。「意象」的「象」字同於《易》象之「象」，即是「意」之具體而微的凝聚，能與「意」完全相符應。在《周易》中，「象」的原型以卦畫呈現，而在文學中，「象」的原型是以具象來呈現，前已論及，因此甚至有學者主張「意象」即是《易》象。〔註3〕但是前已論及，文學與《易》象是「言象互動」系統的一支，用的是相同的思維模式，但「意象」與《易》象之間還是有所差別，〔註4〕最明顯的是思維過

〔註2〕　〈文賦〉，《文選》卷十七，李善注，《文選》，台北，華正，1982年11月初版，頁240。

〔註3〕　見汪裕雄著，《意象探源》，合肥，安徽教育，1996年4月初版，頁4。

〔註4〕　這點前人亦有論述，可參看李貴生著，〈詩喻與易象異同〉，《中外文學》24卷10期，1996年3月，頁79～103。由於我們討論《易》象與文學的關係主要是從思維方式的角度，而不是語言表現的形式，故不對該篇做討論。

程的次序方面，劉勰云：

> 是以陶鈞文思，貴在虛靜，疏瀹五藏，澡雪精神。積學以儲寶，酌
> 理以富才，研閱以窮照，馴致以繹辭。然後使玄解之宰，尋聲律而
> 定墨；獨照之匠，窺意象而運斤。〔註5〕

「聲律」及「意象」都是「定墨」和「運斤」的前提，因此「意象」產生在
語言表現之前，與陸機所論相同，都是情思訴諸於形象的凝聚體，尚未表現
於文辭中，然而《易》象卻是已形諸文辭之「象」，兩者之不同可見。

　　若在繪畫等藝術，在「意象」形成後，本可形諸筆墨；然而在文學中卻
不是如此，因為文學乃語言文字所構成，不是畫面形象。因此無論在陸機還
是劉勰的想像論中，都少不了語言的要素。陸機的「傾群言之瀝液，漱六藝
之芳潤」，劉勰的「積學以儲寶，酌理以富才，研閱以窮照，馴致以懌辭」，
都是在想像的過程中，汲取過去的語言歷史的一種行為。〔註6〕那麼在想像的
過程中，「情」、「物」、「言」三者其實是不分的，這三者即「意」之「象」，
即一種能引發感情的具象化語言。

　　由於「言」與「物」合一，故此「言」是形象的；而「言」與「情」合
一，故此「言」又是有感情的，也就是經過了主體設計、安排過了的形象，
有其指向性，並且與作者當初感興發動之場景（如果作者真有感興發動）大
不相同，因此蕭子顯說：

> 屬文之道，事出神思，感召無象，變化不窮。俱五聲之音響，而出
> 言異句；等萬物之情狀，而下筆殊形。〔註7〕

之所以「出言異句」、「下筆殊形」的原因，即是因為作者要有目的地引發讀
者的情感，所以要對具象語言做設計，以便引導讀者想像，規範讀者的反應。
〔註8〕那麼，讀者被引發的情感，是可以被作者制約的。或在某一部分增強，

〔註5〕　見《文心雕龍‧神思》，周振甫注，《文心雕龍注釋》，台北，里仁，1984 年 5
　　　　月初版，頁 515。

〔註6〕　由此也可以見到，六朝文論其實已經見到了語言歷史的問題。《文心雕龍‧宗
　　　　經》篇亦體現出部份這種思想。

〔註7〕　見《南齊書‧文學傳論》，楊家駱主編，《南齊書》，台北，鼎文，1978 年 11
　　　　再版，頁 907。

〔註8〕　葉維廉先生認為「中國古典詩的傳釋活動……不是通過說明性的指標，引領
　　　　及控制讀者的觀、感活動，而是設法保持詩人接觸物象、事象時未加概念前
　　　　物象、事象與現在的實際狀況，使讀者能夠，在詩人引退的情況下，重新「印
　　　　證」詩人初識這些物象、事象的戲劇過程」。「不是通過說明性的指標」無誤，

或在某一部分削弱，或集中焦點於某處，或刪除不必要的條件，要之全仰賴
作者對語言文字的運用。而其運用的方法，與指稱性語言最大的不同之處，
即在於對文采要求的必然性。

這點我們可以先從相反的方向來看，桓范曾云：

> 夫著作書論者，乃欲闡弘大道，述明聖教，推演事義，盡極情類，
> 記是貶非，以爲法式，當時可行，後世可修……故作者不尚其辭麗，
> 而貴其存道也。〔註9〕

李充《翰林論》亦云：「表宜以遠大爲本，不以華藻爲先」，〔註10〕對於辭采
的存在，在六朝向來都是爭論不休的。事實上，類似桓范之類的言論，其主
旨多在於「以立意爲宗」，強調的是語言指稱性的意義，目的在於傳達某種
「意」，華藻自然是不需要的。然而只要是對語言情感性意義有所體認者，則
多不至於完全否定辭采。如皇甫謐《三都賦序》云：

> 然則賦也者，所以因物造端，敷弘體理，欲人不能加也。引而申之，
> 故文必極美；觸類而長之，故辭必盡麗。〔註11〕

兩個「必」字，道出了文學「美」、「麗」的必然性。然而問題是，「引而申之」、
「觸類而長之」爲何有「美」、「麗」有必然的關係？這種需求從何來？鍾嶸
認爲賦體是「直書其事」，而事實上就現存的大賦來看，也是一種對於形象的
直接描寫和堆積，這也就是皇甫謐所謂的「引而申之」、「觸類而長之」，從形
象不斷的堆積中，營造一種引起感官上的想像，然後從這種感官效果的引發
中，營構出其所要「諷諫」的事項。這是賦體與比興不同的地方。曹丕曾云：

> 或問屈原、相如之賦孰愈，曰：優游案衍，屈原之尚也。窮移極妙，
> 相如之長也。然原據托譬喻，其意周旋，綽有餘度矣。〔註12〕

屈原之作，一般稱騷不稱賦，蓋意同於此。司馬相如之所以爲兩漢大賦的典
型，就是因爲其對於形象的描寫和堆積，已到了一個「窮侈極妙」的境界。《文

但若是將「未加概念前」的物象、事象傳達給讀者，則是與中國文學「著我」
之傳統相背離，是我們所不能同意的。中國詩歌從來就沒有純粹的再現、摹
擬，亦是共識。見葉維廉著，〈中國古典詩中的傳釋活動〉，《古典文學》第七
集下，台北，學生書局，1985 年 8 月初版，頁 680。

〔註9〕見《世要論・序作》，《全三國文》卷三十七，嚴可均校輯，《全上古三代秦漢
三國六朝文》2，北京，中華書局，1958 年 12 月初版，頁 1263。

〔註10〕見《翰林論》，《全晉文》卷五十三，頁 1767。

〔註11〕見〈三都賦序〉，《文選》卷四十五，頁 641。

〔註12〕見《典論・論文》，《全三國文》卷八，頁 1098。

心雕龍・詮賦》云：「賦者，鋪也。鋪采摛文，體物寫志也」，〔註13〕此與屈原的表現手法是不同的，因為屈原主要仍在表現一種深刻的情感，如前所述，必然訴諸於比興的手法，故曹丕稱其「據托譬喻，其意周旋」。但即使騷與賦不同，也都是：

> 故騷經九章，朗麗以哀志；九歌九辯，綺靡以傷情；遠遊天問，瑰
> 詭而慧巧；招魂大招，耀艷而深華，卜居標放言之致；漁父寄獨往
> 之才。故能氣往轢古，辭來切今，驚采絕艷，難與並能矣。〔註14〕

對於屈原情感那種濃烈的作品，不斷地強調其「綺靡」、「耀艷」，並總評為「驚采絕艷」。且《文選序》選應用文體之標準，是「若贊論之綜輯辭采」，即使是應用文，只要有文采亦可稱為文學。蕭子顯《自序》甚至說：「追尋生平，頗好辭藻」，〔註15〕直以辭藻稱文學。綜觀各種文體，凡是在六朝可稱為「文學」者，無不重視其文采，最後「文筆之辨」甚至以文采定義文學。從文學史上來看，雖然重視辭藻是一種時代的文學現象，但其背後的動機又是什麼？就六朝文論對文學體認的深度來看，辭采之被重視，是否與其功能有密切關係，而不只是單純的時代風向問題？

《文心雕龍・詮賦》云：

> 原夫登高之旨，蓋睹物興情。情以物興，故義必明雅；物以情觀，
> 故詞必巧麗。〔註16〕

所謂「物以情觀，故詞必巧麗」，我們已經討論過「物」為引發「情」的必要因素，而這裏要注意的是「巧麗」與「情」的關係。在《文心雕龍・情采》篇將「情」與「采」並舉，辯證了其中的關係：

> 夫鉛黛所以飾容，而盼倩生於淑姿；文采所以飾言，而辯麗本於情
> 性。故情者，文之經；辭者，理之緯。經正而後緯成，理定而後辭
> 暢，此立文之本源也。〔註17〕

這裏頗有一些問題：劉勰在本篇中固然批評了「為文而造情」的文章，因此說「繁采寡情，味之必厭」。既然「繁采寡情」既然可能，「情」、「采」看似

〔註13〕見《文心雕龍・詮賦》，頁137。
〔註14〕見《文心雕龍・辨騷》，頁64。
〔註15〕見〈自序〉，《梁書》卷三十五，楊家駱主編，《梁書》，台北，鼎文，1978年
　　　　11月再版，頁512。
〔註16〕見《文心雕龍・詮賦》，頁138。
〔註17〕見《文心雕龍・情采》，頁599～600。

可分，那麼是否有「寡采」卻「繁情」存在的可能性？觀劉勰在本篇開宗明義所言「聖賢書辭，總稱文章，非采爲何？」以及《原道》篇所說的「夫以無識之物，鬱然有采，有心之器，豈無文歟？」〔註18〕可知，文學本來就定義在「文」上，無「文」（或無「采」）則不能稱之爲文學。此又爲何？這就回到了我們之前對文學語言的分析，文學語言乃是用來感動讀者，其結構本來就是爲了感動而組織，若無「文」，則只能傳達，不能感動。雖然有可能「爲文而造情」，但「辯麗本於情性」，可以看出「情」是「采」的充分條件，有「情」必有「采」，但有「采」不見得有「情」。因此，情性之豐足，自然會形成文采，這是兩者間的必然關係。

第二節　想像的引導

　　既然文采在表現情感上有著極爲重要的地位，那麼文采本身是否有規範讀者反應的作用？在探討這個問題之前，我們先要解決文采對於讀者接受所造成的效果。楊修在《答臨淄侯牋》認爲曹植的文章，接受的效果是：

> 觀者駭視而拭目，聽者傾首而竦耳。〔註19〕

固然是一種誇張的形容，然而卻也點出了一個事實，即接受時的想像作用。作者對於一個具體情境的塑造，爲了使其指意爲讀者所體會，而達到「曠若復面」、「觀風似面，聽辭如泣」、「語時事則指而可想，論懷抱則曠而且眞」等逼眞生動的效果，因此要塑造出一種逼眞生動的具體情境，使無論是人、事、物，都能透過讀者的想像，而歷歷在目。但語言文字並不是造形藝術，不可能用語言對事物的外形做完整描繪，就算可能，也不必然能引發想像，因此：

> 故灼灼狀桃花之鮮，依依盡楊柳之貌，杲杲爲出日之容，瀌瀌擬雨
> 雪之狀，喈喈逐黃鳥之聲，喓喓學草蟲之韻。皎日嘒星，一言窮理；
> 參差沃若，兩字連形，並以少總多，情貌無遺矣。〔註20〕

這一段，正與「俱五音之聲響，而出言異句；等萬物之情狀，而下筆殊形」呼應。因爲「依依」顯然不是在楊柳的外貌求表現，「瀌瀌」也不是在形容「雨雪之狀」，而是在表現主體接受時的感受，所能憑藉的最鮮明、最具典型性的

〔註18〕見《文心雕龍・原道》，頁1。
〔註19〕見〈答臨淄侯牋〉，《文選》卷四十，頁564。
〔註20〕見《文心雕龍・物色》，頁845。

印象。因為客體形象本為不變，但依主體體會不同而有不同，此即「物有恒姿，而思無定檢」，〔註21〕即使對外貌做客觀的描寫不必然引發每個人相同的反應。因此客體所以能感動主體的，不是外貌的全部，而是外貌的某種性質。反過來說，當作者要表現其情思時，若藉用外物，則必然是藉用其易於引發讀者想像的某種性質，而非其全部。故以「灼灼」狀桃花之鮮，「灼灼」二字在指稱性意義上顯然只是一種形容詞，但其中卻包括了作者所要表現的情感，以及桃花外貌的特質。或者說，作者藉由桃花的特質，點出其情感。因此當讀者接受時，與「桃」字相連來看，就能想像桃花盛開的樣子，同時感受到一種鮮明的情感，亦即一種「情景交融」的狀態。如此，讀者的反應能得到規範，而朝向作者預期的意圖。

　　因此，要引發想像的語言，首要的條件即是適度的「委曲」。六朝人對「興」的看法，比較著重在情感的深度表現上，並沒有明確點出「興」的指意如何規範，只說要與「賦」斟酌使用，已如前述。但劉勰曾云：

　　　　至於思表纖旨，文外曲致，文所不追，筆固知止。至精而後闡其妙，

　　　　至變而後通其數。〔註22〕

此句一般多以「言不盡意」解之，但深入來看，「文所不追，筆固知止」非是一種消極的動作，否則不會有「至精而後闡其妙」之論。因為既然已經是「思表」、「文外」了，如何可「追」？若真可追，那麼也就在「文內」而不是「文外」了。這就是說，若描寫得太過仔細，使得讀者能自行建構的空間縮小，而不能引發深層的感動興發。這種毛病體現在南朝的一種特殊的文學現象──「形似」〔註23〕上：

　　　　故巧言切狀，如印之印泥，不加雕削，而曲寫毫芥。故能瞻言而見

　　　　貌，即字而知時也。〔註24〕

在劉勰的理想，還是「皎日嘒星，一言窮理；參差沃若，兩字連形」這種「以少總多，情貌無遺」的方式較為高明。對於「形似」劉勰這裏固然沒有明文批評，但「不加雕削，而曲寫毫芥」顯然不是一種好的文學表現方式。因此

〔註21〕見《文心雕龍‧物色》，頁846。

〔註22〕見《文心雕龍‧神思》，頁516。

〔註23〕對於「形似」，蔡英俊先生認為其中包含了「情」與「景」兩方面而言。我們要說明的是，「形似」指涉的是一種對「象」營構的技巧，而不是表現能力。「形似」自然有其意義，但其意義並不在興起情感的能力上。下一章將闢專節討論。

〔註24〕同註21。

對於外物的「興」，要「四序紛回，而入興貴閑；物雖雖繁，而析辭尚簡」，這就是「文所不追，筆固知止」的意義所在。即對於語言的「委曲」的刻意要求，使得「思表纖旨，文外曲致」，透過想像而得以存在。

雖然文學語言在指稱性意義上是朦朧的，但引起想像上，如果也是朦朧，那麼指意性顯然不夠。對於逼眞的要求，就是要接受時的想像能夠具體，指意能夠明確。那麼什麼樣的語言對於想像是極有幫助的？劉勰在《夸飾》篇中說：

> 至於氣貌山海，體勢宮殿，嵯峨揭業，熠燿焜煌之狀，光采煒煒而
> 欲然，聲貌岌岌其將動矣。莫不因夸以成狀，沿飾而得奇也。〔註25〕

這種「聲貌岌岌其將動矣」的逼眞效果，必然得經由經過強調的修飾作用。這種作用在於適度地強調物貌的聲色效果，使讀者在接受時，能藉由既有的感官經驗，將想像無限延伸，而形成一具體可想的情境。不僅只是針對寫景而言，情感的表現亦如是：

> 辭入煒燁，春藻不能程其豔，言在萎絕，寒谷未足成其雕。談歡則
> 字與笑並，論戚則聲共泣偕，信可以發蘊而飛滯，披瞽而駭聾矣。
> 〔註26〕

對於感情逼眞且充分地表達，使得「談歡則字與笑並，論戚則聲共泣偕」，對於情感強度形容的增加或減少，都會引導讀者在接受時想像的方向，進而達到逼眞的效果。前引「觀者駭視而拭目，聽者傾首而竦耳」、《物色》篇說的「沈吟視聽之區」，〔註27〕都是指在想像中感官所造成的作用。因此六朝文學逐漸走向華靡的道路，就當時對文學技巧的認知，實屬必然。也正因爲辭藻能夠表現情感，因此「爲文而造情」的作者才有可能用美麗的辭藻來掩飾情感之不足，而成爲六朝批評家所共同注意到的一個現象。摯虞所謂「麗靡過美，則與情相悖」，正是爲此而發。雖然在實踐上有如此弊病，但在理論上，麗辭對於讀者情感的規範實屬必然，已如第一節所述，而「然飾窮其要，則心聲鋒起」，此一「要」字，就是作者如何能兼顧想像與指意，適度地引發讀者的情感。

當然，規範讀者情感還有一極重要的因素，就是聲律的運用。

〔註25〕見《文心雕龍・夸飾》，頁694。
〔註26〕同上引。
〔註27〕同註20。

第三節　聲律的表意功能

一、聲律的指意能力

永明聲律說的興起，是六朝文學史上的大事，而如同羅宗強先生所言，「學術界意見甚爲歧異，究竟應該如何理解，似尚待研究」，〔註28〕但眾家之論，皆將聲律說歸之於詩歌不入樂之後，對音樂性的追求。〔註29〕就詩歌而言，此點自然無問題，摰虞曾云：

　　　夫詩雖以情志爲本，而以成聲爲書。〔註30〕

但對於詩歌以外的文體而言，對聲律的講究，是否也是對音樂性的追求？反過來說，即使是詩歌，聲律是否只有音樂美的意義？關於這點，我們注意到古人用字的模式，有兩個地方值得特別注意：第一，用「音」、「韻」、「聲」音樂性的名詞來代替語言文字的論述，似乎很早就開始了。如陳琳《答東阿王牋》云「音義既遠」，〔註31〕《文賦》的「或托言於短韻」、「含清唱而靡應」〔註32〕等等。其次是，文學將語言置諸某種形式的規範下，與說話的口語顯然有區分，此點應是常識。但在古人的論述之中，卻常見到以「言」取代「辭」的用法。如《論衡・超奇》的「情見於辭，意驗於言」，〔註33〕王逸《楚辭章句・序》的「言若丹青」〔註34〕等等，不勝枚舉。問題在於，「文」較之「言」，顯然少了聲音、語調的因素，那麼「言」與「辭」、「音」與「文」的轉換，似乎就暗示著，古人在無意識中，其實早已注意到文學作品中聲音成分的重要性。

其實聲音的表現能力，早在六朝以前早已爲人所熟知，如《樂記》云：「感於物而動，故形於聲」，《漢書・禮樂志》云：「以其感人深，以其移風易俗易」

〔註28〕見羅宗強著，《魏晉南北朝文學思想史》，北京，中華書局，1996 年 10 月初版，頁 228。

〔註29〕如羅宗強先生即云：「詩樂分離之後，文字自身節奏的重要性顯示出來了，在誦讀中，文字自身的節奏起著詩樂未分時樂章所起的作用。」同註28，頁 229。

〔註30〕見〈文章流別論〉，《藝文類聚》卷五十六，于大成編，《藝文類聚》，台北，木鐸，1974 年 8 月初版，頁 1018。

〔註31〕見〈答東阿王牋〉，《文選》卷四十，頁 565。

〔註32〕前引兩段見〈文選〉，《文選》卷十七，頁 242。

〔註33〕見《論衡・超奇》，楊家駱主編，《論衡集解》，台北，世界書局，頁 283。

〔註34〕見《楚辭章句・序》，汪瑗撰，《楚辭集解》，北京，北京古籍，1994 年 1 月初版，頁 11。

等等，都說明了聲音之爲情感的直接表現，對於情感發動和接受都是極重要的。落在文學上，《詩大序》云：「情動於中而形於言」，而不是「形於文」或「形於辭」，顯然也注意到了語言是比文字更爲直接的情感表現。蕭綺曾云「草木鳥獸之類，亦以聲狀相感」，〔註35〕在動物原始的本能中，「聲」本是其用來溝通的直接方式，遭受外來刺激時，首先發於聲音，而接受者最能感受的，也是聲音。六朝亦然，在論文學接受時無意中都會用「吟」、「詠」、「誦」等字來表現，如《答東阿王箋》的「以爲吟頌」。〔註36〕此即是劉勰所謂「聲畫妍蚩，寄在吟詠；吟詠滋味，流於字句」，〔註37〕可以看出無論任何文學作品，無論在任何朝代，其實都很重視聲音感動人的力量，也重視接受時對聲音的感受。

即然聲音的感人力量早已被熟知，那麼爲何一直到了南朝，聲律說才興起？撇開文學史的外緣因素不談，就理論上來看，聲律對南朝文人而言，另有一層重要的意義。陸厥《與沈約書》曾云：

> 自魏文屬論，深以清濁爲言；劉楨奏書，大明體勢之致。岨峿釆帖之談，操末續顚之說，興玄黃於律呂，比五色之相宣，苟此秘未睹，茲論爲何所指邪？〔註38〕

此論爲反駁沈約自言獨得聲律之秘而發，引證曹丕《典論・論文》中的文氣說，認爲文氣說也指涉了一部分的聲律理論，這對我們就有了極大的啓發性。更有趣的是，其云「劉楨奏書，大明體勢之致」，而《文心雕龍・定勢》云：

> 劉楨云：文之體勢實有強弱，使其辭已盡而勢有餘，天下一人耳，不可得也。公幹所談，頗亦兼氣。然文之任勢，勢有剛柔，不必壯言慷慨，乃稱勢也。〔註39〕

「公幹所談，頗亦兼氣」，兩者都將聲律之說，指向了「氣」論。「氣」在何種層面與聲律相關？我們回到曹丕《典論・論文》，發現有一段譬喻：

> 譬諸音樂，曲度雖均，節奏同檢，至於引氣不齊，巧拙有素，雖在父兄，不能以移子弟。〔註40〕

〔註35〕見〈拾遺記序〉，王嘉著，《拾遺記》，台北，木鐸，1982年2月初版，頁2。
〔註36〕同註31。
〔註37〕見《文心雕龍・聲律》，頁630。
〔註38〕見《南齊書》卷五十二，楊家駱主編，《南齊書》，台北，鼎文，1978年11再版，頁898～899。
〔註39〕見《文心雕龍・定勢》，頁586。
〔註40〕見《典論・論文》，《文選》卷五十二，頁720。

有學者以爲，此是譬喻之說，故「引氣」實指吹奏時用力的強弱。但事實上，以《典論・論文》對「氣」的重視而言，此處用人體呼吸之氣來譬喻，實則會混淆了「氣」的理論層次。我們在第三章已經析出「氣」在詮釋理論上的意義，是爲一種傳達之質具。作者心之動必然形諸氣之動，氣之動必然影響到讀者的心。因此氣之形成，必定以作者的心志爲本原，而氣之清濁，就必然與作者心之清濁相符應，此即曹丕的「氣之清濁有體，不可力強而致」。這點驗之於嵇康〈聲無哀樂論〉的「氣與聲相應」，〔註41〕尤爲清楚。而「引氣不齊」，顯然就是吹奏樂器時「氣與聲相應」與否，而對作者情志表現好壞的影響。那麼一部文學作品，所體現出作者的心志、精神，接受時的依據就全在「氣」上。

而如今將聲律之要求也歸之於「氣」，那麼就是說作者心志之表現，實與聲律脫離不了關係。這點並不特殊，因爲這種對聲音可以表現心志的說法，漢代已有明確的論述：

> 故言，心聲也；書，心畫也；聲畫形，君子小人見矣。聲畫者，君子小人之所以動情乎？〔註42〕

雖然不是指嚴格的聲律，但已經認識到「言」中聲音成分的表意能力，而將「言」稱爲「心聲」。爲何聲音有表意的功能？劉勰認爲：

> 夫音律所始，本於人聲者也。聲含宮商，肇自血氣，先王因之，以制樂歌。故知器寫人聲，聲非學器者也。故言語者，文章神明樞機，吐納律呂，唇吻而已。〔註43〕

因爲人之聲音，實則是人心最初也是最直接的表現，因此作者的情性，也最容易表現在說話的聲音節奏之上，而這點是形諸形式後的語言文字所達不到的。因爲文字表現，固然可以很明確地將作者的指意傳達出來，但經過文辭的修飾和安排之後，勢必不能如同說話一般，含有語調輕重、節奏快慢等聲音成分。失去了聲音成分，就會造成作者一部份指意的流失，而且可能還是極重要的一部分。

這其中的原由，可以舉一例說明：一個陳述句理論上只能有一個意義，但在口語中，一句話可以具備相反的兩面意義（或更多），如反諷，這就使

〔註41〕見〈聲無哀樂論〉，《嵇中散集》，台北，商務，1965 年 5 月初版，頁 43。
〔註42〕見《法言・問神》，王雲五主編，《法言》，台北，商務，1966 年 3 月初版，頁 14。
〔註43〕《文心雕龍・聲律》，頁 629。

口語脫離指稱性意義了。而要辨別是否爲反諷，就要依賴語法以外的規則，如說話者的表情、聲調等，而其中以聲調最爲重要（因語言的傳遞不見得一定面對面）。那麼對於一個陳述句而言，聲律實則控制了其非指稱性意義的負載。而這種非指稱性意義，很多時候其實才是作者眞正精神所在。因此在口語中，我們可以輕易辨別說話者的意思，在形諸文字之後，因爲受到形式規範，會使得說話中的聲音因素消失。而如此，作者的情感指意，就不容易透顯出來。劉勰所謂的「言語者，文章神明之樞機」，正是此意。而我們今日所說的「口氣」，正是在這種聲音與「氣」的關連上，出現的用語。

不獨六朝，其實西方傳統的語言觀，也非常重視聲音的表現能力。有一派學者認爲，聲音才是語言的本質，寫作及文字符號只是無生命的、異化的表達方式，是緣於聲音的短暫易逝性而導致的一種補救方法。字符是音符的符徵，眞正的指意性還是由音符負載，因此「說」比「寫」更有優先權。針對這種觀念，德希達（J.Derrida）將之稱爲「語音中心主義」（phonocentrism）。雖然德希達對這種觀念持反對立場，但也足見聲音在指意的重要性，乃是全人類共同注意到的問題。

同樣的，這點並不限於表「情」的文學作品，說「理」的文章亦然，甚至更爲明顯：

> 研夫孟荀所述，理懿而辭雅；管晏屬篇，事覈而言練。列御寇之書，氣偉而采奇；鄒子之說，心奢而辭壯。墨翟隨巢，意顯而語質；尸佼尉繚，術通而文鈍。鶡冠綿綿，亟發深言；鬼谷眇眇，每環奧義。情辨以澤，文子擅其能；辭約而精，尹文得其要。慎到析密理之巧，韓非著博喻之富。呂氏鑒遠而體周；淮南泛採而文麗。斯則得百氏之華采，而辭氣文之大略也。〔註44〕

諸子之文本是「以立意爲宗」，本來較接近指稱性意義，而劉勰評諸子之所以重視文采，自然是因爲文采有助長說理強度，而達到說服的目的，此點前已論及。而劉勰的文采觀念本包括聲律，由其《情采》篇中所舉的三種「立文之道」中，就有一種是「聲文」。而這裏又以「辭氣」來稱謂說理文的接受標準，而音律又是「氣」的形成的一部份，那麼對於說理文傳達的能力，也必然包含聲律的成份。因爲文章「氣」的表現，與其音調有關，說理時若「理直氣壯」，音調必然較爲高亢，節奏自然較快。而反過來說，取用高亢的音調，

〔註44〕見《文心雕龍・聲律》，頁 326～327。

就能使文章氣勢加強。因此顏崑陽先生認為「從文氣觀念演而為聲觀念，無寧是理論上必然的發展」，〔註45〕就是在此一層面上立論的。聲律功能，在說理文上則更突顯了其指意性的層面，而非音樂美。

因此六朝有音律可以傳意的說法：

> 常謂情志所託，故當以意為主，以文傳意。以意為主，則其旨必見；以文傳意，則其詞不流。然後抽其芬芳，振其金石耳。此中情性旨趣，千條百品，屈曲有成理，自謂頗識其數。嘗為人言，多不能賞，意或異故也。性別宮商，識清濁，斯自然也。觀古今文人，多不全了此處，縱有會此者，不必從根本中來。〔註46〕

可以很明顯的發現，范曄前論「以文傳意」，而後論聲律，因此聲律對他而言顯然是「傳意」的一個重要質具，也就是聲律是文章的指意的一部分。南朝張融《戒子書》更云：

> 況父音情，婉在其韻。吾意不然，別遺爾音。〔註47〕

這裏更誇張地用「音」、「韻」來總括作者的情志，可見聲律對作者的指意而言，是極重要的一環。因此劉勰視聲律為「文章神明樞機」，此一「神明」即為作者之精神。更在《文心雕龍・神思》篇中說「然後使玄解之宰，循聲律而定墨；獨照之匠，窺意象而運斤」，將「聲律」與「意象」同列為作文兩大原則，又在《聲律》的結尾說「聲以律文，其可忘哉」，對聲律的重視甚至是在文字之上的。因此六朝的文學語言之所以有盡意之說，聲律對於讀者反應的規範，是非常重要的。因此聲律說的興起，顯然不僅只是因為對音樂美的追求，而是意識到其表意能力，從文學史上來看亦然。

二、聲律說在文學史上的意義

僅管聲律說是一普遍的潮流，但在南朝仍是引發爭議的。如鍾嶸就認為：

〔註45〕見顏崑陽著，〈論沈約的文學觀念〉，淡江大學中國文學研究所主編，《文學與美學》第一集，台北，文史哲，1990年1月初版，頁103。雖然顏先生認為沈約的聲律法則形成一種與表情達意無關的空形式，但此乃針對發展之極端而發，故此處稍加辨清。

〔註46〕見《宋書》卷六十九《范曄傳》，楊家駱主編，《宋書》，台北，鼎文，1979年11再版，頁1830。

〔註47〕見《南齊書》卷四十一《張融傳》，楊家駱主編，《南齊書》，台北，鼎文，1978年11再版，頁729。

余謂文製，本須諷讀，不可蹇礙，但令清濁通流，口吻調利，斯爲
足矣。〔註48〕

他主張只需使「口吻調利」即可，不必取於嚴格的聲律規則。對於聲律之發
生，他認爲：

古曰詩頌，皆被之金竹，故非調五音無以諧會。若置酒高殿上，明
月照高樓，爲韻之首。故三祖之詞，文或不工，而韻入歌唱，此重
音韻之義也，與世之言宮商異矣。今既不備於管絃，亦何取於聲律
耶？〔註49〕

在詩、頌不入樂之後，是否還需遵循聲律，他是表示懷疑的。同時他認爲曹
氏父子之詩歌，並不重視文采華美，而重韻只是因爲入於歌唱的原故。但鍾
嶸此論有三點背景：第一，建安時代的文學，雖以重情爲取向，但文采仍是
很質樸的。感情的直接抒發，是建安時代的文學特色，其文辭的指意性很強，
並不怎麼「委曲」。因爲建安詩歌乃取樂府舊題做新辭而來，而樂府畢竟是民
歌，其精神就在於將情感直接而淺顯的抒發，不故做艱深。雖然在文人化後
已經「雅」了許多，但要之文學的表現，與晉代以後比起來，是較接近於口
語的。第二，鍾嶸對文學指意的看法，與蕭子顯等不同。鍾嶸強調適度的「直
書其事」，蕭子顯則強調「不雅不俗」，前面我們已經提到兩者都對文學的指
意性提出了規範，但畢竟是不同的兩種方法。對於「象」的取用，蕭子顯的
看法畢竟是比較高明的，若取「象」能「不雅不俗」，「象」本身的興發能力
可以不待其他文字而後成；但若依鍾嶸的看法，則無論如何取「象」，都必須
適當的加以解釋，才不致隱晦。第三，鍾嶸認爲「余謂文製，本須諷讀，不
可蹇礙，但令清濁通流，口吻調利，斯爲足矣」，但劉勰的看法是「聲畫姸蚩，
寄在吟詠，吟詠滋味，流於字句」，對於文學接受時「諷讀」、「吟詠」所產生
的音樂效果，兩人重視的程度並不相同。

在這三點背景下，鍾嶸不贊成嚴格的聲律說，其實並未考慮到魏晉以後
日漸複雜的文學表現方法。如本章第二節所論，情感的「深遠」與文義的隱
晦常常是伴隨著出現的，而文采又是文學不可或缺的條件，因此如何兼顧華
美以及指意兩者就成了文學語言的重要問題。鍾嶸雖然在評論作品時，對五
言詩聲音的表現、情感的濃烈、文采的華美，都表現出極高的重視，如他列

〔註48〕見《詩品下·序》，頁340。
〔註49〕見《詩品下·序》，頁332。

在上品的張協：

> 文體華淨，少病累，又巧構形似之言。雄於潘岳，靡於太沖。風調達，
> 實曠代之高才。詞彩葱蒨，音韻鏗鏘，使人味之亹亹不倦。〔註50〕

辭采、音韻、甚至巧構形似之言，這些形式上的美麗他是贊成的，但卻反對對這些形式的過分使用，此乃源於其「自然英旨」之說：

> 若乃經國文符，應資博古；撰德駮奏，宜窮往烈。至乎吟詠情性，
> 亦何貴於用事？思君如流水，既是即目；高臺多悲風，亦唯所見；
> 清晨登隴高，羌無故實；明月照積雪，詎出經史。觀古今勝語，多
> 非補假，皆由直尋。顏延、謝莊，尤爲繁密，於時化之。故大明、
> 泰始中，文章殆同書抄。近任昉、王元長等，詞不貴奇，競須新事，
> 爾來作者，寖以成俗。遂乃句無虛語，語無虛字，拘攣補納，蠹文
> 已甚。但自然英旨，罕值其人。〔註51〕

以用典爲例，他所反對的理由，其實是針對時弊而發的，並非在理論的高度上提出反駁。他認爲僅管好的作品都有形式上的美，但這些是自然發生，並非刻意的追求而得。刻意追求，只會使「文多拘忌，傷其眞美」。然而鍾嶸並未考慮到，南朝文學的發展，在聲律以外的形式上，早就已經是「文多拘忌」了。對於情感深度的重視，使得「晦塞爲深，雖奧非隱；雕削取巧，雖美非秀」的情況日漸嚴重，因此用典、對偶、辭藻等形式上的要求，都用來加強文章的深度，也增加了文章的晦澀。鍾嶸只將這種現象視爲文弊，而未知其背後自有文學所以發展的規律。在文章日漸深奧的情勢之下，聲律的要求成爲必然，因爲文章愈深，就愈需要聲律來控制其指意，因此劉勰說：

> 標情務遠，比音則近，吹律胸臆，調鍾唇吻。〔註52〕

情感愈是「遠」、愈是隱晦，音律就要愈「近」，即愈明顯，因爲聲律實則是「胸臆」之所發，是「文章神明之樞機」。如此，則文辭技巧上可以儘管隱晦，有了聲律的輔助，就不會妨礙作者指意的傳達，因此聲律的要求，其實是文學技巧高度發展後必然的結果。

因此沈約主張聲律說，其理論的出發點是：

> 若夫敷衽論心，商榷前藻，工拙之數，如有可言。夫五色相宣，八

〔註50〕《詩品上・晉黃門郎張協》，頁149。
〔註51〕見《詩品中・序》，頁174～181。
〔註52〕見《文心雕龍・聲律》，頁630。

音協暢，由乎玄黃律呂，各適物宜。欲使宮羽相變，低昂互節，若前有浮聲，則後須有切響。一簡之內，音韻盡殊；兩句之中，輕重悉異。〔註53〕

「各適物宜」一句，頗有啟發性。聲律既然可以「適物宜」，就表示可以表現某種對象（此一對象當然包含作者的情感）。那麼沈約等人當初所以重視聲律，是為了表情達意，應無問題。但鍾嶸所針對實弊而發的反對意見，也並非沒有道理，因為落實在創作上時，作者的情感、文章的變化千條百品，如何可用「前有浮聲」、「後須切響」等固定的形式，總括所有的變化？若如此，則必然產生兩者之間的衝突和矛盾，使得文章「傷其真美」。這點沈約也不是沒有意識到，因此他才說：

宮商之聲有五，文字之別累萬。以累萬之繁，配五聲之約，高下低昂，非思力之所舉，又非止若斯而已也。〔註54〕

不但文字繁多，就連表現的意義，也不是可以盡數的，因此他說「其中參差變動，所昧實多」。但他的解釋是：

若以文章之音韻，同弦管之聲曲，則美惡妍蚩，不得頓相乖反。譬由子野操曲，安得忽有闡緩失調之聲？以洛神比陳思他賦，有似異手之作，故知天機啟而律呂自調，六情滯則音律頓舛也。〔註55〕

此處有一極重要的意義，即將聲律比之於音樂，而音樂悅耳與否有其規則，即《樂記》之「變成方」、《詩大序》所謂的「聲成文」。那麼聲律也有其獨立的情感意義，不必然和文意相合。要產生出美妙的聲律，雖然可以做音樂性的規範，但文章字義及其聲、韻本是一定，那麼聲律之困難，就不在如何形成美妙的音樂性上，而是如合將聲律所指向的意義和文辭所指向的意義相配合了。因此劉勰說：

屬筆易巧，而選和至難；綴文難精，而作韻甚易。〔註56〕

就是在說明文章意義與聲律配合，兩者常是不能兼顧的。沈約大體上也不能解決這個問題，因此只能說：「天機啟而律呂自調，六情滯則音律頓舛也」，「天機」自然是難以言說的。接著承認：「韻與不韻，復有精粗，輪扁不能語斤，

〔註53〕見《宋書・謝靈運傳論》，陳慶元校箋，《沈約集校箋》，杭州，浙江古籍，1995年12月初版，頁484。
〔註54〕見〈與陸厥書〉，同註53，頁136。
〔註55〕見〈與陸厥書〉，同註53，頁137。
〔註56〕見《文心雕龍・聲律》，頁630。

老夫亦不能盡辨此」。〔註57〕

　　要同時考慮聲律與文義，自然會使「文多拘忌」，而很容易造成范曄所說的「韻移其意」的毛病。劉勰對於此點的看法不同，因爲他對聲律的重視在文辭之上，認爲聲律是「聲含宮商，肇自血氣」，是人情感之所直接發動者，因此：

　　　　古之佩玉，左宮右徵，以節其步，聲不失序。音以律文，其可忘哉？
　　〔註58〕

「音以律文」就是認爲聲律有著節制文辭的功效，那麼在創作上就要在聲律的限制下選用文辭，以文辭配合聲律。這就替兩者之間的衝突在實際創作方法上，提供了一個解決之道。而這種以聲律爲第一限制的作法，並不是只是在理論的高度上打轉，因爲這正是六朝之後詩詞創作的實際過程。

　　此處我們較不論及聲律的審美意義，乃是因爲其審美意義必然不能獨立於指意性之存在，否則不能形成第四章所論的情感的語脈，也就不能產生審美的效果來。同時對於文學語言的盡意能力而言，其對讀者的規範性是本文較爲重視的一環。論述至此，我們可以發六朝之所以有文學語言盡意之說，並非無端而發。雖然沒有一篇文論將這點完整的表現出來，但每一篇文論，或隱或顯地多少體現出一點側面。從這些文論中不同於指稱性語言的論述中，我們歸納出六朝人對於文學語言表述模式的看法，其實隱含了一套完整的體系。而這種推論我們可以從唐人的意見中得到映證：

　　　　論曰：昔伶倫造律，蓋爲文章之本也。是以氣因律而生，節假律而
　　　　明，才得律而清焉。預於詞場，不可不知音律焉。〔註59〕

「氣因律而生」等三句，兼論了讀者與作者兩種角度，作者必須藉著音律來傳達其「氣」，讀者也必須透過對音律的感受，才能使作者蘊於作品之「氣」能「生」，而一個完整的指意傳達過程才能得以完成。殷璠之說，顯然對六朝的音律理論做了一個最好的註解。

　　在將零散的理論整合後，我們發現六朝文學理論若置於語言理論的架構上來衡量，其實已略具輪廓。而整個六朝文學理論史的進程，似乎也沿著這個隱藏脈絡而發展。但這種整合的工作畢竟只是推論，至於是否合理，還有

〔註57〕同註55。
〔註58〕同註56。
〔註59〕見殷璠著，《河嶽英靈集・集論》

賴於更直接的證據來支撐。因此我們擬從六朝實際的文學現象或語言現象中，來檢測這樣的理論，在當時是否得到實踐。如同「言意之辨」的現象，雖然「言不盡意」成為當時的共識，但並沒有真正解消了經典詮釋的合法性，六朝經學仍然是很發達的；〔註 60〕同時六朝人也仍然在使用指稱性語言在論辯玄理。要之「言意之辨」仍只是個哲學範疇，並沒有形成語言的行為準則，〔註 61〕因此我們也很難說「言不盡意」當真成為文學創作的一種準則。同理，如果在語言應用的層面能找到「言－象－意」的創作方式，那麼顯然我們就能證明，這種理論在六朝時，確實是當時文人創作時重要的思考依據。

〔註 60〕關於六朝的經學註疏，可參看林登順著，《魏晉南北朝儒學流變之省察》，台北，文津，1996 年初版。
〔註 61〕雖然湯用彤先生認為「言意之辨」是魏晉玄學的方法論，但其為一種「方法」，僅限於哲學思辯的高度，而不是針對一般的語言應用層面來談的。

第六章　六朝語言現象的幾個問題

第一節　玄理清談的語言現象

　　文學語言之可以盡意，是因爲有「象」做爲中介。而玄學領域中認爲不能盡意的是指稱性語言，故「言不盡意」論其實指向了另一種語言表達方式，即「象」的思維，已如第二章所述。由此看來，要解析文學語言的本質，不但不能在「言意之辨」的基礎上來談，而是從其與「言意之辨」的差異上著手，才是恰當的。但這只是「言意之辨」的理論層面所體現出來的看法，落實在實踐層面時，魏晉清談討論玄理所用的語言，是何種思維方式，如何盡意，我們尚未提及。以下將藉由這個問題的探討，來驗證我們對於「言意之辨」的理解是否恰當。在此之前，對「象」做一整合性的說明顯然是必要的。因爲學界對於「象盡意」說關注已久，也提出了許多相關的文學理論，這些流行的看法，多在「言意之辨」的基礎上發展而成，與本篇論文的意見並不全然相同，爲必免混淆，在此必須提出一說明。

一、對流行的「象盡意」說提出的商榷

　　一般常見的「象盡意」說，是以「象」爲「形象」或「象徵」，這點我們在第三章已經加以釐清。其次，也是最關鍵的，乃是以《周易》的「立象以盡意」爲基調，將之與文學之「象」相連結。在此要說明的是，玄學領域和文學界所討論的「象」，正如同對語言的看法一般，也不盡相同。其中的差異主要在於：玄學討論的《易》象，是在將《易》象視爲一種形象化的符號的基礎上，來討論這種符號是否可以盡的問題。而文學及其它藝術領域所談的「象」，主要是

談論以《易》象為代表的思維模式，而非其符號的作用（因文藝作品不用卦畫等特殊符號）。因此，「象」出現的理論地位，乃是玄學與文學之「象」區隔的關鍵所在。以下僅以王葆玹先生的《玄學通論》為代表性的例子，將流行的「象盡意」說與本篇論文所主張者不同之處，加以說明。

王先生於該書的第四章《「言不盡意」前提下的玄學思想方法——名理之學與言之辨》所談論的「言」、「象」、「意」三者的關係，其所謂的「象」其實可以分為三個層次。第一，可以孫盛的〈易象妙於見形論〉為代表，針對《易》象的符號如何盡意的問題而發，所討論的問題在經典之內。第二，以前引荀粲「象外之意，繫表之言，固蘊而不出矣」為代表，所討論的問題超出經典之外，否定了包括《易》象、語言的各種表意符號，而指向一種超越符號規則的思維方式。第三，以「妙象盡意」說為代表，所討論的是在實踐層面玄學家如何表意的問題。顯而易見的，此三個層次，各有其言論所發之背景，不宜混為一談。

首先，王先生荀粲之言與王弼《周易略例·明象》篇中，得出「典型的玄學言意之辨即為『言象意』之辨」〔註1〕的結論。然而事實上，我們已於第二章說明，荀粲與王弼的「言」、「象」，皆視為一種表意的荃蹄看待，「象」也在被否定之列，不見任何重要地位。同時，王弼為盡掃象數而發的《周易略例·明象》篇，其重點在於要正確地理解「言」、「象」，要用「忘」的方式，而非「象」有何特殊之處。王先生所認為的「言」、「象」之爭，其實只是儒道之爭，已如第二章所述；而會造成這種誤解的關鍵，還是在於孫盛的《易象妙於見形論》及殷融的《象不盡意論》的存在，使得王先生以為「『言意之辨』仍有「象」的因素摻雜其間」，〔註2〕但我們看〈易象妙於見形論〉：

> 殷中軍、孫安國、王、謝能言諸賢，悉在會稽王許，殷與孫共論《易》象，妙於見形，孫語道合，意氣干雲，一坐咸不安孫理，而辭不能屈。會稽王慨然歎曰：使真長來，故應有以制彼。即迎真長，孫意已不如。真長既至，先令孫自敘本理，孫粗說己語，亦覺殊不及向。劉便作二百許語，辭難簡切，孫理遂屈。一坐同時拊掌大笑，稱美良久。〔註3〕

〔註1〕見王葆玹著，《玄學通論》，台北，五南，1996年4月初版，頁207。
〔註2〕同註1，頁208。
〔註3〕見《世說新語·文學》，徐震堮著，《世說新語校箋》，台北，文史哲，1987

其討論的範圍在經典之內，很難說是否可以外延到所有以「象」爲名的表意方式。因此，混淆了第一層次與第二層次，就會造成將《易》象盡意與否的問題，也列入「言意之辨」之內，而使得「言意之辨」摻雜了「象」在其中，於是有將《易象妙於見形論》視爲一種可盡意的「妙象」的說法。〔註4〕然而如前所述，孫盛之論題名其爲「《易》象」，專指《周易》之象可以「妙於見形」，是對經典的討論，與荀粲、王弼所談的思維方式，完全不在同一層次之上。事實上，在「言意之辨」中所提到「象」（離開《周易》而談者），往往只是一種與「言」同級的符號，並沒有關鍵性的地位。「言意之辨」所談的，其實是一種正確理解「言」、「象」等符號，以及一種可以盡意的思維方式；而這種思維方式才是我們所說的「象」。

其次，王先生又談到所謂的「妙象盡意」說，並舉出「嘯」與「音樂」等玄學家習用的盡意方式爲證，又與前引由孫盛所開展出來的「妙象」理論連結了起來。然而問題是，「嘯」與「音樂」爲一種「象」，如本文導論所述，固然無誤；但這與玄學家所討論的《周易》的符號系統，又完全不同，兩者之間不能互相證成。音樂與《易》象的連結，是在「氣」、「感」的思維層面上，而非符號系統上，這點是顯而易見的。同時，玄學家討論「言」、「象」，很大的層面著重在理論的解析，與實踐層面又有不同，王先生此論，乃是將第一層次與第三層次混淆的結果。

因此，我們不贊成「言意之辨」中出現的《易》象，具有重要的地位。因爲其背景或爲對《周易》的討論，或爲儒道相爭下的工具，在「言盡意與否」的問題上，沒有提供太多的理論價值。而我們所謂的「言－象－意」的表意方式，是從思維層面說的。

因爲「象」所以在文學中扮演著重要的角色，乃是因爲其在「氣」、「感」的思維模式下，使得表現和接受語言的方式發生了轉變。這使得語言脫離了其本身規則所帶來的局限，而避開了「言不盡意」所以立論的關鍵所在。在「象」的思維下，語言文字所形成的表意中介點，亦稱之爲「象」。因此「象」不是只出現於《周易》中，而出現在文學領域時，「象」也不單指形象或象徵，它可以是各種文學技巧所營構的「言」與「意」之間的中介點，而這個中介點要用「氣」、「感」的思維去理解，方能產生出意義來。由於「象」思

年9月再版，頁130。

〔註4〕　同註1，頁221。

維的存在，使得文學語言在表現以及接受上，與指稱性語言產生了極大的不同。釐清了這一點，我們在談玄學用「象」來盡意時，才不致產生混淆。

二、玄學領域的盡意方式

　　首先要討論的是「微言」。清談的內容，多沒有保留下來，故我們無法得知其語言運用的方式。但從一些事實的記述上可以看得出來，清談有運用語言的方式有兩種典型，如：

> 衛玠始度江，見王大將軍，因夜坐，大將軍命謝幼輿。玠見謝，甚
> 說之，都不復顧王，遂達旦微言，王永夕不得豫。〔註5〕

這種通宵達旦的討論玄理記錄，不僅此一條，又如：

> 殷中軍為庾公長史，下都，王丞相為之集，桓公、王長史、王藍田、
> 謝鎮西並在。丞相自起解帳帶麈尾，語殷曰：身今日當與君共談析
> 理。既共清言，遂達三更。〔註6〕

仔細研究可以發現，這種長時間的清談，主要是用一種「釋義」、「析理」的方式。清談的另一種典型，是「辭約而旨達」：

> 客問樂令旨不至者，樂亦不復剖析文句，直以麈尾柄确几曰：至不？
> 客曰：至。樂因又舉麈尾曰：若至者那得去？於是客乃悟服。樂辭
> 約而旨達，皆此類。〔註7〕

此處有兩層意義，從樂廣不再「剖析文句」中我們可以看到，用「剖析文句」來「釋義」、「析理」的方式，顯然是普遍存在的，我們可以合理的推測，「析理」是用指稱性語言在窮盡義理的一種做法。

　　而除了這種方式之外，另一種就是「辭約而旨達」的做法。《世說新語·言語》篇中，記載了相當多這種言簡意賅、同時又具有美感的語言表現。我們看樂廣論「旨不至」，以肢體動作來表現義理，顯然使客「悟服」，正是因為這種不用指稱性語言，而訴諸於「象」（肢體動作）的表現，使得讀者能夠在理解之外，還能「悟」，並且被說服。若純粹就語言而言，這種例子亦不勝枚舉，如前引《世說新語》「顧悅」一條：

> 顧悅與簡文同年，而髮蚤白。簡文曰：卿何以先白？對曰：蒲柳之

〔註5〕　見《世說新語·文學》，頁113。
〔註6〕　見《世說新語·文學》，頁115。
〔註7〕　見《世說新語·文學》，頁110～111。

姿，望秋而落；松柏之質，經霜彌茂。〔註8〕

問髮早白的原因，當然可以訴諸於指稱性語言，而顧悅卻用「蒲柳之姿」、「松柏之質」等「象」來表現，接受者當然也不是從蒲柳爲何「望秋而落」、松柏爲何「經霜彌茂」來理解早白的原因，而是體會到這兩種形象的心理感受，從而了解顧悅的意思。顯然，這是訴諸於接受者的感受，而非理解能力。

由此可知，在玄學中討論玄理的方式，指稱性語言和情感性語言其實都存在，並不全然是「藝術的語言」。但是兩者之間所帶來的效果並不相同，如同我們在第四章所言，文學語言能使人「悟」。這點就牽涉到王葆玹先生所謂的「妙象盡意」說。最典型的例子是：

（阮籍）嘗游蘇門山，有隱者莫知姓名，有竹實數斛、杵臼而已。
籍聞而從之，談太古無爲之道，論五常三王之義，蘇門先生傃然曾
不眄之，籍乃嘐然長嘯，韻響寥亮，蘇門先生乃逌爾而笑。籍既降，
先生喟然高嘯，有如鳳音。〔註9〕

「談」、「論」義理，能在廣度上盡「道」之內容意義，蘇門先生既置之不理，爲何阮籍一長嘯，蘇門先生即能「解顏」？顯然嘯這種方式，所能達到的效果，與語言必然不同。針對此點，桓玄言：

夫契神之音，既不俟多贍，而通其致，苟一音足以究清和之極。阮
公之言不動蘇門之聽，而微嘯一鼓，玄默爲之解顏。若人之興逸響，
惟深也哉！〔註10〕

所謂「究清和之極」，「清和」自然不是指在義理上能夠窮究其極，而是達到一種道的境界。對於這種境界，表現者、接受者都是訴諸主體的感受，故桓玄稱其爲一種「深」。袁山松反對桓玄對「嘯」的重視，也是針對這一點：

嘯有清浮之美，而無控引之深，歌窮測根之致，用之彌覺其遠。至
乎吐辭送意，曲究其奧，豈唇吻之切發，一往之清泠而已哉！〔註11〕

認爲「道」體不是「一往之清泠」就可以「盡」的，感受的深度與理解的廣度畢竟不同。由此可知，「嘯」這種「象」在盡意時，所表現、所接受的，都是一種感受，再由這種感受中體會到內容上的意義。

〔註8〕見《世說新語‧言語》，頁65。
〔註9〕見《世說新語‧棲逸注》引《魏氏春秋》，頁355。
〔註10〕見《藝文類聚》卷十九，于大成編，《藝文類聚》，台北，木鐸，1974年8月初版，頁354～355。
〔註11〕同註10，頁355。

同樣的，音樂之為一種「象」，也不是在內容上窮盡意義。嵇康《聲無哀樂論》認為：

> 和心足於內，則和氣見于外，故歌以敘志，舞以宣情，然後文之以
> 采章，照之以風雅，播之以八音，感之以太和，導其神氣，養而就
> 之，迎其情性，致而明之，使心與理相順，氣與聲相應，合乎會通，
> 以濟其美。〔註12〕

王葆玹先生認為「音樂通理，而感人心，故人也可以『窮理』了」，〔註13〕但要說明的是，這種「窮理」乃是音樂感動人心，使人心到達一種「太和」境界，而能「心與理相順」。「心與理相順，言與聲相應」絕非音樂傳達了某種內容上的意義給予聽者，而是「感之以太和」，人則能「和心足於內，則美言發於外」，所以「志」、「情」，都不是廣度上的理解，而是訴諸深度的感受。

如我們之前所述，在一般語言使用的情境中，指稱性意義和情感性意義往往是混用的。而就情感性意義而言，玄學家們使用的盡意方式，如「微言」、「嘯」、「音樂」，在在都能與「象」的表意模式相配合。可見得六朝文人認知的語言理論，並非無據。接下來我們將範圍縮小到文學範圍，討論文學用「象」的方式，與理論的密合性。

第二節 「象」說理的方式

一、《文賦》中「象」的作用

我們曾一再提及，對於文學語言的研究，不能局限在「情」的範圍內，事實上我們也不斷地證明，「言－象－意」的表意模式也是能說理的。驗諸於實際作品時，《春秋》經傳的釋義就是最好的證據。但《春秋》主要是以歷史事實為「象」，就六朝的文學風氣來看，「象」的構成很多是外物的形象，那麼外物形象如何被取用來說理？要探討這點，最好的範本就是《文賦》。〔註14〕

《文賦》所要解決的，是如其序言所說的「恆患意不稱物，文不逮意」問題，因此總論「作文利害之所由」。首先我們注意到的是，陸機云「若夫隨

〔註12〕見〈聲無哀樂論〉，《嵇中散集》，台北，商務，1965 年 5 月初版，頁 43。
〔註13〕同註 1，頁 230。
〔註14〕《文心雕龍》以駢體方式寫作，自然也是很好的範本。唯其體系過於龐大，故取用〈文賦〉做為代表。

手之變，良難以辭逮，蓋所能言者，具於此云爾」，既然文學創作有很多說語言所不能表達的奧妙，那麼為何還要「言」？這裏顯然與盧諶《贈劉琨詩并書》有著異曲同工之妙，亦即陸機取用賦體的表現方式，是否即為了要彌補「良難以辭逮」的缺憾，是個大膽但值得討論的問題。

　　《文賦》的語言表現，直陳的方式較訴諸「象」的方式來得多。在直陳的部分，多以押韻、對偶限制之，使其合乎賦體的要求。如「或仰逼於先條，或俯侵於後章。或辭害而理比，或言順而義妨」等等，像這種句子占了《文賦》的大多數。而用到具象性語言的地方，其目的各有不同：有「以少總多」的，如用「悲落葉於勁秋，喜柔條於芳春」，「物感」的情況當然有許多，但僅舉此一例，即可起典型的作用。有在表意上不占重要地位，純粹用來達到審美效果的，如「若游魚銜鉤而出重淵之深」，只訴諸讀者的想像，使文辭更加美麗。有舉證以說服的，如「信情貌之不差，故每變而在顏。思涉樂而必笑，方言哀而已嘆」，〔註15〕情緒反應在肢體上，這是讀者可以很容易領會的經驗，陸機舉此，來證明情志與表現之間「感」的存在。

　　然而我們所關心的，陸機取用文學語言，能不能表現「隨手之變」的問題。最典型的例子是：

> 若夫豐約之裁，俯仰之形，因宜適變，曲有微情。或言拙而喻巧，
> 或理朴而辭輕；或襲故而彌新，或沿濁而更清；或覽之而必察，或
> 研之而後精。譬猶舞者赴節以投袂，歌者應弦而遺聲。是蓋輪扁所
> 不得言，故亦非華說之所能精。〔註16〕

陸機認為，整個文體如何結構的技巧，是「輪扁所得言，亦非華說之所能精」的，那麼陸機如何說明這個問題？首先他例舉了幾種情況，幾個「或」字都代表了多種可能性，只是用來說明問題的複雜性。對於問題關鍵的解答，他用了「譬猶舞者赴節以投袂，歌者應絃而遺聲」一句。這裏是取其同質性，舞者肢體韻律與音樂的配合，或歌者與節拍的合律，與文學相同，同是一種「得之於手而應之於心」〔註17〕的問題。但陸機所做的假設是，舞蹈、音樂為大家共有的經驗，要說明文學創作中的問題，取用大家共有的、又與文學同質的經驗，

〔註15〕本段所引皆見〈文賦〉，《文選》卷十七，李善注，《文選》，台北，華正，1982年11月初版，頁239～244。

〔註16〕見〈文賦〉，《文選》卷十七，頁242～243。

〔註17〕見《莊子‧天道》，郭慶藩編，《莊子集釋》，台北，萬卷樓，1993年3月初版，頁488。

就可以在不明說的情況下，訴諸讀者的自行體會，而不必一定要讀者理解。綜使讀者也不能充分地說明「歌者」如何「應絃而遣聲」，但透過「感」的方式，也就是透過讀者對經驗的感受，作者的意思仍能充分地表達。

巧合的是，陸機常常用這種語言，來表達無法明說的文學技巧，例如：

> 其爲物也多姿，其爲體也屢遷，其會意也尚巧，其遣言也貴妍。暨音聲之迭代，若五色之相宣。〔註18〕

文體與情志的配合，陸機認爲要「巧」、「妍」，但如何「巧」、如何「妍」，恐怕也是說不清楚的。因此他說「暨音聲之迭代，若五色之相宣」，用音樂、繪畫中旋律、色彩的搭配，來說明文體表現。用這種語言說理時，即使不能在廣度上說明問題，也能在深度上傳達作者的體會。而讀者透過這種體會，也能自行建構出作者的意思。

二、「形象批評」〔註19〕的出現

另一值得注意的現象，就是六朝出現了一種用具象化的語言來批評的方式。文學批評或品評人物，必須有一定的客觀性，因此也可以算是表「理」的一環。但用具象化語言來批評，就有其特殊的意義。這點學界已普遍的認識到其重要性，並有專文討論。〔註20〕但此處我們要補充的是，這種批評方式的出現，對於文學語言發展的研究，有著重要的意義。因爲順著這種批評方式發展的脈絡，會發現一些重要的訊息。我們看：

> 撫軍問孫興公：劉眞長何如？曰：清蔚簡令。王仲祖何如？曰：溫潤恬和。桓溫何如？曰：高爽邁出。謝仁祖何如？曰：清易令達。阮思曠何如？曰：弘潤通長。袁羊何如？曰：洮洮清便。殷洪遠何如？曰：遠有致思。卿自謂何如？曰：下官才能所經，悉不如諸賢；至於斟酌時宜，籠罩當世，亦多所不及。然以不才，時復託懷玄勝，遠詠老莊，蕭條高寄，不與時務經懷，自謂此心無所與讓也。〔註21〕

〔註18〕見〈文賦〉，《文選》卷十七，頁241。

〔註19〕此處使用廖棟樑先生的定義。雖然拙著〈論六朝美學的意象式批評〉曾將之更名爲「意象式批評」，但由於此並非本篇討論的重點所在，爲避免枝節理論上的糾葛，故採用廖先生的定義。見廖棟樑著，〈六朝詩評中的形象批評〉，文學評論委員會主編《文學評論》第八集，台北，黎明文化，73年2月初版，頁19。

〔註20〕如廖棟樑先生的〈六朝詩評中的形象批評〉，同上註。

〔註21〕見《世說新語·品藻》，頁284～285。

魏晉人物品藻，其實用的還是直接陳述的方式，〔註 22〕但是語言必須精練而準確，在簡短的言語中要能點出批評對象之精義所在。這種對語言精練的要求，多少有著審美性的考量。因此批評的言語雖然是直陳，往往指涉了對象所體現出來審美風貌，而不是針對其具體事功著手。因此，用審美風貌來囊括對象的形象，乃是當時批評語言的特質。

　　這種語言，也是「象」的一種表現方式。讀者接受關於審美風貌的評語時，自然不是透過對此一詞內涵的界定來理解，而是透過想像，還原到對象的精神層面。像「高爽邁出」這種語言，無論如何是不可能透過指稱性意義來理解的。但是隨著審美觀念的進步，僅僅是指出對象的審美風貌，還是太過直接，並不能夠讓讀者有太多的想像空間。因此隨著藝術技巧的進步，一種特殊的批評方式漸漸普及：

　　　　世目李元禮，謖謖如勁松下風。〔註 23〕

　　　　有人歎王恭形茂者，云：濯濯如春月柳。〔註 24〕湯惠休曰：謝詩如
　　　　芙蓉出水，顏詩如錯彩鏤金。〔註 25〕范詩清便宛轉，如流風迴雪。
　　　　丘詩點綴映媚，似落花依草。〔註 26〕

這種新的批評方式的出現，有兩個層面的意義：第一，就「象」的表現來說，魏晉批評的「象」捨棄了對象的實質內容，而取用了對象的審美風貌；南朝則將這種審美風貌轉化成為一種具體形象，再用具體形象來表現審美風貌。它對讀者造成的效果，是使讀者感受到一種具體情境，而讀者神遊在這個具體情境中時，感受到的情感狀態，才是批評者所要表達的。這使得原本「言－象－意」中的「象」更加隱晦，更要訴諸讀者的自行建構，同時也獲得了更「深」、「遠」的表現能力。

　　第二，就「象」構成的材質而言，多半取用的是物象，而少用人、事的

〔註 22〕葉嘉瑩先生曾云「可見自東漢以來，用具體之意象來品評人物殆已蔚成風
　　　　氣」，見葉嘉瑩著，〈鍾嶸《詩品》評詩之理論標準及其實踐〉，《中國古典詩
　　　　歌評論集》，台北，桂冠，1991 年 7 月再版，頁 18。然而仔細審視《世說新
　　　　語》，我們可以發現直陳性的批評還是比「形象批評」多出許多的。我們認為，
　　　　至少在魏晉，「形象批評」還不是一種主要的批評方式。

〔註 23〕見《世說新語‧賞譽》，頁 227。

〔註 24〕見《世說新語‧容止》，頁 342。

〔註 25〕見《詩品中‧宋光祿大夫顏延之詩》，曹旭集注，《詩品集注》，1996 年 8 月初
　　　　版，頁 270。

〔註 26〕見《詩品中‧梁衛將軍范軍、梁中書郎丘遲詩》，頁 312。

比喻。這其中的意義是，人、事等「象」，以用典的方式為例，一個人、事的典故因為有其前因後果做為脈絡，故通常指意較為固定。但形象不同，形象沒有脈絡意義可尋，純粹訴諸讀者對此一形象的感受時，很容易造成指意的不明確。如第五章所述，這樣的「象」必然要有能規範讀者想像的技巧存在。如將「落花」與「草」並舉，本沒有太大的意義；但一「依」字的使用，就使得讀者的想像進入截然不同的境界，也使得指意明確了起來。這樣，也就更深化了對文采要求的動力。

從「形象批評」的出現，可以看出文學語言中的「象」，在六朝文學創作層面，是確實存在的。批評的語言不同於文學，文學創作因為本來就是使用「象」來表意，因此構「象」技巧的進步可以是作者無意識中發展起來的。但文學批評在用指稱性語言即可勝任的情況下，竟然會對「象」的藝術效果下工夫，正體現了文學中「象」的存在，是六朝文人自覺性地要求的。在以形象為「象」來表意的風氣普遍形成後，營構一個「象」的本身，漸漸形成了獨意的審美意義，進而其技巧也就得到更進一步的發展。這點體現在「巧構形似之言」上。

第三節　「象」的進一步發展——形似

一、構「象」技巧的高度發展

「巧構形似之言」是六朝文學的一個重要現象，而學者論述極多，其中亦不乏精闢的見解。然而此處我們從「象」的角度出發，可以補足前人的一些不足之處。「形似」乃是構「象」的一種技巧，已如前述。這裏我們要提出的是，「象」的「形似」與否，對於表「意」而言，有何影響。

隨著形象批評的出現，用「象」來表達思想，似乎已成為六朝人的一種習慣。要之，在日常語言中帶有文學語言，成為當時的風氣。但情形還不僅於此，有一點是值得注意的：

> 顧長康拜桓宣武墓，作詩云：山崩溟海竭，魚鳥將何依？人問之曰：卿憑重桓乃爾，哭之狀其可見乎？顧曰：鼻如廣莫長風，眼如懸河決溜。或曰：聲如震雷破山，淚如傾河注海。〔註27〕

〔註27〕見《世說新語‧言語》，83～84。

從顧愷之被要求形容「哭之狀」，我們可以發現這是一個用語言表現形象的問題。《世說新語》之所以收錄此則，當然是因爲顧愷之形容「哭之狀」極爲貼切。另一則也是顧愷之的故事：

> 顧長康從會稽還，人問山川之美，顧云：千巖競秀，萬壑爭流，草
>
> 木蒙籠其上，若雲興霞蔚。〔註28〕

與上則極其類似的，顧愷之用描寫形象的語言來表現山川之美，顯然也獲得了相當的成功。但是如果我們仔細分析此兩則中顧愷之的思維過程，就可以發現有一共同處，即是先有一「意」，再用形象性的語言去貼近它。

另一值得注意的故事是：

> 樂令善於清言，而不長於手筆，將讓河南尹，請潘岳爲表。潘云：
>
> 可作耳，要當得君意。樂爲述己所以爲讓，標位二百許語。潘直取
>
> 錯綜，便成名筆。時人咸云：若樂不假潘之文，潘不取樂之旨，則
>
> 無以成斯矣。〔註29〕

與一般文學創作的過程比較起來，以陸機《文賦》爲例，創作主體藉由興發感動到語言表現的過程，其實是融合一體，無法分割的。但是上則故事則體現出，「言」與「意」可以分離的情況。「潘之文」、「樂之旨」，竟可以成「名筆」，是令人驚訝的。因爲在整個過程中，並沒有興發感動的因素存在。而事實上這種例子也不罕見，前引顧愷之兩則故事，也是一種用語言來貼近「意」的創作過程，兩者不是在創作時相生相成的。如果說這也是「巧構形似之言」的一種，那麼我們似乎可以得到一個新的看法。

蔡英俊先生在論「情景交融」時，將「形似」視爲「情景交融」的理論基礎之一，並贊同廖蔚卿先生的理論：

> 巧構形似之言不僅指多樣性的寫實手法，也不僅指想像性或象徵性
>
> 的手法，它融合客觀物貌與主觀感情，而以「隨物宛轉」、「與心徘
>
> 徊」去寫氣圖貌、屬采附聲，它兼具詩、騷、漢賦的描寫自然物象
>
> 的手法而構創出一種新的詩的面貌與內涵。〔註30〕

這點當然也沒有錯，文學的「象」本是由「言」所構成，而「象」若不能表「意」，自然也就不成爲「象」。我們論「興」時，也說明作者的感興發動，

〔註28〕見《世說新語·言語》，81。

〔註29〕見《世說新語·文學》，頁137。

〔註30〕見廖蔚卿著，《漢魏六朝文學論集》，台北，大安，1997年12月初版，頁547。

與所造之「象」是相關聯的。但是這裏要指出的是，這種說法從文學創作的思維方面說則可，從文學技巧的層面說則不可。從前引《世說新語》的故事中可以發現，用「形似」的語言去表現一「意」，雖然主體必然要有「意」，但此「意」不必然來自主體的感興。那麼「巧構形似之言」中的情感成份，來自於何，就有再商榷的必要，這點我們擬從兩個方向著手。

首先是六朝的實際情況。劉勰在《文心雕龍‧物色》篇提及的「形似」觀念，兼及批評了當時的情況：

> 自近代以來，文貴形似，窺情風景之上，鑽貌草木之中，吟詠所發，志惟深遠；體物為妙，功在密附。故巧言切狀，如印之印泥，不加雕削，而曲寫毫芥。故能瞻言而見貌，即字而知時也。〔註31〕

雖然「體物為妙」的目的在於「志惟深遠」，但劉勰此處亦沒有提及此「志」來自於何者。並且他接著說：

> 是以四序紛迴，而入興貴閒；物色雖繁，而析辭尚簡；使味飄飄而輕舉，情曄曄而更新。古來辭人，異代接武，莫不參伍以相變，因革以為功，物色盡而情有餘者，曉會通也。〔註32〕

又顯然指涉了一種徒有「形似」而沒有情感的語言，在當時確實存在。而「四序紛迴，而入興貴閒」一句，提出了以「物色」來「入興」，即以形象來表現情志的方法。那麼我們可以合理的懷疑，「形似」所描寫的對象，不是詩人感興發動之來源。

這點置諸《詩品》亦然。蔡英俊先生針對《詩品》對張協的評論，認為「『巧構』，即是精心巧妙的組織、構築；而組織構築的對象則是『形似之言』……而『詞采蔥蒨，音韻鏗鏘』則是這種匠心巧構所圓滿達成的藝術效果」。〔註33〕但如果我們還原到原典來看，則可以發現：

> 其源出於王粲。文體華淨，少病累，又巧構形似之言，雄於潘岳，靡於太沖，風流調達，實曠代之高才。詞彩蔥蒨，音韻鏗鏘，使人味之亹亹不倦。〔註34〕

「又巧構形似之言」的「又」字，顯然是與「文體省淨，少病累」並提之意，

〔註31〕見《文心雕龍‧物色》，周振甫注，《文心雕龍注釋》，台北，里仁，1984 年 5 月初版，頁 846。

〔註32〕同上引。

〔註33〕見蔡英俊著，《比興物色與情景交融》，台北，大安，1995 年 3 月初版，頁 204。

〔註34〕《詩品上‧晉黃門郎張協》，頁 149。

「詞采蔥蒨，音韻鏗鏘」在全文語脈中離「形似」甚遠，不見與「形似」有任何直接關係。再者，評謝靈運的「故尚巧似，而逸蕩過之，頗以繁蕪爲累」；〔註35〕評鮑照的「然貴尚巧似，不避危仄，頗傷清雅之調」〔註36〕等，在在都指出「形似」與情感的蘊涵沒有必然的關係，而只是一種獨立的文學技巧。

鄭毓瑜先生在針對謝靈運詩做研究時指出，謝詩中有一種「寓目」的美學觀，認爲：

> 原來人面對山水，可以不必只是爲標識物性而去拼列，也可以不必然
> 爲了表情而去應用山水，而可以就是以眼耳聞見的聲色、身體經歷的
> 形勢，來構現出一個眞實不扭曲、活潑不僵化的本然世界。〔註37〕

而一切只是爲了顯示主體的存在。擴大來看，這種「景物本然的形象優先於情志概念」〔註38〕的存在，正爲我們解釋「形似」技巧與情志之間可以分離的關係，提供了一個很好的佐證。

其次，是文學內部規律的問題。廖蔚卿先生認爲漢賦的「體物」精神是「形似」的一個基本型式，事實上「形似」最早出現在文學批評中也就是在指稱漢賦：

> 自漢至魏，四百餘年，辭人才子，文體三變。相如巧爲形似之言，
> 班固長於情理之說，子建、仲宣以氣質爲體，並標能擅美，獨映當
> 時，是以一世才子，各相慕習。〔註39〕

那麼「體物」爲「形似」的一個基本型式，應當沒錯。但是漢賦乃誇大漢帝國的功績之產物，在「體物」時，與「感物」、「情志」沒有直接關聯，此亦是常識。因此左思針對這點云：

> 發言爲詩者，詠其所志也；升高能賦者，頌其所見也。美物者，貴
> 依其本，讚事者，宜本其實。匪本匪實，覽者奚信！〔註40〕

劉勰也曾提到「相如憑風，詭濫愈甚」，〔註41〕那麼「形似」的技巧是不是眞的和主體情志的感發有關，就更值得懷疑了。

〔註35〕《詩品上・宋臨川太守謝靈運詩》，頁160。
〔註36〕《詩品中・宋參軍鮑照詩》，頁290。
〔註37〕 見鄭毓瑜著，《六朝情境美學綜論》，台北，學生，1996年5月初版，頁160。
〔註38〕 同上註。
〔註39〕 見《宋書・謝靈運傳論》，陳慶元校箋，《沈約集校箋》，杭州，浙江古籍，1995年12月初版，頁484。
〔註40〕 見〈三都賦序〉，《文選》卷四，頁74。
〔註41〕 見《文心雕龍・夸飾》，頁42。

　　據此，我們有理由認為，「形似」是六朝新興的一種技巧，此一技巧源自於六朝人對於形象語言的熱衷，進而運用在詩歌創作中，被當做一種「象」來運用。「象」當然必須包含情思，但「象」的營構卻不必然與情思的產生有關。當六朝人發現對於「象」的營構本身可以是極有樂趣的時候，「形似」技巧也就為人所極端重視，而到了氾濫的地步。但同時也因為缺乏情思，也就是沒有「入興」，而遭受到批評。因此蔡英俊先生所言的：

> 由於「興」字所蘊含的創作上情、景交感的問題，在六朝這個階段是以「物色」或「形似」的語詞出現，因此，「興」的內容意義就必須留待唐朝才有更進一步的發展。〔註42〕

是頗值得商榷的。因為六朝文論中所謂的「形似」與「物色」，都是營構「象」的一種材料而已，也就是「形似」是「興」的一種內容。但「形似」一詞出現的意義，卻正好代表了「象」離開了「興」的作用，而獨立走向一個「象」的自我俱足的表現領域。雖然離「意」之「象」並非一種好的表現手法，但這正代表了六朝人對「象」的認知及進一步發展，若沒有經歷此一階段，則不會出現司空圖「象外之象」之說。

二、「象」的獨立與「象外之象」

　　在「言－象－意」的文學語言中，「象」是為了表「意」而存在，但「象」本身的質料是「言」，因此一個合理的創作過程，「言－象－意」三者是合一而不可分割的。但是當六朝人逐漸體認到「象」的重要性時，從探究如何用「言」來營構「象」的過程中，發現了這種功夫本身即是極有樂趣的，進而玩弄「象」。除了前引顧愷之的兩則故事外，還有：

> 謝太傅寒雪日內集，與兒女講論文義。俄而雪驟，公欣然曰：白雪紛紛何所似？兄子胡兒曰：撒鹽空中差可擬。兄女曰：未若柳絮因風起。公大笑樂。即公大兄無奕女，左將軍王凝之妻也。〔註43〕

像這種語言遊戲，其樂趣在於用「言」來營構一個貼切的「象」，至於其最終之「意」是否來自於主體情感之發動，或是蘊含了多少情感，則是不重要的。

　　在這個背景上，我們看「巧構形似之言」，就可以發現「形似」的「象」有著特殊的表意能力，即「瞻言而見貌，即字而知時」。它用一種極精練的語

〔註42〕同註33，頁143。
〔註43〕見《世說新語‧言語》，頁72。

言，來營構一個逼眞的具體情境，使得這個具體情境本身，充滿著語言文字所能帶來的表現能力，也就是「言」表現「象」的功夫，擴大到了極致。至於這個「象」作者是否能將之賦予深遠的情思，似乎並不重要，這也正是劉勰所批評的地方。因此顏崑陽先生在論「興」時，認爲「興」在六朝的解釋爲：

> 「作品語言」亦取得其本身獨立自足的地位，不必淪爲「作者本意」的譬喻工具；其「興象」自身便可引觸讀者自由之體味而產生「意有餘」的藝術效果。〔註44〕

此言雖僅針對「興」而立論，但將之放大到整個文學語言理論來看，可以發現這其實是文學語言構「象」共通情況。而配合著山水詩的興起，六朝人用之描寫山水，也恰能展現其長處。〔註45〕但也正因爲「言－象」的過度著重，忽略了此「象」是否蘊含豐富的「意」，使得「情景交融」在創作上還不能完全實踐。

　　這點我們可以從當時的文學作品中來考察。廖蔚卿先生曾分析「形似」之詩的結構，大體上區分出兩個段落：體物、寫物與感物、詠志，並且認爲這種結構早在古詩之中即有。但我們要加以說明的是，古詩、魏晉詩的體物、寫物這一階段，所表現出來的工夫，與南朝詩是相差很多的。大體上，南朝詩在體物時藉著「形似」技巧，除了能讓文學有更多的樂趣外，更重要的是它提供了更逼眞的想像空間，使得讀者接受時能夠「瞻言而見貌，即字而知時」，而這點已如第五章所述，用來規範讀者的反應。但是，詩歌分爲兩個段落，就表示了「情」與「景」之間，還不能交融。也就是「言－象」和「象－意」必然是分離的。作者在詩的後半段，仍需點出其「意」之所在，整首詩才算完整。因此，針對蔡英俊先生的質疑，「形似」在唐代以後即不出現，正是因爲唐詩在技巧上已經能達到「情景交融」的地步，「形似」與否，似乎都無關緊要了。而這正是「言－象－意」之間完美融合的境界。這是南朝文學對形式要求的一種過度傾向，而從這裏我們正可以看到，「言－象－意」系統中的「象」，在六朝文學創作的過程中，是逐漸被重視，甚至到了過度發展

〔註44〕 見顏崑陽著，〈從「言意位差」論先秦至六朝「興」義的演變〉，《清華學報》，28 卷 2 期，1998 年 6 月，頁 168。
〔註45〕 此處我們認爲，「形似」技巧的興起，早在顧愷之時代即有，而不必到山水詩興盛之後。山水詩之興起固然也助長了形似之風，但本質上「形似」這種技巧應還是先於山水詩而存在的。

的情況。也唯有如此，文學理論史上許多問題，才能變得可解。

最典型的例子，要算是司空圖的「象外之象，景外之景」之說：

戴容州云：詩家之景，如藍田日暖，良玉生煙，可望而不可置於眉
睫之前也。象外之象，景外之景，豈容易可談哉！〔註46〕

如果說「象外之『意』」、「景外之『情』」，這還是比較好理解的，但為何「象」
外還有「象」？如果將之置諸於「言－象－意」的表述方式中，似乎是不能
解釋的。

但前論「形似」的技巧，提供我們一個很好的進路。南朝人對「象」的
描寫產生興趣後，發現營構「象」的本身即充滿了文學樂趣，因而發展出「形
似」的技巧。這其中的意義，是「象」可以獨立於主體的「意」之外。獨立
於「意」之外的「象」，豈非一個沒有「意」的「象」？當然不是。鍾嶸認為
詩歌可以「指事造形，窮情寫物」，劉勰將「立文之道」分為「形文」、「聲文」、
「情文」三者，其中不約而同地對「形」賦予相當的重視，其意義就在於對
語言文字的造形功能有了肯定。但造形的可能性有許多種，仔細分析即可發
現，「形似」的「象」與非「形似」的「象」，所需的思維過程不同。非「形
似」的「象」，因為不對「象」做逼真的描寫，使得讀者在想像時，必然得將
此「象」透過想像更加地具體化，在由此具體情境得到意。而「形似」的象
則可以直接表意。這似乎就暗示了，非「形似」的「象」是一種較為抽象的
寫景手法。

事實上正是如此。戴容州之言，重點在於「可望而不可置於眉睫之前也」
一句，而何謂「不可置於眉睫之前」？我們只要與「瞻言而見貌，即字而知
時」的「巧似」比較起來，就可發現這簡直是對立的兩種說法。一樣是談「景」，
如果「瞻言而見貌」就是「置於眉睫之前」，那麼「不可置於眉睫之前」顯然
就是非巧似的手法，也就是較為抽象的表現方式。司空圖之意，在於以隱晦、
或抽象之「象」來表現時，讀者接受時就必然要透過對抽象的想像，才能營
構一個具體的「象」，再由此「象」來表意。我們可以看到，這裏的「象」有
了層次，語言營構的「象」並沒有表意能力，「象」所營構的「象」才是作者
所要傳達的「意」之所在。於是「言－象－意」的模式，就變成了「言－象
（抽象）－象（具象）－意」。而這種手法，如前論「深遠」時所述，讀者自
行建構、想像的成分更大，情感運動更多，因此顯然是較「形似」的手法來

〔註46〕見〈與極浦書〉，《司空表聖文集》，上海，上海古籍，1994 年初版，頁 42。

得有藝術魅力的。

　　而這種表現手法的理論基礎，就在於「象」可以表「象」，而不必一定要表「意」。這就是「形似」手法將「象」視爲獨立單位後，所帶來的建樹。「形似」之爲一種「象」，可以爲了「寓目」的目的而存在，也就是可以以「象」寫「象」，以「景」寫「景」。能夠以「象」寫「象」，才有可能有「象外之象」的產生。而這種手法發展到後來，走向抽象化，使矇矓之中再顯矇矓，也是藝術進步的必然趨勢，而「言」與「意」之間的距離，也就愈來愈「委曲」了。

第七章 結 論

　　以上我們從「言－象－意」的表述模式來解析六朝文學理論，會發現其實六朝文論的發展自有一脈絡，這一脈絡就是對文學語言的探究。換個角度說，如何才能用語言營構一個「象」，而這個「象」又是能蘊含深遠情思的，使讀者回味無窮者，乃是六朝文人關切的中心命題。因此眾篇六朝文論看似各不相關，其實都在這個要求下，對文學語言提出見解。這種看法不僅僅只是理論，落實在實際創作上更可以得到證明。或者應該說，這種理論是六朝文人歸納創作經驗後得來的。在這種強烈意識下，導致了形式美學的興起。諸如用典、聲律等等形式技巧的運用，其實目的都在營構一個有「意」之「象」，當然這個「意」可以是「情」，也可以是「理」，端賴作者如何運用。「巧構形似之言」之出現，正是六朝文人在把握「象」的營構時所出現的特殊技巧。

　　從這個理論出發，重新審視中國文學理論時，我們可以得到一些新的看法。首先，「言外之意」是貫穿中國文學理論的一個重要命題，而近代學者則普遍認同在「言意之辨」對六朝文學理論的直接影響下，從「言－意」關係來探討文學理論中「言外之意」的理論，認為正因為「言不盡意」，故文人開創出含蓄、象徵等手法來表意。但是若延續到司空圖「象外之象，景外之景」、王國維的「境界」說時，原有的「言－意」理論就很難加以解釋了，勢必得開展出另一套關於文學語言的理論。但是文學作為一種藝術，其技巧固然可以因時異改，然而其根本的思維方式應是不變的。掌握此一思維，對於整個中國文學理論的研究，方可以在一個脈絡下掌握其發展的變動。

　　另一個根本性的問題，是文學美感之源。「言意之辨」的「言」與「意」之間有著生成的關係，一般而言「言」是表「意」的，但「言意之辨」則從

「言」與「意」之間不必然連結的關係上，否定了這個問題。但是如果文學語言也為了表達某種「意」，那麼得到此「意」之後，為何可以回味再三？又為何製造委婉、含蓄的表達方式，就可以讓語言之間不必然連結的關係得到解決之道，同時又能產生美感？近代西方文學界提出的「朦朧」（ambigutity）〔註1〕之說，也是針對此一問題而發。從這裏很清楚地可以看到，文學語言的問題之所以如此複雜，都是來自於忽略了文學語言與一般語言思維的不同，而直接從「言－意」關係來探討文學所致。

而近代的研究之所以有這些問題，在研究的路徑上「言意之辨」有著關鍵性的地位。因為六朝文論可以說是中國文學理論發展之源，而「言意之辨」又是探討六朝文論時不可或缺的出發點，無論在時代上、理論上皆然。那麼對「言意之辨」的理解是否正確，會根本性地影響整個中國文學理論史觀。因此本篇論文之所以從「言意之辨」著手，正是針對近代學者研究的缺失，欲從根源上釐清「言意之辨」與文學語言的界線，以期還原文學語言本來的面貌。而經由本篇論文的討論，我們發現「言意之辨」所探究的語言，與文學語言根本不同。文學有其自身的發展規律，「言意之辨」只是提供契機，而不是在理論層面的影響。那麼不僅對六朝，甚至對整個中國文學理論史而言，「言不盡意」是否有其理論地位，就值得懷疑了。

而這個發現非僅只有消極意義而已。因為「言意之辨」與文學不同之處，正是正確理解文學語言的關鍵所在。另一方面，「言意之辨」看似解消語言的表意能力，其實它亦提出解決之道，而這個解決之道是指向文學語言的思維模式，如王弼的「忘」。僅管這只是一個隱藏的觀念，「言意之辨」從來沒有明說文學語言能夠盡意（僅對「象盡意」有所涉及），但這點更增強了我們對於此一結論的信心。因為六朝文論還不能充分地解釋「象」如何表意的情況下，在「象－意」之間少了原典的支撐，對於我們的理論完整性而言似有缺憾之處。而「言意之辨」所提供的正面意見，恰好可以補足這一點。

因此我們有理由證明，六朝人的文學語言觀，是「言－象－意」系統，在創作方面，所有的文學技巧，都在揣摹「言」如何構「象」，而此「象」又如何表「意」。而在接受方面，讀者接受的是由「言」營構出來的「象」，經由作者的引導，產生出情感的流動，而在這種流動中得到美感。這種理論的基礎，其

〔註1〕 可參見威廉·燕卜遜著，周邦憲、王作虹、漢鵬譯，《朦朧的七種類型》，杭州，中國美術學院，1997年5月初版2刷。

實前賢們早已見到。早自章學誠先生的「古人未嘗離事而言理」〔註2〕、「《易》象通於詩之比興」,〔註3〕就已在某些層面上觸及了「象」問題。只是學界囿於「言－意」的直接關係,忽略了「象」的存在。而經由近代學者對於中國人的思維模式的解析,如徐復觀先生解析兩種表意方式、龔鵬程先生對於「詩史」的研究、楊儒賓先生對於《易》象思維模式的探討等等,促使這樣一個問題有了理論的起點。有了這個基礎,我們才有能力來檢證文學語言的真實面貌。

但是受限於本篇論文的結構,我們的結論有著先天上的缺憾。在導論中,我們提及所要處理的是「實然」而非「應然」問題,因而全篇論文以六朝文論為基礎,緊扣在「六朝人如何認為」這一點上談,從中發現了「言－象－意」的表述方式。但是,六朝人的觀念並不能代表後代的觀念,那麼若要以此為出發點來探討後代文論,顯然沒有充分的根據。若要證明六朝的文學語言觀即是中國文學語言觀,那麼必須將此一理論放在整個中國文學理論史上來檢證,然而如此浩大的工程顯然不是筆者的才力及本篇論文的體制所能負荷。解決之道是,我們在導論中提出了中國自古以來的兩種表意方式,透過前賢的研究成果而建立起其根源意義上的合理性,那麼六朝文學的發展,不會離開這個理論範疇,使得六朝的「實然」有著「應然」上的根據。我們的前提是,文學思維是在繼承中發展的。如此,我們得到的結論,才有成為一個研究的出發點的可能性。

其次,本篇論文為了解釋方便,難免犯了二分法的毛病。例如在「言－象－意」的系統中,將之拆解為「言－象」、「象－意」兩個階段,事實上在創作過程中,「言－象－意」是混然一體,不可分割的,陸機《文賦》「其始也,皆收視反聽」一段,就很明確地說明了這一點。既然不可分割,那麼創作理論就體現為對「言」的要求,「象」成為隱而不顯者。我們從中看到「象」的中介作用,將之抽出解釋時,就難免造成了二分。又如我們將文學語言與一般語言視為截然不同,但事實上這兩者在經驗層面,尤其是文學作品中,是很難劃分清楚的。但因為「言意之辨」在理論層面將語言定義得極為嚴格,使得我們在與之對應的文學語言理論上,不得不做如此的區分,才能釐清其中的關係。

〔註2〕 見《文史通義・易教上》,章學誠著,《文史通義》,台北,華世,1980 年 9 月初版,頁1。
〔註3〕 見《文史通義・易教下》,頁6。

　　再者，爲了架構完整的文學語言體系，我們選擇了幾個重要的理論基點：第一，語言的溝通如何可能，透過何種途徑，以何種方式被接受，這個脈絡我們訴諸於「氣」、「感」來解決。其次，作者如何用「言」營構一個有「意」之「象」，這是六朝文學技巧之所關注的重點，尤其以「興」最爲重要。第三，讀者如何從「象」中得到「意」，還原作者的意圖，則是透過作者引導的想像，進入感同身受的境界。雖然我們認爲此三大基點足以建構一個文學表意模式，但畢竟還是很粗疏的，其中還有許多理論的空隙有待填補。例如在「言」如何構「象」的層面，練字等形式技巧對於營構「象」而言有何幫助；在「象」如何表「意」的層面，「形似」與否對於讀者的體會有何種影響之類，都是更深入而細緻的問題，但限於材料以及篇幅，我們不敢作過度解釋，因而未能加以涵蓋。

　　在排除了這些困境對理論的合理性的影響之後，六朝文論所體現出來的「言－象－意」表意模式，我們有理由承認其合法地位。以此爲基礎重新看待中國文學時，無論在理論上或是創作上，都可以發現「象」在其中所扮演的角色，仍有許多值得玩味的地方。在使用相同的語言文字的情況下，敘事、言情、說理所造成之不同效果，也就是其所營造的「象」之不同所致，因此其中各種文類營構何種「象」、用來表什麼「意」，都是值得再深入研究的方向。而在這個基礎上，我們更能清晰地了解唐代文論從殷璠的「興象」說到司空圖的「韻味」說一脈，其理論根源及要義之所在。

參考文獻

【說明】

一、本論文之參考文獻分爲（一）古籍；（二）近人著作（三）翻譯著作；（四）期刊論文（五）學位論文五大部份。

二、古籍不分章節，依經、史、子、集順序，再以時代先後排列。

三、近人著作則分爲文學類、美學類、非藝文類三大部份，依書名筆劃順序排列。

四、翻譯著作依中譯書名筆劃順序排列。

五、期刊及學位論文依時間先後排列。

一、古籍部份

1. 《十三經注疏》，藝文印書館，1993 年。
2. 《春秋左傳注》，楊伯峻撰，漢京，1987 年。
3. 《國語》，上海師範大學古籍整理組，里仁書局，1981 年。
4. 《史記》，司馬遷，鼎文書局，1992 年。
5. 《漢書》，班固，鼎文書局，1979 年。
6. 《後漢書》，范曄，鼎文書局，1979 年。
7. 《三國志》，陳壽，鼎文書局，1978 年。
8. 《晉書》，房玄齡等，鼎文書局，1979 年。
9. 《宋書》，沈約，鼎文書局，1979 年。
10. 《管子校釋》，顏昌嶢，岳麓書社，1998 年。
11. 《荀子集釋》，李滌生，學生書局，1994 年。
12. 《公孫龍子注譯》，公孫龍，里仁，1981 年。
13. 《墨子》，尹文子，慎子，鶡冠子，鬼谷子，呂氏春秋，淮南子，商務印

書館，1965 年。

14. 《慎子》，尹文子，公孫龍子全譯，高流水，林恒森，貴州人民，1996 年。

15. 《莊子集釋》，郭慶藩，萬卷樓出版社，1993 年。

16. 《王弼集校釋》，樓宇烈，華正書局，1992 年。

17. 《抱朴子外篇校箋》，楊明照，中華書局，1997 年。

18. 《說文解字注》，段玉裁，黎明出版社，1991 年。

19. 《嵇中散集》，商務印書館，1965 年。

20. 《陸雲集》，上海商務印書館，1965 年。

21. 《沈約集校箋》，陳慶元，浙江古籍出版社，1995 年。

22. 《文心雕龍注釋》，周振甫，里仁書局，1984 年。

23. 《詩品集注》，曹旭，上海古籍出版社，1994 年。

24. 《金樓子校注》，許德平校注，嘉新水泥文化基金會，1969 年。

25. 《文鏡祕府論校注》，王利器，貫雅出版社，1991 年。

26. 《歷代名畫記》，張彥遠，廣文書局，1992 年。

27. 《司空表聖文集》，上海古籍，1994 年。

28. 《楚辭集解》，王瑗，北京古籍，1994 年。

29. 《世說新語箋疏》，徐震堮，文史哲出版社，1989 年。

30. 《山海經校注》，袁珂，里仁，1995 年。

31. 《搜神記》，干寶，里仁，1982 年。

32. 《拾遺記》，王嘉，木鐸出版社，1982 年。

33. 《文選》，李善注，華正書局，1982 年。

34. 《漢魏六朝百三名家集》，張溥，文津出版社，1979 年。

35. 《文史通義》，章學誠，華世出版社，1980 年。

36. 《文筆考》，阮福，世界書局，1979 年。

37. 《全上古三代秦漢三國六朝文》，嚴可均輯校，中華書局，1995 年。

38. 《先秦漢魏晉南北朝詩》，逯欽立校，木鐸出版社，1988 年。

39. 《清詩話》，丁福保編，木鐸出版社，1988 年。

40. 《藝文類聚》，于大成編，木鐸出版社，1974 年。

二、近人著作

（一）文學類

1. 《中古文學史論》，王瑤，長安出版社，1982 年。

2. 《中古文學史論文集》，曹道衡，洪葉出版社，1996 年。

3. 《中古文學史論文集續編》，曹道衡，文津出版社，1994 年。

4. 《中國文學批評（第一集）》，呂正惠，蔡英俊主編，學生書局，1992 年。

5. 《中國文學批評史》，郭紹虞，藍燈出版社，1992 年。

6. 《中國文學批評史》，王運熙，顧易生主編，五南圖書公司，1993 年。

7. 《中國文學批評通史》，顧易生，蔣凡，上海古籍出版社，1996 年。

8. 《中國文學理論史》，成復旺，黃保眞，蔡鍾翔，洪葉出版社，1994 年。

9. 《中國文學理論史上古篇》，王金凌，華正書局，1987 年。

10. 《中國文學理論史六朝篇》，王金凌，華正書局，1988 年。

11. 《中國文學理論批評史》，敏澤，吉林教育出版社，1993 年。

12. 《中國文學理論與實踐》，王夢鷗，時報文化公司，1995 年。

13. 《中國古代文學創作論》，張少康，文史哲出版社，1991 年。

14. 《中國古代文藝美學範疇》，曾祖蔭，文津出版社，1987 年。

15. 《中國古典詩歌評論集》，葉嘉瑩，桂冠，1991 年。

16. 《中國詩歌藝術研究》，袁行霈，北京大學出版社，1996 年。

17. 《中國古典詩學原型研究》，劉懷榮，文津出版社，1996 年。

18. 《中國形象詩學》，王一川，上海三聯書店，1998 年。

19. 《中國唯美文學之對偶藝術》，張仁青，李月啓，明文書局，1991 年。

20. 《中國風格學源流》，李伯超，岳麓書社，1998 年。

21. 《中國詩學思想史》，蕭華榮，華東師範大學出版社，1996 年。

22. 《中國詩學通論》，袁行霈，孟二冬，丁放著，安徽教育出版社，1994 年。

23. 《六朝文氣論探究》，鄭毓瑜，臺灣大學出版委員會，1988 年。

24. 《六朝文論講疏》，鄭在瀛，萬卷樓出版社，1995 年。

25. 《六朝文學觀念叢論》，顏崑陽，正中書局，1993 年。

26. 《六朝情境美學綜論》，鄭毓瑜，學生書局，1996 年。

27. 《六朝散文比較研究》，張思齊，文津出版社，1997 年。

28. 《六朝駢文聲律探微》，廖志強，天工書局，1991 年。

29. 《六朝駢文形式及其文化意蘊》，鍾濤，東方出版社，1997 年。

30. 《文心雕龍的美學》，金民那，文史哲出版社，1993 年。

31. 《文心雕龍研究 2》，中國文心雕龍學會編，北京大學出版社，1996 年。

32. 《文心雕龍研究 3》，中國文心雕龍學會編，北京大學出版社，1998 年。

33. 《文氣論研究》，朱榮智，學生書局，1986 年。

34. 《文氣論詮》，張靜二，五南圖書，1994 年。

35. 《文學評論》，文學評論委員會主編，黎明文化出版社，1984 年。

36. 《文學與美學 1～5》，淡江大學中國文學研究所主編，文史哲出版社年。

37. 《古典文學》，中國古典文學研究會編，學生書局，1985，古典文藝美學論稿，張少康，淑馨出版社，1989 年。

38. 《比興物色與情景交融》，蔡英俊，大安出版社，1995 年。

39. 《由山水到宮體》，王力堅，商務印書館，1997 年。

40. 《敍事與解釋——《左傳》經解研究》，張素卿，書林出版公司，1998 年。

41. 《詩文批評中的對偶範疇》，張思齊，文津出版社，1995 年。

42. 《詩言志辨》，朱自清，華東師範大學，1996 年。

43. 《詩史本色與妙悟》，龔鵬程，學生書局，1986 年。

44. 《意象探源》，汪裕雄，安徽教育出版社，1996 年。

45. 《境生象外》，韓林德，三聯書店，1995 年。

46. 《漢代文人與文學觀念的演進》，1997 年。

47. 《漢唐文學的嬗變》，葛曉音，北京大學出版社，1995 年。

48. 《漢魏六朝文學論集》，廖蔚卿著，大安出版社，1997 年。

49. 《漢魏六朝文學新論》，梅家玲，里仁書局，1997 年。

50. 《興的源起》，趙沛霖，新華書店，1987 年。

51. 《魏晉六朝文學與玄學思想》，袁峰，三秦出版社，1995 年。

52. 《魏晉南北朝文學思想史》，羅宗強，中華書局，1996 年。

53. 《魏晉南北朝文學思想史》，張仁青，文史哲出版社，1978 年。

54. 《魏晉南北朝文學論集》，香港中文大學中國語言文學系主編，文史哲出版社，1994 年。

（二）美學類

1. 《中國美學史》，李澤厚，劉綱紀編，谷風出版社，1986 年。

2. 《中國藝術的生命精神》，朱良志，安徽教育出版社，1995 年。

3. 《中國藝術精神》，徐復觀，學生書局，1992 年。

4. 《六朝美學史》，吳功正，江蘇美術出版社，1996 年。

5. 《史記美學論》，何世華，水牛出版社，1993 年。

6. 《形象思維史稿》，李欣復，山東教育出版社，1998 年。

7. 《周易美學》，劉綱紀，湖南教育出版社，1992 年。

8. 《周易與文學》，張善文，福建教育，1997 年。

9. 《周易與中國文學》，陳良運，百花洲文藝出版社，1999 年。

10. 《美的範疇論》，姚一葦，臺灣開明書店，1992 年。

11. 《商周藝術》，謝崇安，巴蜀書社，1997 年。

12. 《悲劇心理學》，朱光潛，日臻出版社，1995 年。

13. 《語文的闡釋》，申小龍，洪葉出版社，1994 年。

14. 《藝術意象論》，魯西，廣西教育出版社，1995 年。

（三）非藝文類

1. 《才性與玄理》，牟宗三，學生書局，1993 年。

2. 《中國人性論史》，徐復觀，商務印書館，1994 年。

3. 《中國古代思維模式探索》，楊儒賓、黃俊傑編，正中書局，1996 年。

4. 《中國系統思維》，劉長林，中國社會科學出版社，1997 年。

5. 《中國知識階層史論》，余英時，聯經出版公司，1997 年。

6. 《中國經學史的基礎》，徐復觀，學生書局，1982 年。

7. 《中國邏輯史資料選》，中國邏輯史研究會資料選編組，甘肅人民出版社，1991 年。

8. 《心靈、思想與表達法》，翟本瑞，唐山出版社，1993 年。

9. 《今古文經學新論》，王葆玹，中國社會科學出版社，1997 年。

10. 《玄妙之境》，張海明，東北師範大學，1997 年。

11. 《玄學通論》，王葆玹，五南出版社，1996 年。

12. 《西漢經學源流》，王葆玹，東大圖書公司，1994 年。

13. 《兩漢思想史》，徐復觀，學生書局，1984 年。

14. 《兩漢象數易學研究》，劉玉建，廣西教育出版社，1996 年。

15. 《兩漢經學源流》，王葆玹，東大圖書，1996 年。

16. 《周易哲學史》，朱伯崑，藍燈出版社，1991 年。

17. 《周易象義》，王震述，華正書局，1974 年。

18. 《孟學思想史論》，黃俊傑，東大圖書，1991 年。

19. 《思文之際論集》，張亨，允晨出版社，1997 年。

20. 《敘事與解釋——《左傳》經解研究》，張素卿，書林出版公司，1998 年。

21. 《象數易學發展史》，林忠軍，齊魯書社，1994 年。

22. 《象數易學發展史（二）》，林忠軍，齊魯書社，1998 年。

23. 《經學歷史》，皮錫瑞，龍泉書屋，1980 年。

24. 《語言與哲學》，徐友漁等，三聯書局，1996 年。

25. 《語義學》，徐烈炯，語文出版社，1995 年。

26. 《緣情文學觀》，陳昌明，臺灣書店，1999 年。

27. 《儒家的身體觀》，楊儒賓，中央研究院，1996 年。

28. 《湯用彤卷》，劉夢溪主編，河北教育出版社，1996 年。

29. 《魏晉思想甲、乙編》，劉大杰等，里仁書局，1995 年。

30. 《魏晉南北朝儒學流變之省察》，林登順，文津出版社，1996 年。

31. 《魏晉清談》，唐翼明，東大圖書公司，1992 年。

三、翻譯著作

1. 《人論》，恩斯特·卡西勒，甘陽譯，桂冠圖書，1994 年。

2. 《中國文學理論》，劉若愚，杜國清譯，聯經出版社，1993 年。

3. 《文學批評原理》，I.A.理查茲，楊自伍譯，百花洲文藝出版社，1992 年。

4. 《艾略特文學論文集》，T.S.艾略特，李賦寧譯，百花洲文藝出版社，1994 年。

5. 《言語與現象》，J.德希達，劉北城，陳銀科，方海波譯，桂冠圖書公司，1998 年。

6. 《美學原理》，克羅齊，正中書局編審委員會重譯，正中書局，1989 年。

7. 《思維與語言》，L.S.維果斯基，李維譯，浙江教育出版社，1998 年。

8. 《科學革命的結構》，孔恩，程樹德，傅大為，王道還，錢永祥譯，遠流出版社，1994 年。

9. 《情感與形式》，蘇珊·郎格，劉大基等譯，商鼎文化出版社，1991 年。

10. 《想像心理學》，沙特，李一鳴譯，結構群出版社，1990 年。

11. 《語言與神話》，恩斯特·卡西勒，于曉等譯，久大桂冠聯合出版，1994 年。

12. 《語言哲學》，A.P.馬蒂尼奇編，牟博等譯，北京商務印書館，1998，年。

13. 《詩·語言·思》，M.海德格，彭富春譯，文化藝術出版社，1991 年。

14. 《朦朧的七種類型》，威廉·燕卜遜，周邦實等譯，中國美術學院出版社，1996 年。

四、期刊論文

1. 〈文學研究的美學問題（下）：經驗材料的意義與解釋〉，高友工，中外文學，7 卷 12 期，1979 年 5 月。

2. 〈魏晉言意之辨的發展與意象思維方式的形成〉，王葆玹，中國文化月刊

116 期，1989 年 6 月。

3. 〈文學的語言現象〉，游喚，文藝月刊，248 期，1990 年 2 月。

4. 〈文學語言的多義說〉，游喚，文藝月刊，250 期，1990 年 4 月。

5. 〈莊子的語言思想〉，陳榮波，東海哲學研究期刊，1 期，1991 年 10 月。

6. 〈中國哲學中語言哲學問題——物質名詞理論的商榷〉，馮耀明，哲學與文化，19 卷 2 期，1992 年 2 月。

7. 〈六朝文學審美論探究〉，鄭毓瑜，中外文學，21 卷 5 期，1992 年 10 月。

8. 〈巵言論：莊子如何使用語言表達思想〉，楊儒賓，漢學研究，10 卷 2 期，1992 年 12 月。

9. 〈論語正名與孔子的眞理觀和語言哲學〉，陳啓雲，漢學研究，10 卷 2 期，1992 年 12 月。

10. 〈王弼與歐陽建的言意之辨研究〉，白恩姬，鵝湖，18 卷 7 期，1993 年 1 月。

11. 〈「詩言志」——中國大學思想的最早綱領〉，王文生，中國文哲研究集刊，3 期，1993 年 3 月。

12. 〈談詩歌語言與言外之意〉，張高評，國文天地，9 卷 4 期，1993 年 9 月。

13. 〈老子「信言不美，美言不信」的語言世界〉，中國國學，21 期，1993 年 11 月。

14. 〈魏晉言意之辨的兩個層面〉，岑溢成，鵝湖學誌，11 期，1993 年 12 月。

15. 《《文心雕龍》「比興」觀念析論〉，顏崑陽，中央大學人文學報，12 期。

16. 〈形象思維與文學〉，袁行霈，國文學報，23 期，1994 年 6 月。

17. 〈魏晉南北朝經學史小識〉，陳鴻森，東海學報，35 卷，1994 年 7 月。

18. 〈魏晉玄學與中國書法審美意識的自覺〉，袁伯誠，大陸雜誌，89 卷 3 期，1994 年 9 月。

19. 〈魏晉南北朝的文原論〉，鄧國光，漢學研究，12 卷 2 期，1994 年 12 月。

20. 〈詩喻與易象異同〉，李貴生，中外文學，24 卷 10 期，1996 年 3 月。

21. 〈六朝文論中之原道問題〉，張森富，光武學報，20 期，1995 年 5 月。

22. 〈由六朝文藝理論中言意之辯及形神思想談六朝的藝術再創造觀〉，杜方立，問學集，6 期，1996 年 12 月。

23. 〈中國上古文學批評的一個主題的觀察〉，廖蔚卿，臺大中文學報，9 期，1997 年 6 月。

24. 〈六朝小賦的興盛與「言意之辨」的關係〉，張森富，中華學苑，50 期，1997 年 7 月。

25. 〈春秋繁露中的歷史哲學與書法問題〉，陳昱志，鵝湖月刊，23 卷 4 期，

1997 年 10 月。

26. 〈從「言意位差」論先秦至六朝「興」義的演變〉，顏崑陽，清華學報，新 28 卷 2 期，1998 年 6 月。

五、學位論文

1. 《文心雕龍之文學理論與批評》，沈謙，臺灣師範大學國文研究所，69 學年度。

2. 《六朝詩發展論述》，劉漢初，台灣大學中國文學研究所博士論文，70 學年度。

3. 《六朝文筆說析論》，廖宏昌，中國文化大學中國文學研究所碩士論文，73 學年度。

4. 《六朝「緣情」觀念研究》，陳昌明，台灣大學中國文學研究所碩士論文，75 學年度。

5. 《先秦至六朝文學功能論研究》，金旻鐘，臺灣大學中國文學研究所碩士論文，75 學年度。

6. 《從思維形式探究六朝文體論》，賴麗蓉，臺灣師範大學國文研究所碩士論文，75 學年度。

7. 《六朝藝術理論中之審美觀研究》，鄭毓瑜，臺灣大學中國文學研究所，77 學年度。

8. 《魏晉「言意之辨」研究》，施忠賢，中央大學中國文學研究所，78 學年度。

9. 《從形體觀論六朝美學》》，陳昌明，臺灣大學中國文學研究所，79 學年度。

10. 《魏晉「言意之辨」與魏晉美學》，劉繩向，輔仁大學哲學研究所碩士論文，80 學年度。

11. 《莊子「三言」的創用及其後設意義》，徐聖心，台灣大學中國文學研究所博士論文，86 學年度。

12. 《鍾嶸《詩品》評詩標準之研究》，朱碧君，中國文化大學中國文學研究所碩士論文，84 學年度。

13. 《劉勰的自然審美觀與文質合一論》，劉志堅，東海大學哲學系碩士論文，84 學年度。

14. 《先秦兩漢文學言志思想及其文化意義——兼論與六朝文化的對照》，曾守正，台灣師範大學國文研究所博士論文，87 學年度。